heartbeat

Wendy Loggia

Eine neue Liebe

heartbeat
Die Serie über die erste Liebe

Weitere Titel der Serie im Taschenbuchprogramm bei RAVENSBURGER

RTB 58046
Janet Quin-Harkin
Was ist schon New York City?

RTB 58048
Katherine Applegate
Geteilte Liebe

RTB 58049
Callie West
Chris + Amy = ?

RTB 58051
Katherine Applegate
Sei cool, Christopher!

RTB 58301
Elizabeth Chandler
Der Typ zwischen uns

RTB 58302
Randi Reisfeld
Dannys Geheimnis

RTB 58303
Everett Owens
Geheimnisvolle Jennifer

RTB 58304
Karen Michaels
Sommernächte

RTB 58305
Stephanie Sinclair
Gerüchte um Julia

RTB 58306
Karin Kinge Lindboe
Stimme des Herzens

RTB 58307
Dyan Sheldon
Ich bin, wie ich bin

RTB 58308
Ali Brooke
Der große Traum

RTB 58309
Elizabeth Craft
Liebe ist kein Spiel

RTB 58310
Lynn Mason
Voll verliebt!

RTB 58311
Elizabeth Winfrey
Mehr als nur ein Freund?

RTB 58312
Elizabeth Bernard
Wie küsst man einen Jungen?

RTB 58313
Ellen Schreiber
Lovesong

RTB 58315
Janet Quin-Harkin
Verliebt in einen Traumtyp

RTB 58317
Diane Namm
Liebe in Gefahr

Wendy Loggia

Eine neue Liebe

Aus dem Amerikanischen von Dieter Plümacher

Ravensburger Buchverlag

Deutsche Erstausgabe
als Ravensburger Taschenbuch
Band 58314
erschienen 2001

Die Originalausgabe erschien 1997
unter dem Titel »Love Stories Super Edition 4 –
My best friend's girlfriend«

Published by arrangement with
Random House Children's Books,
a division of Random House, Inc., Inc.,
New York, New York, U.S.A.

Umschlaggestaltung: Kursiv Visuelle Kommunikation
unter Verwendung eines Fotos von Johannes Volz/Fotodesign

Redaktion: Petra Deistler

**Die Schreibweise entspricht den Regeln
der neuen Rechtschreibung**

Printed in Germany

5 4 3 2 1 05 04 03 02 01

ISBN 3-473-58314-6

www.ravensburger.de

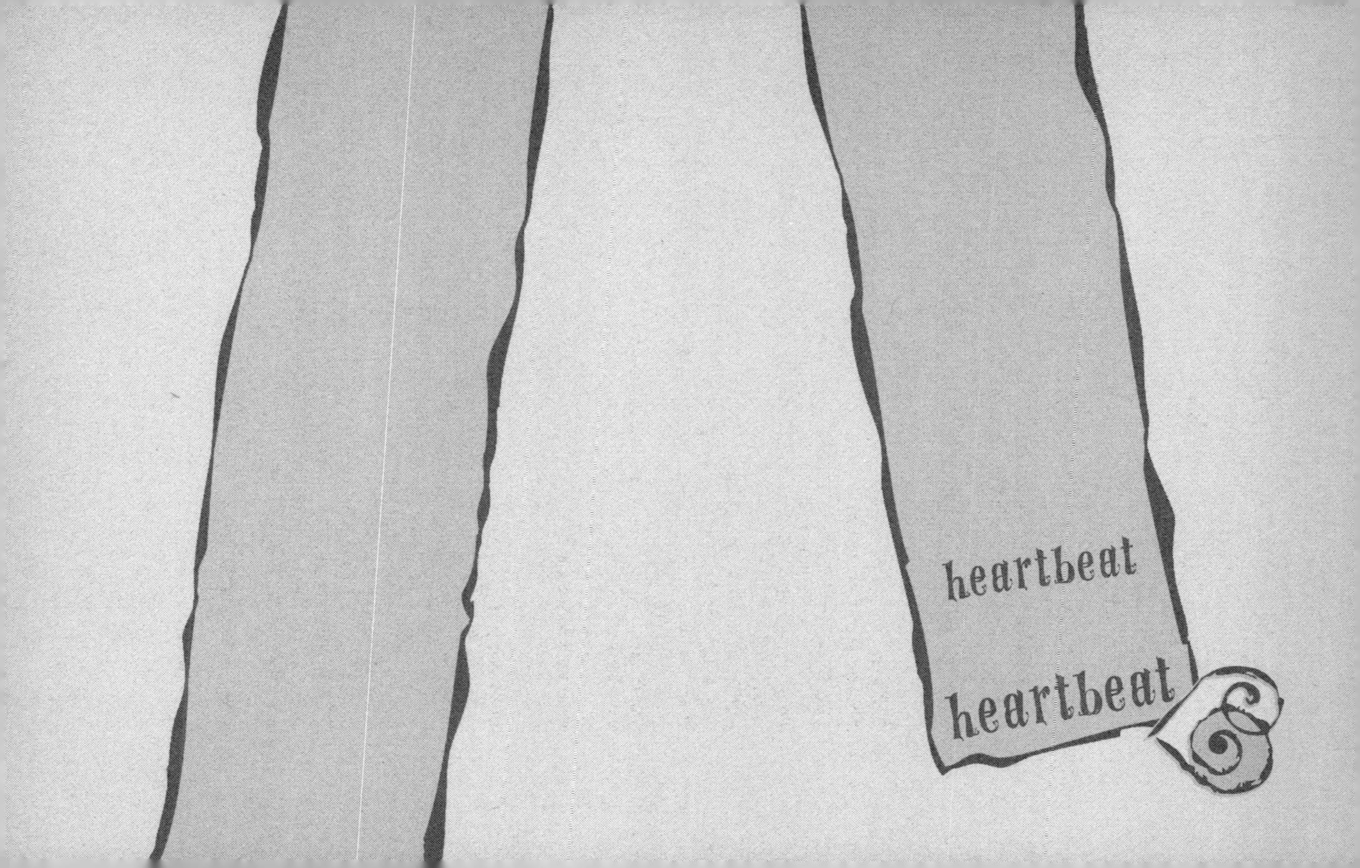
heartbeat
heartbeat

Kapitel 1

Irgendwann und irgendwie war es endlich so weit. Und Jeremy Thomas, sechzehn Jahre alt, war reif dafür, da konnte es nicht den geringsten Zweifel geben.

»Es« war die Fahrt zur Küste von New Jersey. Den ganzen Sommer lang hatte er davon geträumt. Allerdings nicht nur das – er hatte auch dafür gearbeitet. Acht Stunden am Tag, fünf mühselige Tage pro Woche hatte Jeremy Regale aufgefüllt, Lebensmittel in Tüten gepackt und Einkaufswagen vor Freeman's Lebensmittelgeschäft eingesammelt und zusammengeschoben. Noch ein einziger Karton voller Konservendosen mit grünen Bohnen und – er würde schlicht und einfach ausrasten. Er hatte zwar eigentlich nichts dagegen, gebrechlichen alten Damen die Lebensmittel zum Auto zu tragen oder mit den Mädchen in der Bäckerei zu flirten, aber diesen Sommer wollte er sich mal richtig amüsieren.

Schließlich war es der Sommer vor seinem letzten Highschooljahr.

Im nächsten Sommer würde er sich aufs College vorbereiten müssen. Aufs Leben. Mit dieser Perspektive im Kopf wollte Jeremy im Augenblick nur noch eins: Ferien machen und es sich gut gehen lassen. Und genau das würde er jetzt tun.

Seit Jahren quatschte ihm sein bester Freund Patrick Clark die Ohren voll von Beach Haven, dem Ferienort, wo die Clarks immer den Sommer verbrachten, und von Pelican's Cove, dem Ferienhaus der Familie am Strand von New Jersey. Für Jeremy hörte sich das alles einfach paradiesisch an ... mit dem Boot rausfahren, schwimmen, surfen und tauchen. Meilenweit zog sich der Strand hin, und es wimmelte von hübschen Mädchen in knappen Bikinis, die den Kopf voller Sommerspaß und Romantik hatten.

Immer hatte es irgendeinen Grund gegeben, warum Jeremy nicht mitfahren konnte: Im letzten Sommer hatte er Rasen gemäht und Hecken geschnitten, den Sommer davor hatte er als freiwilliger Helfer in einem Sommerlager für krebskranke Kinder gearbeitet, und im Sommer davor hatte seine Familie eine Tour durch Neuengland gemacht ...

Aber diesen Sommer sollte es endlich klappen. Seit Wochen fieberte er den zwei Augustwochen wie einer Verheißung entgegen. Doch sie schienen in unerreichbarer Ferne zu bleiben.

Aber schließlich war es nun doch so weit.

Jeremy betrachtete die schwarzen Levis, die auf seinem Bett lagen ... direkt neben den hellen Jeans, den braunen mit den Flicken und den drei blauen, die alle schon mehr oder weniger ausgebleicht waren.

»Du fährst doch nur zwei Wochen ans Meer, nicht zwei Monate.« Jeremys Mutter betrat mit einem Stapel frisch gewaschener Unterwäsche und Socken das Zimmer. »Die hier wirst du bestimmt brauchen«, sagte sie, als sie ihm die Kleidungsstücke übergab.

»Danke.« Jeremy seufzte. »Ich wollte nur sehen, ob ich auch die richtigen Klamotten dabeihabe.«

Mrs Thomas warf einen Blick auf sein Bett. »Lass auf jeden Fall genug Platz für Unterwäsche.« Nachdenklich presste sie die Lippen zusammen. »Ein paar Shorts, ein paar T-Shirts, deine Badehosen und eine Garnitur guter Sachen, dann hast du, was du brauchst.« Sie tippte auf ihre Armbanduhr. »Beeil dich lieber. Du sollst doch um halb zehn bei diesem Mädchen sein, oder?«

»Ja, stimmt«, sagte Jeremy.

»Dann solltest du sie auch nicht warten lassen«, sagte Mrs Thomas und fuhr ihm zärtlich durch sein braunes Haar. »Im Übrigen: Das Frühstück ist fertig.«

Dieses Mädchen. Dieses Mädchen war Liv Carlson, Patricks neue Freundin. Eigentlich war sie gar nicht so neu. Patrick war schon seit ein paar Monaten mit ihr zusammen, aber Jeremy hatte sie bisher noch nicht kennen gelernt. Die Freundin meines besten Freundes, dachte er, und ich hab sie noch nie gesehen.

Liv ging zur Lincoln High, Patrick und Jeremy waren beide auf der Millcreek Highschool. Im letzten Mai hatten Millcreek und Lincoln einen Austauschtag veranstaltet, an dem zehn Schüler von Millcreek zur Lincoln High gingen und zehn Vertreter von Lincoln den Tag in Millcreek verbrachten. Die offizielle Begründung für diese Aktion lautete: Informiert euch, schaut euch an, wie der Unterricht dort abläuft und notiert euch interessante neue Ideen für die eigene Schule. In Wirklichkeit spielte sich selbstverständlich etwas ganz anderes ab: Sofern man cool aussah, drängten sich in der anderen Schule alle darum, einen kennen zu lernen, und das Einzige, was einen wirklich interessierte war, möglichst viele Telefonnummern möglichst hübscher Mädchen zu ergattern.

Man musste natürlich auch ein bisschen Glück haben, aber Patrick hatte immer Glück. Klassensprecher Patrick Clark brachte von diesem Austausch nicht nur tolle Ideen dafür mit, wie man das Geld für die Klassenfahrt im Abschlussjahr auftreiben könnte, sondern auch die kostbarste Trophäe seiner siebzehn Jahre: die nicht im Telefonbuch verzeichnete Nummer der anerkannt heißesten Frau von Lincoln High, Liv Carlson.

Und seit jenem verhängnisvollen Tag hatte Patrick nicht aufgehört, von Liv zu schwärmen. Anfangs war Jeremy die Angelegenheit ziemlich auf die Nerven gegangen. Er war gewöhnt, den Großteil seiner Freizeit mit Patrick zu verbringen. Sie waren beide Baseball-Fans und sahen sich begeistert alle Spiele der *Pittsburgh Pirates* an, vertrödelten ihre Zeit mit Videospielen und gingen zusammen Pizza essen oder ins Kino. Aber seit Liv aufgetaucht war, musste Jeremy sich mit dem zweiten Platz begnügen. Er selbst war auch schon mit mehreren Mädchen ausgegangen, hatte ihnen aber nie Vorrang über seine Freundschaft mit Patrick eingeräumt. Mädchen kamen und gingen. Nie hätten sie die Jungs ersetzen können, mit denen er schon seit Ewigkeiten befreundet war.

Es war nicht das erste Mal, dass Patrick sich in ein Mädchen verknallt hatte, aber diesmal klang es ganz danach, als sei es möglicherweise das letzte Mal gewesen. Wenn man Patricks Schwärmereien lauschte, dann schien es sich bei Liv um das atemberaubendste Geschöpf zu handeln, das jemals einen Fuß auf amerikanischen Boden gesetzt hatte. Patrick hatte Liv und Jeremy natürlich miteinander bekannt machen wollen, aber irgendwie hatte es bisher einfach nicht geklappt. Jeremy musste immer gerade dann arbeiten, wenn Liv Zeit hatte. Und wenn Jeremy Zeit hatte, dann war Liv entweder mit anderen Freunden fort oder jobbte selbst gerade.

Aber das würde sich jetzt ändern.

Jeremy musste lächeln, als er die schwarze Jeans und eine von den blauen in den Koffer packte. Solange er sich zurückerinnern konnte, waren Patrick und er unzertrennlich gewesen. Jeremy hatte noch genau den Tag vor Augen, als er Patrick zum ersten Mal getroffen hatte. Seine ganze Familie war gerade von Pittsburgh nach Erie in Pennsylvania umgezogen und Jeremy war dabei, seinem Vater beim Entladen riesiger Mengen von Kartons zu helfen, als ein ziemlich schmuddeliger blonder Junge mit einer Baseball-Kappe der *Pirates* auf einem klapprigen Mountainbike herangerast kam und dann eine Vollbremsung machte.

»He!«, schrie der Junge, als er vom Rad sprang. »Ich dachte, hier ziehen irgendwelche alten Leute ein!«

»Du meinst wohl meine Eltern«, hatte Jeremy erwidert und eine Geste zu seinem Vater hin gemacht. Mr Thomas, der sich gerade mit einem Riesenkarton abmühte, hatte hinter einem großen Busch hervorgeschaut.

»Das bin dann wohl ich. Der Alte, der ab heute hier wohnt ...«

»Aber wir auch, ich und mein Bruder«, war ihm Jeremy ins Wort gefallen. »Ich heiße Jeremy. Mein Bruder Mitchell ist im Haus.«

»Ich bin Patrick. Siehst du da hinten das große Ziegelhaus? Da wohne ich. Komm mit! Die spielen gerade Hockey, – eine Straße weiter!«

»Ich glaube, das geht nicht«, hatte Jeremy voller Bedauern gesagt. »Ich soll meinem Vater helfen mit dem Auspacken, und mein Fahrrad ist ...« Doch Patrick war bereits ins Haus gerannt. Wenige Sekunden später hatte er atemlos vor ihm gestanden.

»Dein Vater sagt, du kannst kommen! Ich leihe dir eins von meinen Rädern – ich hab nämlich drei!«

Mr Thomas hatte ihm lachend vom Haus aus zugewinkt: »Viel Spaß!«

Das war mittlerweile acht Jahre her, und Jeremy hatte wirklich seither »viel Spaß« mit Patrick gehabt. Patrick war ganz anders als andere Leute. Er kannte nicht die geringste Furcht und war der geborene Anführer. Deshalb war es natürlich auch kein Wunder, dass Mädchen ihn einfach anbeteten.

Jeremy nahm an, dass dies auch bei Olivia Carlson der

Fall war. Als Patrick ihn gefragt hatte, ob er was dagegen hätte, sie ans Meer mitzubringen, hatte er keine Sekunde gezögert. Er war zwar nicht gerade begeistert von der Aussicht auf eine achtstündige Fahrt mit einer Unbekannten, aber wenn Patrick sie fantastisch fand, dann musste sie eigentlich ganz okay sein. Und wenn er es auch etwas bedauerte, dass er Patrick nicht ganz für sich hatte, so konnte dies auch seine positiven Seiten haben. Mit mehreren Leuten würde der Trip bestimmt sehr abwechslungsreich werden.

Um Viertel vor zehn parkte Jeremy schließlich seinen roten Toyota vor der Rosewood Lane Nummer 54. Das weitläufige, flache Ziegelhaus stand ein wenig zurück von der Straße und war von einer sauber geschnittenen Hecke umgeben. Ein Mädchen mit langem, braunem Haar saß auf den Stufen zum Eingang. Sie stand auf, zögerte einen Moment und winkte ihm dann zu.

»Jeremy?«

Jeremy nickte, obwohl er immer noch im Auto saß und das Mädchen ihn unmöglich sehen konnte. Er warf einen Blick in den Spiegel, um sein Aussehen zu überprüfen. Haut: keine Pickel, alles klar. Haar: durcheinander, aber vorzeigbar. Bart: ein Anflug von Stoppeln. Sie würde ihn sicher nicht gleich als Penner einstufen. Jeremy wollte keinen schlechten Eindruck machen. Das Mädchen war immerhin die große Liebe seines besten Freundes.

Er suchte die Haarbürste aus dem Rucksack. Mitten in seinen hastigen Bemühungen um die beste Frisur unterbrach er sich jedoch. Wozu machte er sich eigentlich Sorgen? Liv war schließlich Patricks Freundin, nicht seine, und er war nicht gekommen, um mit ihr auszugehen. Es war ihr wahrscheinlich völlig egal, wie er aussah. Außerdem sah sie selbst wahrscheinlich auch im Moment nicht spitzenmäßig aus, überlegte Jeremy. Sie war zu weit entfernt, als dass er das beurteilen konnte, aber eine achtstündige Autofahrt war eigentlich keine Gelegenheit, die den letzten Modeschrei erforderlich machte.

Beruhigt, dass er so gut aussah, wie es unbedingt sein musste, stellte er den Motor ab. Er stieg aus und ging auf das Haus zu.

»Hallo«, sagte Jeremy und schluckte. »Du bist sicher Liv.«

Trotz des ganzen Rummels um Livs Aussehen war er nun doch überrascht. Es war ihm klar gewesen, dass sie hübsch sein musste – Patricks bisherige Freundinnen ließen gar keinen Zweifel an seinem guten Geschmack aufkommen – aber er war nicht darauf vorbereitet, dass sie derart umwerfend sein würde.

Liv war etwa eins siebzig groß, hatte seidiges, braunes Haar, veilchenblaue Augen und eine hinreißende Figur. Sie trug blassgelbe Shorts, ein ärmelloses, dunkelblaues Oberteil, das an der Taille zusammengeknotet war und braune Sandalen mit einem kleinen Absatz. Ein dünnes Goldkettchen schimmerte am Fußgelenk. Tja, Patrick hatte wirklich keinen schlechten Geschmack. Ach, Quatsch, korrigierte er sich sofort, mach dir nichts vor: Sie ist einfach der totale Wahnsinn!

Liv lächelte und brachte Jeremy mit ihren strahlend weißen Zähnen und den Grübchen fast total aus dem Gleichgewicht. »Eigentlich heiße ich Olivia. Ich werde nur von meinen besten Freunden Liv genannt.«

»Oh, verstehe«, sagte Jeremy und versuchte möglichst cool zu wirken. »Also ...«

In genau diesem Moment kam der Briefträger am Haus vorbei. Während er die Post in die Briefkästen an der Rosewood Lane steckte, pfiff er fröhlich vor sich hin. »He, Liv!«, rief er und seine blauen Augen strahlten fröhlich. »Schön, dich mal wieder zu sehen.« Er nickte ihr grüßend zu.

»Schön, dich zu sehen, Ted.« Liv lächelte strahlend zurück, dann warf sie Jeremy einen verlegenen Blick zu.

»Nur von deinen besten Freunden also ...?«, sagte Jeremy mit einem Grinsen.

»Tut mir Leid. Ich wollte dich bloß ärgern.« Sie lachte.

»Also, ich freue mich jedenfalls, dass ich dich endlich kennen lerne.« Jeremy streckte die Hand aus. Das kam ihm zwar selbst ein wenig steif vor, aber er wusste nicht so recht, was er sonst tun sollte. »Patrick redet dauernd von dir.«

Liv schüttelte seine Hand. »Ich finde es wirklich nett von dir, dass du mich mitnimmst. Patrick hat mir erzählt, wie sehr du dich auf die Zeit am Meer freust.«

Jeremy zuckte mit den Schultern. »Ja, also …« Er brach mitten im Satz ab. »Das ist ein tolles Haus«, fuhr er dann lahm fort. Er war schon immer nervös gewesen, wenn er Leute zum ersten Mal traf, und heute war das auch nicht anders.

»Danke.« Liv warf einen Blick zum Haus und fuhr sich dann zerstreut mit der Hand durchs Haar. »Ich glaube, es wird höchste Zeit. Meinst du nicht, wir sollten langsam los? Patrick war schon ganz ungeduldig.«

Der Klang ihrer Stimme verriet, dass Patrick nicht allein mit seiner Ungeduld war. Jeremy hob die Hände in einer entschuldigenden Geste. »Ich bin nicht absichtlich so spät gekommen. Der Verkehr …«

»Ich schätze, jeder will die Sommerferien ausnützen, so lange es geht. Hier sind jedenfalls meine Klamotten.« Sie deutete auf einen Riesenberg Taschen, der im Eingang aufgestapelt war. »Ich glaube, ich habe alles dabei.«

»Und ich dachte schon, ich hätte viel mit«, sagte Jeremy, während sie Livs Gepäck zum Auto rüberschleppten. Eine solche Menge Zeugs nur für einen zweiwöchigen Trip hatte er noch nie gesehen: eine leuchtend grüne Reisetasche, ein normaler Koffer, ein Kleidersack, ein Segelsack aus Nylon und irgendeine purpurfarbene Kunststoffschatulle mit aufgeklebten Bildern von Tulpen und Margeriten.

»Ich weiß, ich weiß«, kicherte Liv. Es klang leicht und gleichzeitig tief. Jeremy hatte noch nie ein solches Lachen gehört. »Ich will einfach nur auf alles vorbereitet sein«, erklärte Liv. »Ich bin nämlich ein bisschen nervös, weil ich so lange am Stück bei den Clarks sein werde – ich will einen guten Eindruck bei ihnen hinterlassen.«

»Oh, das wirst du schon«, sagte Jeremy rasch. Jedenfalls wusste er mit absoluter Gewissheit, dass Patrick sich irrsinnig freuen würde, sie zu sehen. Und wer würde sich nicht darüber freuen? »Die Clarks sind toll«, sagte er. Dann runzelte er die Stirn. »Allerdings hab ich keine Ahnung, wie wir das ganze Zeug in meinem Auto unterbringen sollen. Ich fürchte, du wirst irgendwas dalassen müssen.«

Liv schüttelte den Kopf. »Nein, das passt schon rein. Wir müssen eben kreativ packen«, erklärte sie mit Nachdruck.

Jeremy warf einen skeptischen Blick in den Kofferraum. Er wollte Liv nicht enttäuschen, aber seiner Meinung nach träumte sie, wenn sie dachte, all ihr Zeug würde ins Auto passen. Er kratzte sich am Kinn. »Mein Kofferraum ist nicht groß genug. Ich hab selbst nur einen Koffer und den Rucksack, aber ...«

Liv schnippte mit den Fingern. »Oje, ich hätte fast vergessen ... ich hab ein Geschenk für Mr und Mrs Clark. Das hab ich im Haus liegen lassen. Macht es dir was aus, es schnell zu holen?« Sie verdrehte die Augen und fuhr fort: »Dann kann meine Mutter dich auch kurz sehen. Sie wollte mich eigentlich nicht so gerne bei dir mitfahren lassen, aber dann hat sie sich mit Mrs Clark darüber unterhalten und jetzt glaubt sie wohl doch, dass ein Freund von Patrick eigentlich einen zuverlässigen Chauffeur für ihre Tochter abgeben müsste.«

»Ich hoffe nur, dass das Geschenk klein ist«, sagte Jeremy und warf einen letzten kritischen Blick auf seinen Kofferraum. »Und wenn du irgendeine Möglichkeit siehst, dass du was hier lassen kannst, dann tu's.«

»Guten Tag, Jeremy. Freut mich, dich kennen zu lernen. Veronica Carlson.« Livs Mutter lächelte ihn freundlich an und bedeutete ihm mit einer Geste, ihr durch den Flur zur Küche zu folgen. Sie war groß und schlank, und mit dem glatten, dunklen, kurzen Haar, das sie nach hinten gekämmt hatte, sah sie eher wie Livs ältere Schwester aus als wie ihre Mutter. Sie trug weiße abgeschnittene Jeans und ein figurbetontes schwarzes T-Shirt. Eine ältere, erwachsene Version von Liv! Wenn du wissen willst, wie ein Mädchen aussieht, wenn sie älter ist, dann schau dir ihre Mutter an, hatte sein Bruder Mitchell mal gesagt. Keine schlechten Aussichten für Liv, das war schon mal klar.

Jeremy wusste nicht so recht, was er von der ganzen Situation halten sollte. Er hatte natürlich schon die Mütter anderer Mädchen kennen gelernt, aber das waren dann im Allgemeinen die Mütter von Mädchen, mit denen er ausging. Eine solche Situation hatte er noch nie erlebt: Diesmal war er eigentlich weder richtig befreundet mit dem Mädchen noch ging er mit ihr. Irgendwie kam er sich vor wie bei einem Blinddate, aber ohne Romantik. »Freut mich ebenfalls sehr, Sie kennen zu lernen, Mrs Carlson.«

»Ach, sag ruhig einfach Veronica«, erwiderte sie. Dann nahm sie einen Glaskrug mit Eistee und Zitronenscheiben und fing an den Inhalt umzurühren. »Liv sagt, du bist schon so oft nach Pelican's Cove gefahren, dass du den Weg praktisch im Schlaf kennst.«

»Ach, hm, ja, äh, das kann man wohl sagen«, stotterte Jeremy. Es wäre zwar eine Lüge, aber sagen könnte man das.

Genau in diesem Augenblick kam Liv hereingeschlendert. Sie nahm ein paar Flaschen Mineralwasser aus dem Kühlschrank und legte sie in eine Kühlbox, die eisgefüllt auf dem Küchentisch bereitstand.

»Okay, Mom, du siehst, er ist kein Mädchenmörder! Können wir jetzt endlich los?«, sagte Liv und gab ihrer Mutter einen raschen Kuss auf die Wange.

Jeremy sah rasch zu Liv hinüber. »Wir brauchen uns nicht zu beeilen. Ich bin die Strecke ja schon so oft gefahren, da kommen wir auf jeden Fall noch früh genug hin.« Er konnte sehen, wie Liv errötete.

»Ja, schon, ich bin einfach nur aufgeregt, sonst nichts.« Liv warf Jeremy einen warnenden Blick zu.

Ihre Mutter wischte sich die Hände an einem Geschirrtuch ab und schloss ihre Tochter in die Arme. »Amüsier dich gut, mein Schatz«, sagte Veronica. »Und du auch, Jeremy. Schnallt euch an und fahrt vorsichtig. Und rast nicht, ihr kommt auch so hin.« Sie gab Liv einen Kuss auf die Stirn. »Meine Tochter ist mir sehr, sehr kostbar.«

»Von dem, was ich so mitbekommen habe, scheint mir,

dass sie Patrick auch ganz schön kostbar ist«, sagte Jeremy mit einem Grinsen. Liv schlug die Augen zum Boden und ihre Mundwinkel kräuselten sich in einem Lächeln. »Ich verspreche Ihnen, vorsichtig zu sein«, fügte er hinzu.

»Mach dir keine Sorgen, Mom. Wir machen das schon. Ich rufe dich morgen an, damit du weißt, dass wir heil angekommen sind.«

Jeremy nickte. »Ich werde drauf achten, dass sie das auch wirklich tut.«

Liv nahm eine dekorativ verpackte Schachtel von der Anrichte. »So, da wäre das Geschenk für die Clarks. Wir können also fahren.«

Sie gab ihrer Mutter einen schnellen Kuss und bedeutete Jeremy mit einem Wink, ihr durch die Tür zu folgen.

»Warum hast du deiner Mutter denn erzählt, ich wäre schon in Pelican's Cove gewesen?«, fragte Jeremy, als sie zur Einfahrt hinausgingen. Jeremy vermied Lügen grundsätzlich, nicht dass er ein Moralapostel war oder irgendwas in der Art –, aber seiner Ansicht nach war die Gefahr, dass man die Kontrolle verlor, wenn man erst einmal eine Lüge ausgesprochen hatte, einfach zu groß. Höchstens mal eine winzige Lüge, die niemandem wehtat, und das auch nur, wenn es gar nicht anders ging. Die Eltern seiner Freunde anzulügen war grundsätzlich tabu.

»Pssst!«, sagte Liv und schaute sich rasch zu ihrer Mutter um, die an der Haustür stand und winkte. »Du kannst dir überhaupt nicht vorstellen, was das für ein Kampf war, bis meine Mutter mir erlaubt hat, zu Patrick ans Meer zu fahren. Und ich hab gedacht, wenn sie glaubt, dass du schon mal da gewesen bist, würde sie sich nicht so anstellen.« Ihre veilchenblauen Augen waren auf Jeremy gerichtet. »Ich wollte aber nicht, dass du das Gefühl hast, du musst lügen oder so«, sagte Liv in ernstem Ton. »Ehrlich.«

Jeremy konnte sie gut verstehen. Wenn er verliebt wäre, würde er es wahrscheinlich genauso machen. »Ist doch egal. Aber jetzt zu deinem Gepäck: Ich glaube, wenn wir den Segelsack rauslassen, dann kriegen wir den ganzen Rest wahrscheinlich rein, sonst …« Er verstummte. Der Kofferraum war zu. Das Gepäck war verschwunden. Und Liv war bereits eingestiegen.

Sie lächelte ihn unschuldig aus dem Fenster an. »Siehst du? Ich hab dir doch gesagt, das passt.«

Es war schwer zu glauben, aber wahr.

Los ging's.

Kapitel 2

Es war ein wunderschöner Tag für eine Autoreise. Eigentlich gab es nicht viel Interessantes auf dieser Strecke durch Pennsylvania zu sehen, – ab und zu mal eine Plakatwand, Schilder mit Hinweisen auf die Radiofrequenz für Unwetterwarnungen, die leuchtend gelben Bögen von Fastfood-Restaurants, – aber es war ein strahlender Tag und die Sonne schien.

»Dreißig Minuten sind wir jetzt unterwegs, das macht vierhundertfünfzig, bis wir da sind«, verkündete Jeremy nach einem Blick auf die Uhr.

»Danke für die frohe Botschaft!« Liv schnippte sich eine graue Teppichfussel vom Bein und trank einen Schluck Wasser. »Ist das das Auto deiner Eltern?«, fragte sie und öffnete das Fenster ein paar Zentimeter.

»Nein, das ist meins«, sagte Jeremy voller Stolz. Der Tag, an dem er das Auto gekauft hatte, war einer der Höhepunkte seines Lebens gewesen. »Deshalb hab ich in diesem Sommer auch so viel gearbeitet. Und ich werde bestimmt dreißig sein, bevor ich es ganz abgezahlt habe.«

Liv lächelte. »Toll.« Sie zog eine Zeitschrift hervor und fing an darin herumzublättern.

Seit ihrer Abfahrt hatten sie sich kaum unterhalten. Jeremy fühlte sich etwas unsicher. Schon allein Patrick zuliebe wollte er unbedingt einen guten Eindruck auf Liv machen.

»Du freust dich bestimmt riesig auf Patrick«, sagte er ein paar Minuten später.

»Ja.« Wieder erschien dieses Lächeln mit den gekräuselten Mundwinkeln auf ihrem Gesicht, das ihm bereits in der Küche aufgefallen war. »Das tue ich.«

»Gut. Das ist ... äh ... gut. Ich weiß nämlich, wie sehr Patrick sich darauf freut, dich wieder zu sehen.« Jedenfalls nahm Jeremy das an. Er hatte sich mit Patrick nur ein paar Mal unterhalten, seit dieser Ende Juni nach Beach Haven abgereist war. Am Telefon hatte Patrick jedenfalls sehr begeistert geklungen: Er hatte eine Menge neuer Leute kennen gelernt, sich an einem Boogieboard-Wettkampf beteiligt und war zu etlichen Partys gegangen.

Jeremy war es ein Rätsel, wie Patrick es den Sommer über ohne Liv aushalten konnte. Er war überzeugt, dass er das selbst nie könnte, wenn er eine feste Freundin hätte. Er würde dafür sorgen, dass sie keinen einzigen Tag ohne ihn verbringen würde. Patrick schien das allerdings nichts auszumachen.

In dieser Hinsicht waren sie eben verschieden.

Er warf einen Blick hinüber zu Liv und versuchte, sich andere Gesprächsthemen einfallen zu lassen. »Machst du den Unitest im Herbst?«

Liv sah von der Zeitschrift auf. »Mhm. Im Oktober.«

»Wirklich? Ich auch«, sagte Jeremy begeistert.

»Schreiben den nicht alle zur selben Zeit?«

»Ja, ich glaube, du hast Recht.« Jeremy biss sich auf die Unterlippe. Nicht gerade das, was er sich unter geistreicher Unterhaltung vorstellte. Warum war er bloß so unruhig?

Er packte das Lenkrad fester.

Eins würde ihn jedenfalls entspannen: Musik! Jeremy hatte zu Hause eine riesige Sammlung CDs, einfach alles von Frank Sinatra bis Pearl Jam. Er mochte fast jede Art von Musik außer Klassik, aber selbst Brahms oder Schubert konnte er zur Not ertragen.

Wenn Musik lief, brauchten sie sich auch nicht zu unterhalten. Warum hatte er nicht schon früher daran gedacht? Er schob eine ältere Rolling-Stones-Kassette ein, lehnte sich zurück und lächelte.

Es gab gar keinen Grund nervös zu sein.

Dies würden die besten zwei Wochen des Jahres werden.

Strand. Mädchen. Sein bester Kumpel. Mädchen. Sommer. Mädchen. Und neben ihm saß eine (auch wenn sie bereits vergeben war, aber immerhin), die war bildschön und hatte langes Haar, das im Sommerwind flog. Im Hintergrund eine wahnsinnige Musikbegleitung. Besser konnte es eigentlich kaum kommen.

Könnte es eigentlich noch schlimmer kommen? Liv blätterte schnell durch ihre Zeitschrift. Die Worte tanzten ihr nur so vor den Augen.

Dann wurde das Lied lauter. Wenn man so was überhaupt Lied nennen konnte. Sie hatte versucht, die Musik zu ignorieren, aber bei der Lautstärke wurde das immer schwieriger.

Immer schneller blätterte sie um. Sie fing an, das Mineralwasser förmlich in sich reinzukippen. Jeremy hatte ihr vom ersten Augenblick an gefallen: höflich, intelligent und nett. Ganz zu schweigen von seinem Aussehen (nicht dass sie darauf geachtet hätte oder so). Aber das war, bevor er angefangen hatte, auf dem Lenkrad rumzuhämmern, als sei er neun Jahre alt und hätte gerade seine erste Trommel bekommen.

»Ba-ba-ba, ba-ba-ba, ba-ba-ba, ba, ba!«, sang Jeremy vor sich hin. »Yeah, yeah, ah-hah, ah-hah.« Sein Kopf nickte im Takt.

Liv versuchte ihn zu ignorieren. Im Allgemeinen beherrschte sie diese Technik sehr gut, wenn ihr irgendwas auf die Nerven ging. Wie ihre Schwester. Oder ihr Mathelehrer. Mehrere Minuten Trommelei verstrichen.

»Bist du immer so gesprächig?«, rief sie gegen die Musik an. Aber Jeremy war derart vertieft in den Song (der mittlerweile ohrenbetäubend laut war), dass er Liv überhaupt nicht hörte.

Also zurück zur Zeitschrift. *Ist er der Richtige für dich? Die Antwort findest du im Heft!* Liv musste schmunzeln. Das Leben war schon manchmal komisch. Und manche Leute gehörten eben offensichtlich zusammen, andere dagegen … eben nicht. Sie holte einen Kugelschreiber hervor und fing an, die Antworten zu markieren. Wie sieht er eure Beziehung? Liv zögerte. A: Er steht auf mich, ist aber noch misstrauisch. B: Meiner ist eindeutig zu einer festen Beziehung bereit. C: Beziehung? Welche Beziehung? – Da gab's keine Frage: B. Liv wünschte sich jemanden, mit dem sie gerne Zeit verbrachte, der ihre Interessen teilte, einen Freund, auf den sie sich verlassen konnte. All das und noch viel mehr passte auf Patrick.

Welche Interessen habt ihr gemeinsam? A: Manche, aber wir haben auch jeder eigene Interessen. B: Alles. Wir sind unheimlich gerne zusammen; wir sind einfach die allerbesten Freunde. C: Zählt Fernsehen?

Liv kaute auf dem Ende des Kugelschreibers herum. A? B? Wenn sie ehrlich war, hatte sie eigentlich gar keine rechte Vorstellung von dem, was Patrick interessierte – sie selbst natürlich ausgenommen. Die Monate, die sie miteinander verbracht hatten, bevor er nach Beach Haven fuhr, waren einfach unheimlich schön gewesen. Sie hatte bis dahin noch keinen festen Freund gehabt, und Patrick war so aufmerksam und zärtlich, dass ihr ein Ende der Beziehung undenkbar schien. Seit seiner Abreise hatte sie sich immer wieder jedes einzelne Wort, jeden Blick und jeden Gedanken ihres letzten Zusammenseins ins Gedächtnis gerufen und war nun begierig auf neue gemeinsame Erfahrungen.

Ihre Freundin Rebecca hatte ihrer Schwärmerei einen Dämpfer verpasst. »Lass die Sache lieber ein bisschen langsam angehen, Livvie«, hatte sie empfohlen.

»Er ist aber doch so unglaublich toll«, hatte Liv entgegnet.

»So siehst du das im Augenblick. Aber warte mal ab. Lern ihn mal erst richtig kennen. Tolles Aussehen heißt nicht, dass die Beziehung was taugt …«

Als sie an Rebeccas Worte dachte, musste Liv unwillkürlich lächeln. Rebecca konnte einem auf die Nerven gehen, dennoch hatte sie immer Livs Wohl im Auge. Aber in Patricks Fall war sie einfach eine Spur zu skeptisch. Liv konnte sich natürlich nicht absolut sicher sein, aber ihr Gefühl sagte ihr, dass Patrick die ganz große Liebe sein könnte.

Ihr fiel die Karte ein, die Patrick in der zweiten Woche nach seiner Abreise geschickt hatte. Auf der Vorderseite war das Foto eines kleinen Jungen und eines kleinen Mädchens, die bei Abenddämmerung auf einer Decke am Strand saßen und sich umarmten. *Ach, wenn du doch hier wärest … der Strand ist einsam ohne dich. In Liebe, Patrick.* Sie hatte die Karte an ihren Schlafzimmerspiegel geklebt, neben ein Foto, das er ebenfalls geschickt hatte. Auf diesem Foto stand er braun gebrannt in seinen weiten, grünen Badeshorts auf einem Bootssteg. Mit seinen hellblonden Haaren sah er aus wie der perfekte Beach Boy. *Diesem Typ fehlt nur eins*, hatte er geschrieben. *Du!*

Ein Traumfreund – kein Zweifel! Jeremy betätigte sich immer noch im Fahrersitz als One-Man-Band. Liv versuchte, ihren Unwillen im Zaum zu halten, aber schließlich konnte sie es nicht länger ertragen.

»Du machst mich wahnsinnig!«, explodierte sie und

warf ihre Zeitschrift auf den Boden. »Wenn ich dir noch eine Minute beim Mitsingen zuhören muss, dann reiß ich mir jedes einzelne Haar aus und wickele sie dir alle um den Hals und schnüre sie anschließend ganz fest zusammen!« Liv holte tief Luft und wartete. Jeremy würde sicher stinkbeleidigt sein. Zu ihrer Überraschung sah er aber gar nicht wütend aus, eher geschockt.

»Das ... das tut mir echt Leid«, sagte er und wurde ein wenig rot. »Ich wollte dir nicht auf den Keks damit gehen. Ich vergesse einfach alles, wenn ich Musik höre, und dann versinkt die ganze Welt für mich.« Er drückte eine Taste auf dem Radio und die Kassette sprang aus dem Kassettendeck. »Tut mir Leid!«

Liv biss sich auf die Unterlippe. Sie neigte manchmal zu übertriebenen Reaktionen. Und sie wollte ja gar nicht, dass Jeremy sich ihretwegen mies fühlte oder irgendwas. Immerhin war es sein Auto. Sie schob die Kassette wieder ein. »Vielleicht können wir es ein bisschen leiser stellen?«, schlug sie vor.

»Alles klar.« Jeremy rückte sich im Fahrersitz zurecht, ohne den Blick von der Straße zu wenden.

Eigentlich war der Song ganz gut, wenn er nicht so ohrenbetäubend laut gespielt wurde. Liv lächelte. Jeremys Finger trommelten wieder auf dem Lenkrad mit, aber diesmal ohne Begleitgesang.

Liv trank einen Schluck Wasser und sah ihn nachdenklich von der Seite an. Jeremy war ganz anders als sie ihn sich vorgestellt hatte. Aus irgendwelchen Gründen hatte sie erwartet, dass Jeremy so aussehen würde wie Patrick. Stattdessen hätten die beiden kaum unterschiedlicher sein können. Beide waren groß, aber Jeremy war etwas kräftiger gebaut, Patrick dafür schlanker und kantiger. Und Patrick wirkte irgendwie cool und wild, rebellisch und voller Mutwillen, während Jeremy auf eher traditionelle Art gut aussah, mit ausgeprägten, klassischen Zügen.

Und in Jeremys grünen Augen lag irgendwas Besonderes. Aus ihnen sprach Ehrlichkeit, Freundlichkeit.

Gleich zu Beginn der Fahrt hatten Liv und Jeremy verabredet, dass sie sich die Benzinkosten teilen würden. Irgendwie kam Jeremy sich zuerst komisch vor, weil er von Liv einen Beitrag verlangte. Nicht dass er ein Chauvi war oder so, aber er lud Mädchen einfach gerne ein. Fifty-fifty war bei diesem Trip aber dennoch eine ganz schöne finanzielle Erleichterung und Liv hatte auch absolut kein Problem mit seinem Vorschlag. Im Gegenteil: Sie hatte sogar darauf bestanden.

»Wo fährst du hin?«, fragte Liv verwirrt.

»Tanken«, gab Jeremy zurück und deutete auf ein Schild am Straßenrand. »Am besten tanken wir jetzt noch mal voll, dann brauchen wir hoffentlich nicht mehr anzuhalten.« Liv war vor einer ganzen Weile eingeschlafen. Er hatte sich bemüht, so leise wie möglich zu sein, aber das veränderte Fahrgeräusch hatte sie geweckt.

Jeremy bog gleich in die erste Tankstelle ein, parkte und wartete auf die Bedienung.

»Was, tankst du etwa nicht selbst?«, fragte Liv. Sie klang überrascht.

Jeremy schüttelte den Kopf. »Ich hasse es, wenn meine Hände nach Benzin stinken ... und schließlich müssen wir noch eine ganze Weile fahren ...«

Liv verzog das Gesicht. »Kostet das Benzin mit Bedienung denn nicht fast das Doppelte?«

»Ein bisschen teurer ist das, klar, aber ...«

»Dann tanke ich eben«, sagte Liv. »Das Geld können wir wirklich sparen.« Sie fing an, den Sicherheitsgurt loszumachen.

Jeremy war schneller. »Nein, in diesem Fall tanke ich lieber selbst. Wenn Patrick das hört, flippt der sonst noch aus.«

Liv schenkte ihm ein zuckersüßes Lächeln. »Da könntest du Recht haben.« Trotzdem stieg sie aus. »Während du tankst, gehe ich schnell in den Minimarkt. Ich guck mal, ob die irgendwas Gutes haben.«

Jeremy gab ihr einen Zwanziger. »Hier, dann kannst du auch gleich für das Benzin bezahlen. Ich tanke für zehn Dollar. Und wenn die Snickers oder Mars haben, bringst du mir was mit?«

Jeremy hob die Zapfpistole vom Haken. Er hatte Liv nicht die ganze Wahrheit gesagt, auch wenn er den Benzingeruch an seinen Händen wirklich nicht ausstehen konnte. Er tankte nicht gerne selbst, weil ... er sich irgendwie nie sicher war, wie die jeweiligen Tanksäulen funktionierten. Bei manchen musste man Knöpfe drücken, manche hatten Schalter, manche liefen sofort, aber es gab auch welche, an denen man erst rumfummeln musste.

Jeremy kam sich immer wie ein Idiot vor, wenn er versuchte rauszukriegen, wie die jeweilige Zapfsäule funktionierte. Er war schließlich ein Mann und da kennt man sich mit so was aus. Ganz instinktiv.

Er raffte sich auf. Das würde er schon hinkriegen. Mit der Zapfpistole in der Hand drückte er den Knopf für Barzahlung und begann voller Zuversicht mit dem Auftanken. Als der Zähler zehn Dollar anzeigte, nahm er die Zapfpistole aus dem Einfüllstutzen und hängte sie wieder an ihren Haken.

Fertig.

Abgesehen von einem winzigen Detail.

Der Abzug der Pistole war in der Zapfposition stecken geblieben, als hätte Jeremy nie losgelassen, und das Benzin lief einfach weiter.

Voller Panik versuchte Jeremy, die Pistole wieder vom Haken zu nehmen, aber sie hatte sich irgendwie verklemmt. Er bekam einen Schwall Sprit ab, sonst nichts.

»He, he, he!«, schrie der Tankwart, der gerade ein anderes Auto in der übernächsten Spur auftankte.

»Das Ding lässt sich nicht abstellen!«, schrie Jeremy zurück, während er mit der Zapfpistole kämpfte, als wäre es eine Boa Konstriktor.

In diesem Augenblick kam Liv aus dem Minimarkt gestürzt. »Oh mein Gott«, sagte sie und versuchte nicht zu lachen. »Du … du bist ja ganz voll mit Benzin!«

Jeremy starrte sie kalt an, während der Benzinstrom langsam versiegte. »Ach? Ist mir gar nicht aufgefallen«, sagte er in eisigem Ton. Der Tankwart war in das Gebäude gelaufen und kam nun mit einer Riesenrolle Papierhandtücher zurück. »Du bist jetzt der Zweite in dieser Woche, dem das passiert ist«, murmelte er und schüttelte den Kopf. »Wir müssen das Ding unbedingt reparieren lassen.« Er gab Jeremy die ganze Rolle. »Am besten gehst du dich drinnen waschen …!«

»Danke für den Tipp«, sagte Jeremy und marschierte zu den Toiletten.

»Hast du Hunger?«, fragte Jeremy. Sie waren jetzt ungefähr eine Stunde gefahren seit ihrem »Tankerunglück«, wie Liv den Zwischenfall getauft hatte.

»Nicht besonders«, sagte Liv und biss herzhaft in den Apfel, den sie aus ihrer Reisetasche geholt hatte. »Ich halte nicht gerne an, wenn ich einmal unterwegs bin. Weißt du, ich möchte am liebsten so schnell wie möglich da sein.« Kauend gestikulierte sie in Richtung Straße. »Außerdem gibt es hier sowieso keine große Auswahl an Restaurants. Mir wäre es lieber, wir halten überhaupt nicht mehr. Dann sind wir viel schneller in Pelican's Cove.«

»Hm. Na ja, wenn ich vorhin ein Snickers oder so was

gegessen hätte, wäre ich jetzt bestimmt nicht so hungrig«, sagte Jeremy mit einem Seufzer. Sehnsüchtig dachte er an die große Portion Cornflakes und das getoastete Roggenbrot, das er zum Frühstück gegessen hatte. Das schien schon zwei Wochen her zu sein.

Liv biss kräftig in ihren Apfel. »Ich hab doch gesagt, dass ich gerade dabei war, dein Snickers zu kaufen, aber als ich den Wahnsinnszirkus gesehen habe, den du da an der Zapfsäule veranstaltet hast, bin ich schnell rausgerannt, um zu sehen, ob du Hilfe brauchst. Tut mir Leid.« Sie grinste. »Eigentlich wollte ich auch eine Schachtel Zigaretten kaufen, aber dann hab ich mir überlegt, dass es bestimmt keine besonders gute Idee ist, in deiner Umgebung zu rauchen. Zumindest nicht, solange du in einem derart entflammbaren Zustand bist.«

»Sehr witzig«, sagte Jeremy und warf ihr einen abschätzigen Blick von der Seite zu. Nach dieser Bemerkung würde er auf jeden Fall zum Mittagessen anhalten, und zwar bei der ersten Gelegenheit. »Ich wusste gar nicht, dass du rauchst.«

Liv grinste. »Tu ich auch nicht. Ist auch gut so, wenn man in Betracht zieht, dass ich mit dir unterwegs bin.«

»Ha ha.«

Etwa zehn Minuten später entdeckte Jeremy, auf was er gewartet hatte ... eine riesige Plakatwand, auf der zu lesen war: Restaurant: 2 Meilen. Visionen von Cheeseburgern und Pommes und Milchshakes tanzten vor seinem inneren Auge.

»Essen. Wir. Anhalten«, sagte er und trat das Gaspedal durch.

»Na gut«, sagte Liv bereitwillig.

Überrascht sah Jeremy sie an. Na gut? Mensch, das war aber einfach gewesen. Was war denn mit ›Mir wäre es lieber, wir halten überhaupt nicht mehr‹? Dann sah er die drei leeren Wasserflaschen und Livs fest übereinander geschlagene Beine.

Alles klar.

Kapitel 3

Liv starrte auf das Armaturenbrett des Toyota. »Spinn ich jetzt? Hab ich die Klimaanlage nicht gerade ausgeschaltet?«, fragte sie und schob den Schalter mit einem energischen Ruck nach links.

Klick. Jeremy schaltete die Klimaanlage wieder ein. »Spinn ich vielleicht? Hab ich die Klimaanlage nicht erst vor fünf Minuten eingeschaltet?« Er warf einen Blick hinüber zu Liv. Hatte er wirklich gedacht, sie könnte eine angenehme Mitfahrerin sein?

»Also ich hab kapiert, dass dir kalt ist. Aber wenn ich das Ding nicht wenigstens noch zehn Minuten laufen lassen kann, dann bin ich verschwitzt wie ein Schwein, wenn wir zum Abendessen anhalten.« Er wischte sich die Stirn. »Das heißt, wenn ich es nicht bereits jetzt bin.«

»Zu spät. Bist du schon«, sagte Liv in unschuldigem Ton.

Jeremy zog eine Grimasse. Das Mädchen war nicht gerade witzig.

Er tat so, als bemerke er nicht, dass Liv ihre Hände aneinander rieb. Aus dem Augenwinkel beobachtete er, wie sie zierlich eine Serviette ausschüttelte (die ein wenig nach Benzin roch) und dann ihre Füße damit bedeckte.

»Um Unterkühlung zu verhindern«, flüsterte sie ihm vertraulich zu.

Mit einem Seufzer langte Jeremy zum Armaturenbrett. Immer der nette Kerl. Klick. Die Klimaanlage war damit offiziell abgeschaltet.

Es war keine leichte Aufgabe gewesen, aber nach einigen Diskussionen war es Jeremy gelungen, Liv davon zu überzeugen, dass sie keine Chance hatten, an diesem Abend ein feineres Restaurant zu finden als *Gertie's Truck Stop*.

»Wenn es nach mir gegangen wäre, dann hätten wir schon in dem MacDonald's gegessen, an dem wir eben vorbeigefahren sind«, sagte Jeremy, als er die Tür für Liv und mehrere hungrig aussehende Fernfahrer aufhielt.

Liv stöhnte. »Hat es dir nicht gereicht, dass wir da schon zu Mittag gegessen haben? Außerdem hätte ich gerne was Gesundes und kein Fastfood.«

Jeremy lachte. Er wollte ihr nicht unbedingt die Illusionen rauben, aber *Gertie's* sah ihm nicht danach aus, als sei gesundes Essen hier besonders gefragt.

»Ich muss mal für kleine Mädchen«, flüsterte Liv. »Besorg uns schon mal einen Tisch.«

Jeremy nickte. Das Restaurant war ziemlich voll – ein gutes Zeichen. Er war nämlich extrem hungrig. Tierisch hungrig, genau genommen. Plötzlich fiel ihm auf, dass die Fernfahrer, die mit ihnen ins Restaurant gekommen waren, in seine Richtung schauten. Jeremy hob fragend die Augenbrauen.

Der Größte von ihnen, ein magerer Typ Ende vierzig, mit einem Hängeschnurrbart und dazu passenden Hosen, grinste breit. »Wir haben uns gerade darüber unterhalten, wie hübsch deine Freundin ist«, sagte er und nickte in Richtung der Toiletten. »Du bist echt zu beneiden.«

Jeremy schüttelte den Kopf. »Äh, danke, aber das ist nicht meine Freundin. Wir sind einfach nur befreundet. Das ist die Freundin meines besten Freundes.«

Die Fernfahrer fingen alle an zu lachen. »Die Freundin von deinem besten Freund? Diese jungen Burschen werden auch immer raffinierter«, kicherte der magere Typ.

Jeremy spürte, dass er rot wurde. »Nein, so war das nicht gemeint. Das ist wirklich, wie ich gesagt habe. Sie ist ...« Er unterbrach sich, als eine Bedienung kam, um ihn zu einer freien Nische zu führen. Es war ihm doch egal, was diese Typen dachten. Er brauchte seine Beziehung zu Liv ihnen gegenüber wirklich nicht zu rechtfertigen.

Als Liv wieder auftauchte, war Jeremy in die Speisekarte vertieft.

»Hi!«, sagte sie fröhlich, als sie sich setzte. Ihr Haar war zu einem Pferdeschwanz zusammengerafft und ihre Lippen hatten einen leichten Schimmer, den Jeremy vorher nicht bemerkt hatte.

»Du riechst gut«, bemerkte Jeremy. »Ich kann mir nicht vorstellen, dass das die Seife von der Damentoilette ist.«

»*Blue Grass*. Von Elizabeth Arden. Das ist mein Lieblingsparfüm«, sagte Liv. »Ein paar Spritzer und ich fühle mich total erfrischt.«

»*Blue Grass*«, wiederholte Jeremy. Er interessierte sich nicht besonders für Parfüm, aber das hier roch gut, natürlich und nicht zu intensiv.

»Möchtest du auch mal? Das schafft vielleicht Abhilfe, du weißt schon, für deine ... äh ... Mineralölsituation«, sagte Liv. Jeremy starrte sie wütend an. Sie hob die Hände. »Entschuldigung, Entschuldigung. Ich konnte einfach nicht widerstehen. Aber im Ernst, du riechst fast überhaupt nicht mehr.«

»Vielleicht hast du dich bloß daran gewöhnt«, sagte Jeremy und warf die Speisekarte auf den Tisch.

»Deinen Eltern war scheinbar nicht so ganz wohl bei dem Gedanken, dich wegfahren zu lassen«, sagte Jeremy und trank einen Schluck Cola, während sie auf ihr Essen warteten.

Liv schüttelte den Kopf. »Meine Mutter macht sich schon ein bisschen Sorgen, aber mein Vater weiß nichts davon. Der ist in Cleveland.«

Jeremy wusste nicht, was er darauf sagen sollte. »Auf einer Geschäftsreise oder so was?«

»Nein.« Liv spielte mit den leeren Strohhalmhüllen auf dem Tisch und faltete sie wie eine Ziehharmonika. »Meine Eltern sind geschieden. Mein Vater ist vor ein paar Jahren nach Cleveland gezogen und jetzt sehe ich ihn nur noch selten.«

Ohne groß darüber nachzudenken, tätschelte Jeremy ihre Hand und sagte mitfühlend: »Das ist bestimmt hart.«

»Ja, besonders seit Joe da ist.«

»Joe?«

»Ihr Freund«, erklärte Liv niedergeschlagen.

»Oh, das hört sich so an, als könntest du ihn nicht besonders leiden.«

»Ach, eigentlich ist er ganz okay.« Ihre Stimme war etwas unsicher. »Ich hatte bloß immer irgendwie gehofft, dass meine Eltern sich wieder vertragen. Aber so was zu glauben ist eigentlich ziemlich blöd. Die haben sich nämlich scheiden lassen, als ich elf war, und seitdem habe ich meinen Vater nur achtmal oder so gesehen.« Liv öffnete den Verschluss ihrer Armbanduhr, dann schloss sie ihn wieder. »Joe ist eigentlich schon in Ordnung. Aber ich finde es zum Kotzen, dass er ewig bei uns rumhängt und meiner Mutter ständig wie ein liebestoller Hund hinterhertrottet. Meine Güte, der Typ ist doch schon vierzig!«

Jeremy versuchte, sich vorzustellen, wie das für ihn wäre, wenn seine Eltern geschieden wären und seine Mutter einen Freund hätte. Seine Mutter, in einem ihrer Sweatshirts und alten Arbeitshosen, mit den braunen Locken und der großen Brille, die ihre Gesichtszüge betonte. Sie sah gar nicht schlecht aus, aber seine Mutter und einen Freund haben? Das konnte er sich einfach nicht vorstellen. Und er wollte es auch nicht.

Im Geheimen sprach er ein Dankgebet, dass seine Eltern verheiratet waren – und zwar glücklich. Im März hatten sie gerade ihren einundzwanzigsten Hochzeitstag gefeiert.

»Ein Cheeseburger Deluxe, Pommes und Kohlsalat, ein gemischter Salat mit French Dressing, aber separat«, verkündete die Kellnerin, die alles auf einem Tablett balancierte. »Ich schätze, der Salat kommt hierhin, oder?«, sagte sie zu Liv.

»Genau«, erwiderte Liv und zog ihre Hand aus Jeremys.

»Ich wollte euch aber nicht stören«, sagte die Kellnerin und zwinkerte Jeremy verschwörerisch zu.

Mit einem Mal wurde Jeremy bewusst, dass er vergessen hatte, seine Hand von Livs zu nehmen, – er hatte sie bestimmt zwei Minuten dort gelassen. Hoffentlich hatte sie das nicht irgendwie falsch verstanden!

Aus irgendwelchen unerfindlichen Gründen hätte er am liebsten gegrinst.

Nach ihrem Dinner bei *Gertie's* war ihre Fahrt zügig vorangegangen. Jeremy hatte nicht damit gerechnet, dass sie bereits vor sechs Uhr abends zwischen Allentown und Philadelphia sein würden.

Aber auf diesem Straßenabschnitt ging es plötzlich nicht mehr weiter. Der Verkehr stand, Stoßstange an Stoßstange. Nichts tat sich. Jeremy bekam schon langsam Kopfschmerzen von den Bremslichtern vor ihnen. Die Zeit rückte voran, ohne dass sie sich auch nur einen Meter weiterbewegten. Im Nu war es sechs Uhr. Dann Viertel nach sechs. Dann halb sieben. Sie standen. Und standen. Und standen. Jeremy hatte noch nie einen derartigen Stau gesehen.

»Es würde mich ja nicht weiter aufregen, wenn sich wenigstens ab und zu mal was bewegen würde«, beschwerte er sich. »Aber wir stehen einfach nur am selben Fleck. Ich halt's nicht aus.« Weiter vorne stiegen Leute aus den Autos aus. Ein paar Typen, die wie Studenten aussahen, spielten Frisbee. Ein älteres Paar holte Klappstühle aus seinem Cadillac und machte es sich draußen gemütlich.

»Was haben die denn vor?«, sagte Liv in gereiztem Ton. »Ein Grillfest etwa? Das ist doch kein Riesenpicknick hier. Ich will hier endlich weg!« Sie war sichtlich genervt. »Wer weiß, wie lange wir hier noch festsitzen?«

Jeremy machte seinen Sicherheitsgurt los. »Reg dich nicht auf. Ich gehe mal da vorne hin und guck, was los ist«, sagte er. Ein Polizist auf einem Motorrad war mittlerweile angekommen und parkte auf dem Mittelstreifen. Sofort wurde er von einer Gruppe Leute umringt. »Vielleicht kann mir irgendjemand irgendwas sagen.«

Na, das war ja echt totale Zeitverschwendung, dachte Jeremy, als er zum Auto zurückging.

»Und?«, fragte Liv hoffnungsvoll, als er bei ihr ankam.

»Ungefähr sechs Meilen weiter liegt ein Lkw umgestürzt

auf der Fahrbahn. Der Polizist sagt, es kann noch eine Stunde oder länger dauern, bis der aus dem Weg geräumt ist und die Straße freigegeben wird.« Jeremy schüttelte den Kopf. »Da kann man nichts dran ändern. Aber immerhin haben wir bis jetzt zeitmäßig unheimlich gut gelegen, deshalb ist das nicht ganz so schlimm.«

Liv trommelte mit den Fingern gegen die Fensterkante. Das Geräusch machte Jeremy noch nervöser, als er es ohnehin schon war. »Wo fahren die denn alle hin?«, fragte sie und zeigte auf ein paar Autos, die man auf einer Ausfahrt nach rechts abfahren sah. Auf dem Schild an der Ausfahrt stand: »Spinnerstown/Trumbauersville«.

»Irgendeine kleinere Ausfahrt eben«, sagte Jeremy und kniff die Augen zusammen, um das Schild zu lesen. Die Ortsnamen waren ihm völlig unbekannt. »Ich kann mir aber nicht vorstellen, dass uns das was nützen würde. Ich habe keine Ahnung, wo die Straße hinführt.«

Liv holte die Landkarte aus dem Handschuhfach hervor. Nachdem sie einige Minuten gesucht hatte, klatschte sie die Hände zusammen. »Okay. Wir sind hier.« Jeremy sah sich die Stelle an, auf die sie zeigte. »Es sieht so aus, als ob diese Straße uns in ein paar Minuten zu einer größeren Nebenstraße bringt, auf der wir dann irgendwann wieder auf unsern Highway stoßen.« Sie knabberte an einem hellrosa Fingernagel. »Klar, das ist ein kleiner Umweg, aber wir sitzen hier doch sowieso noch ewig fest. Ich finde, das ist unsere beste Möglichkeit.«

»Lass mich mal auf die Karte gucken«, verlangte Jeremy

und beugte sich zu ihr hinüber. Eine Hauch von *Blue Grass* wehte ihm entgegen.

»Wieso? Traust du mir nicht?«, fragte Liv, hob die Landkarte hoch und drückte sie abwehrend gegen die Brust. »Ich bin eine Expertin im Kartenlesen.«

Jeremy lachte. »Ich will bloß nicht, dass wir uns verfahren. Patrick bringt mich um, wenn dir irgendwas passiert.«

Jetzt musste Liv lachen. »Was soll schon passieren? Hör zu, beim Abendessen haben wir gemacht, was du gesagt hast, und jetzt machen wir, was ich sage. Und außerdem – hast du denn gar keinen Sinn für Abenteuer?«

»Okay, okay, du hast mich überzeugt.« Jeremy warf vorsichtshalber einen Blick über die Schulter und fuhr dann auf den Seitenstreifen. »Trumbauersville, wir kommen!«

»Hast du nicht gesagt, du wüsstest, wo diese Straße hinführt?«, beschwerte sich Liv und starrte aus dem Fenster. »Wir sind in der finstersten Provinz gelandet!« Schon seit über zwanzig Minuten waren sie auf kurvenreichen, hügeligen Straßen durch die dichten Wälder Pennsylvanias geirrt, ohne auf ein einziges Hinweisschild zu stoßen. Nicht ein einziges. Einfach nichts, woran sie sich hätten orientieren können.

Jeremy merkte, dass er langsam wütend wurde. »Moment mal, Liv. Bist du nicht diejenige, die behauptet hat, eine Expertin im Kartenlesen zu sein? Du hast wohl vergessen, wessen Idee es war, die Ausfahrt zu nehmen! Ich hatte meine Strecke genau geplant.«

»Dann hättest du eben auch nicht davon abweichen sollen«, sagte Liv gereizt und streckte ihm die Zunge raus.

Langsam platzte ihm der Kragen. Er zwang sich, bis zehn zu zählen. »Ach, komm«, sagte er schließlich. »Hast du denn gar keinen Sinn für Abenteuer?«

»Den hab ich vor ungefähr zehn Meilen abgegeben.« Sie holte tief Luft. »Und jetzt siehst du ja selbst, in was für eine Situation du uns gebracht hast!«

»Also hör mal, Liv. Wenn du nicht mit aller Macht darauf bestanden hättest, so schnell wie möglich nach Pelican's Cove zu kommen, hätte ich mich nie auf diesen blöden Plan eingelassen«, erwiderte Jeremy genervt.

Liv verschränkte die Arme und starrte geradeaus. Die kurvige Strecke schien kein Ende nehmen zu wollen. Abgesehen von ein oder zwei entgegenkommenden Autos waren sie allein auf der Straße. Vor ihnen ging die Sonne allmählich unter und schickte flammend rote und orange Strahlen durch die dichten schweren Äste.

Jeremy seufzte. Es war Schwachsinn sich zu streiten. Er hatte genauso wenig Lust wie Liv, eine Strecke zu fahren, die er nicht kannte. Und er konnte es kaum abwarten, endlich ans Ziel zu kommen. Mittlerweile hatte er das Gefühl, schon tagelang unterwegs zu sein. Endlos lange Tage.

»Um diese Jahreszeit sind Sonnenuntergänge echt super, finde ich«, bemerkte Jeremy. »Irgendwie ist es so, als würde der Sommer, kurz bevor er sich verabschiedet, noch ein paar wahnsinnige Sonnenuntergänge rausrücken, die er als Extrabonus für den Saisonabschluss oder so was aufgespart hat.«

Liv schenkte ihm ein zögerndes Lächeln. »Ja.«

Jeremy blickte zu ihr hinüber. Es spielte eigentlich überhaupt keine Rolle, ob es eine blöde Idee gewesen war, vom Highway abzufahren. Sie hatten reichlich Benzin und Zeit hatten sie im Prinzip auch genug. Und trotz ihrer Zankereien war er froh, dass Liv mitgefahren war.

»Liv?«

»Was?«

»Lass uns nicht streiten. Es ist doch völlig egal, wie das passiert ist«, sagte Jeremy in versöhnlichem Ton. »Wir wollen schließlich beide so schnell wie möglich nach Pelican's Cove, oder nicht? Und Patrick verschwindet ja nicht – er wird auf jeden Fall da sein.«

Liv ließ die Arme wieder locker. Sie sagte zwar nichts, aber Jeremy bemerkte erleichtert, dass sie nicht mehr so angespannt war.

Ein paar Minuten später nahm sie die Karte wieder zur Hand.

»Vielleicht hältst du besser mal an. Es wird jetzt dunkel und vielleicht drehen wir lieber um oder so«, sagte sie. »Ich hab irgendwo einen Fehler gemacht.«

Nachdem er sich die Karte genau angesehen hatte, wurde Jeremy klar, wo sie falsch gefahren waren. Sie waren vermutlich zu früh an einer Straßengabelung abgebogen, anstatt weiter bis zu der Abbiegung zu fahren, die sie hätten nehmen sollen. Auf der Karte hatte alles viel übersichtlicher ausgesehen als es in Wirklichkeit war.

»Eigentlich ganz einfach«, sagte Liv und folgte der Straße mit dem Kugelschreiber. »Wir sind hier.« Sie malte ein kleines blaues X. »Wenn wir wenden und ungefähr zehn Meilen zurückfahren, müssten wir eigentlich wieder da sein, wo wir falsch abgebogen sind.«

»Wir nehmen die richtige Abbiegung und zehn Minuten später sind wir wieder auf dem Highway«, setzte Jeremy hinzu. Er hatte schon fast die Hoffnung aufgegeben, dass sie jemals wieder aus diesem Wald herauskämen.

»Genau«, sagte Liv und machte ein zweites X, um den Highway zu markieren. »Und jetzt wird es höchste Zeit, die Verbindung zwischen den Punkten herzustellen.« Sie lächelte ihn mit ihrem strahlenden Lächeln an. »Fahren Sie, Chauffeur Thomas!«

Jeremy wendete und fuhr wieder zurück in die Richtung, aus der sie gerade gekommen waren. Mit dem Tageslicht würde es in wenigen Minuten vorüber sein und er war froh, dass sie in Richtung Highway fuhren, wo ihnen alles vertrauter war.

Liv spähte in den Wald und versuchte, im schnell schwindenden Licht etwas zu erkennen, an dem sie sich orientieren konnten. »Ja, ja, okay. Ich kann mich erinnern, dass wir an dem großen Felsen da drüben vorbeigekommen sind. Ich glaube, jetzt sind es nur noch ein paar Meilen, und dann ...« Jeremy hörte, wie sie erschrocken nach Luft schnappte. »He! Pass auf!«

»Was? Ach du Schande!«, murmelte Jeremy und zog das Auto scharf nach rechts. Ein dicker Waschbär mit großen, dunklen Augen war plötzlich aus dem Nichts aufgetaucht und lief ihm geradewegs vor den Wagen. Jeremy packte das Lenkrad fester und bereitete sich auf den Zusammenstoß vor.

Zack!

Jeremys Kopf flog von der Wucht des Aufpralls vor und wieder zurück. Er bemerkte, dass sein Fuß auf der Bremse stand. Instinktiv versuchte er, noch stärker zu bremsen und wartete auf das Geräusch von knirschendem Metall.

Aber abgesehen von dem leisen Klingeln der Schlüssel, die vom Zündschloss herabhingen, war es total still. Jeremy schaltete die Automatik in die Parkposition und versuchte, seine zitternden Hände unter Kontrolle zu bringen. »Hast du dich verletzt?«, fragte er und wandte sich Liv zu. Ihr Gesicht war kreidebleich.

Liv schüttelte den Kopf und ließ den Türgriff los, an dem sie sich festgeklammert hatte. »Ich glaube nicht.«

»Gut. Mir ist nichts passiert, dir ist nichts passiert, dem bescheuerten Waschbären ist nichts passiert. Alles ist okay. Nur das Auto ist kaputt.«

Jeremy hatte vermeiden können, den Waschbären zu überfahren, aber stattdessen einen alten halb verrotteten Baumstumpf gerammt, der dem rechten Vorderrad in die Quere gekommen war. Der Reifen war bereits platt. Auf der Erde lag ein großer Fetzen Gummi, der aus dem Reifen gerissen worden war, und die letzten Seufzer der entweichenden Luft mischten sich mit den Geräuschen des Waldes, aus dem es zirpte und summte und knisterte.

»Aber wenigstens den Waschbären haben wir nicht überfahren«, betonte Liv.

»Wie tröstlich!«, murmelte Jeremy leise. So ein Mist!

Er schlug wütend die Tür zu und ging in die Hocke, um sich den Schaden genau anzusehen. Das Auto hatte zum Glück kaum etwas abbekommen, nur an der vorderen Stoßstange konnte er ein paar winzige Kratzer sehen. Das war also nicht weiter schlimm. Ein wenig Farbe würde das beheben. Und im Kofferraum hatte er ein Reserverad, wenn auch nur ein so genanntes Notrad. Den Reifen hier unter diesen Umständen zu wechseln würde nicht gerade einfach sein, aber es gab Schlimmeres.

Er richtete sich auf und streckte sich. Dann griff er durch das offene Fenster und drückte den Knopf für den Kofferraum.

»Das dauert nicht lange«, rief er Liv über die offene Klappe hinweg zu. »Könntest du mir mal die Betriebsanleitung aus dem Handschuhfach bringen? Ich glaube, da wird Schritt für Schritt erklärt, wie man Reifen wechselt.« Er fing an, Livs Gepäck aus dem Kofferraum auszuladen.

»Jeremy?« Er erschrak, als er plötzlich Livs kühle Hand auf seinem Arm spürte. Sie sah aus, als würde sie jeden Moment in Tränen ausbrechen.

»He, kein Grund zur Sorge«, sagte er und lächelte sie freundlich an. Ein paar Haarsträhnen hatten sich aus ihrem Pferdeschwanz gelöst und gaben ihr ein weicheres Aussehen. Oh Mann, sie war echt verdammt hübsch! »Ich habe schon mal Reifen gewechselt«, sagte er und war froh, dass er sie trösten konnte. »Ehrlich, das ist eine Kleinigkeit. Aber lies mir besser die Anleitung vor, damit ich nichts Wichtiges vergesse. Dann sind wir umso schneller wieder unterwegs.« Sorgsam legte er Livs Kleidersack auf den Boden und hob den Segelsack aus dem Kofferraum.

Liv schüttelte den Kopf. »Nein, ich meine was anderes«, sagte sie und biss sich auf die Unterlippe. »Weißt du, der Reservereifen … Also, der Grund, warum mein Gepäck in den Kofferraum gepasst hat …«

Kapitel 4

Es gab einfach keine guten Samariter mehr.

Vielleicht gab es auch einfach nur keine Autofahrer mehr. In der halben Stunde, die Jeremy und Liv nun mit Schreien, Weinen und Auf- und Abgehen zugebracht hatten, war nicht ein einziges Auto an ihnen vorbeigekommen. Nichts. Kein Auto, kein Kleinbus, kein Motorrad.

Jeremy starrte verbittert in den Kofferraum. Vielleicht müsste er nur lange und genau genug hinschauen, dann würde das Notrad wie von Zauberhand wieder auftauchen, sich selbst montieren und die Fahrt könnte endlich weitergehen.

Es war einfach nicht zu fassen, dass Liv wirklich etwas so Dummes tun konnte. Auch Männer machten dumme Fehler, und er wäre der Erste, der zugeben würde, dass er manche Dummheit auf seinem Konto verbuchen musste. Aber das Reserverad aus dem Auto zu nehmen, wenn man eine achtstündige Fahrt plant? Nie! Es gab ziemlich dämliche Typen, aber garantiert keinen, der auf so einen idiotischen Einfall käme.

»Okay, okay«, sagte Liv, die mittlerweile schon mindestens hundertmal um das Auto gewandert war. »Wir müssen ganz logisch nachdenken, was wir tun können.« Sie beugte sich zu dem zerfetzten Reifen hinab. »Bist du sicher, dass du so nicht fahren kannst? Vielleicht gibt es eine Tankstelle in der Nähe. Vielleicht müssten wir nur fünf Meilen oder so fahren.«

Jeremy sah sie schräg von der Seite an. »Hast du nicht gesagt, du wolltest logisch denken«, fragte er gereizt. »Ich kann unmöglich so fahren. Dann würde ich nämlich echt auf der Felge fahren.« Er lehnte sich gegen das Auto. »Unsere einzige Chance, es heute noch bis zu den Clarks zu schaffen, ist, dass jemand anhält und uns mitnimmt.« Er sah sich um. »Und besonders viel versprechend sieht es im Moment nicht gerade aus.«

Liv setzte sich auf die Motorhaube – und sprang sofort wieder auf, als hätte sie etwas gestochen.

»Au!«, rief sie und rieb die Rückseite ihrer nackten Beine.

Jeremy zuckte zusammen. »Der Motor ist noch heiß von der Fahrt. Sei bloß vorsichtig!«

»Toll«, murmelte Liv. »Verbrannte Beine und ein Plattfuß. Was kann sonst noch schief gehen?« Wütend trat sie auf einen großen Ast, der neben der Straße lag. Er brach mit einem lauten Krachen. »Patrick flippt aus, wenn wir nicht bald auftauchen«, sagte sie plötzlich mit leicht bebender Stimme. Sie schlang die Arme um sich selbst.

»Ja, ich weiß.« Jeremy trommelte mit den Fingern auf das Dach des Toyotas. In der letzten halben Stunde hatte er sich das Hirn zermartert, um eine Lösung zu finden. »Aber was soll ich machen?«

»Du sollst uns hier rausholen!«, brach es aus Liv hervor. »Ich bin müde und hungrig und friere. Und ich habe keine Lust, hier draußen im Wald festzusitzen! Ich will in Pelican's Cove sein, bei Patrick!« Frustriert gab sie dem platten Reifen einen kräftigen Tritt.

»Davon wird natürlich alles besser«, sagte Jeremy trocken. »Hast du eigentlich vergessen, warum wir überhaupt in dieser Situation sind? Wenn Fräulein Ich-muss-meine-gesamte-Garderobe-mitnehmen sich dazu hätte durchringen können, ein paar modische Accessoires zu Hause zu lassen, dann wären wir schon wieder unterwegs.«

Liv schniefte. »Ja klar, hack nur auf mir rum. Ich fühl mich noch nicht miserabel genug.« Sie seufzte. »Ich weiß, dass es meine Schuld ist. Tut mir Leid.«

Jeremy schüttelte den Kopf. »Wir sind beide einfach nur total genervt. Und es hilft uns auch nicht weiter, wenn wir uns gegenseitig die Hölle heiß machen.« Die kalte Nachtluft ließ ihn frösteln. »Vielleicht sollten wir wieder ins Auto steigen. So langsam wird es kalt hier.« Er mochte nicht aussprechen, was unschwer zu erkennen war: Diese Straße war offensichtlich kaum befahren. Außerdem war er auch nicht besonders erpicht darauf, jetzt noch jemanden anzuhalten. In der Dunkelheit fühlte er sich noch viel hilfloser und er wollte auf keinen Fall irgendwelchen wildfremden Menschen auf Gedeih oder Verderb ausgeliefert sein. Es war besser, die Nacht im Auto zu bleiben, ein paar Stunden zu schlafen und dann am Morgen Hilfe zu holen.

Liv biss sich auf die Unterlippe. »Das heißt, wir geben

alle Hoffnung auf, heute Nacht noch weiterzufahren«, sagte sie und schluckte.

Jeremy lächelte halbherzig. »Du weißt ja, dass ich selbst so schnell wie möglich zu Patrick will«, sagte er in sanftem Ton zu ihr. »Aber du siehst ja auch, dass wir im Moment eben Pech haben.« Er klopfte ihr leicht auf die Schulter. »Nur Geduld. Morgen stehen wir früh auf und wenn niemand vorbeikommt, gehen wir zu Fuß los. Wir finden schon jemanden, der uns hilft.«

»Ja, du hast Recht«, sagte Liv resigniert. »Also, auf welcher Seite des Autos schläfst du denn immer?«

Inzwischen war es bereits nach neun Uhr, dennoch war im Wald noch keine Stille eingetreten. Grillen zirpten, Zikaden summten. Blätter rauschten sanft in dem kaum wahrnehmbaren Wind. Und ab und zu konnte man ein lautes Knacken hören.

Zuerst sahen er und Liv sich bei jedem nicht definierbaren Geräusch erschrocken an. Aber dann entspannte Jeremy sich. Im Auto waren sie schließlich sicher. Und er hatte auch noch die solide Stahlstange griffbereit, mit der das Lenkrad abgesperrt werden konnte. Jeder, der sich mit ihnen anlegen wollte, würde zuallererst einmal eine übergezogen kriegen.

»Was meinst du, wie sicher wir hier sind?«, fragte Liv beklommen. Sie versank fast in Jeremys extragroßem, dunkelblauem College-Sweatshirt. »Darin fängst du garantiert innerhalb von einer Stunde an zu schwitzen«, hatte er gesagt, als er es für sie zusammen mit einer alten karierten

Decke aus dem Kofferraum holte. »Glaubst du, hier in der Gegend gibt es viele wilde Tiere?«, fragte Liv weiter. Sie starrte hinaus in die Dunkelheit. »Ich kann überhaupt nichts erkennen. Das Fenster ist ganz beschlagen.«

»Bestimmt gibt's hier Bären«, sagte Jeremy nachdenklich. »Die können Nahrung meilenweit riechen. Und Menschen greifen sie eigentlich nicht von sich aus an, aber wenn sie sich angegriffen fühlen oder bei der Nahrungssuche gestört, dann kann das tödlich ausgehen. Das hängt auch von der Art Bär ab, Grisli, Braunbär …«

Liv nickte. »Meine Tante und mein Onkel sind mal auf einem Campingplatz in einem Nationalpark in Delaware gewesen, da haben sie eine große Kühlbox draußen stehen lassen, als sie schlafen gegangen sind. Mein Onkel wollte die Kühlbox in den Bus holen, aber meine Tante hat gesagt, er soll es lassen.«

»Keine gute Idee«, warf Jeremy ein.

»Das kannst du laut sagen«, stimmte Liv zu. »Irgendwann während der Nacht ist ein Bär gekommen, hat sich die Kühlbox geschnappt und sie so lange auf den Picknicktisch geknallt, bis sie aufplatzte und die Lebensmittel alle rausfielen.« Sie lachte. »Mann, hat der Bär sich voll gefressen.«

»Und ist irgendjemand dabei verletzt worden?«, fragte Jeremy.

»Nein, aber meine Tante und mein Onkel hatten keinen Bissen Brot mehr. Irgendwann haben sie dann in einem Geschäft in der Umgebung wieder Lebensmittel gekauft. Mein

Onkel hat den Deckel von der Kühlbox aufbewahrt, – da sind riesige Löcher drin, die der Bär mit den Krallen gemacht hat. Der Deckel hängt jetzt bei ihnen in der Garage.«

»Cooles Campingsouvenir«, sagte Jeremy.

»Mhm.«

Jeremy kippte die Lehne seines Sitzes zurück. Jetzt konnte er einen Streifen Himmel sehen – übersät mit leuchtenden, glitzernden Sternen. Sein Rücken tat etwas weh, wie immer, wenn er lange im Auto gesessen hatte.

»Irgendwie ist das alles hier total verrückt«, sagte Liv nach einer Weile.

»Was meinst du?«, fragte Jeremy.

Liv machte mit dem Arm eine alles einschließende Geste. »Das hier. Ich. Du. Dass ich die Nacht mit einem Typ im Auto verbringe, den ich gerade erst kennen gelernt habe.« Sie kicherte. »Mein Mutter flippt aus, wenn sie das hört.«

»Echt?«, sagte Jeremy. »Die kam mir ziemlich cool vor.«

Liv warf ihm einen Blick zu. »Ja, meine Mutter ist cool.« Dann hob sie die Brauen. »Aber ich glaube trotzdem nicht, dass sie das hier so toll fände.«

»Schon Pech, dass du jetzt nicht Patrick hier bei dir hast statt meiner Wenigkeit«, bemerkte Jeremy. »Ich meine, es könnte doch eigentlich ganz romantisch sein, mit Freund oder Freundin irgendwo festzusitzen oder wenigstens mit jemandem, auf den man steht …« Er ließ den Satz unbeendet. Was rede ich denn für einen Stuss? Ich höre mich an wie ein totaler Idiot, dachte er und starrte aus dem Fenster. Jetzt hat sie bestimmt gemerkt, dass ich denke, wenn man mit jemandem im Auto festsitzt, den man attraktiv findet, dann könnten sich gewisse Dinge abspielen ...

Liv griff nach dem Hebel für die Sitzeinstellung und rückte ihren Sitz so weit zurück wie Jeremys. »Ja, bestimmt«, sagte sie gähnend. »Es kann überall romantisch sein, wenn man will.« Sie lächelte Jeremy müde an. »Wirklich, das tut mir echt Leid. Ich weiß, dass ich uns das eingebrockt habe und du deshalb jetzt mit mir hier festsitzt.«

Jeremy fing an zu erklären, dass er es wirklich nicht so gemeint hatte. Und dass er es nicht als Festsitzen bezeichnen würde. Dass er genau genommen die ganze Situation irgendwie ganz gut fände.

Aber niemand hörte ihm zu.

Liv war eingeschlafen.

Kapitel 5

Sie schlang die Arme verlangend um seinen Hals. »Oh, Jeremy, ich habe mich schon so lange nach diesem Augenblick gesehnt.« Sanft begann sie, seine Wange, sein Ohr, sein Haar zu küssen.

Jeremy hielt sie dicht an sich gedrückt und konnte ihren Herzschlag durch die weiche, weiße Satinbluse fühlen, die sie trug. »Ich wusste ja nicht, dass du solche Gefühle für mich hattest«, flüsterte er und küsste ihre Stirn. »Und du duftest so gut. Ist das *Blue Grass*?«

Liv nickte. »Ja«, schnurrte sie, als sie sich in seine Arme schmiegte. »Du bist so intelligent, Jeremy. Ich finde es einfach toll, wie du die Kartons in den Regalen sortiert hast, nach Farben und überhaupt.«

»Du bist so schön, Liv.« Mit den Händen strich er ihr das Haar aus dem makellosen Gesicht. »Ich habe einfach gewusst, dass du so etwas bemerken würdest.«

Livs Lippen lächelten ihn verführerisch an. »Ich liebe dich, Jeremy. Dich und niemanden sonst. Jeremy, oh Jeremy ...«

»Jeremy!«

Er fuhr auf wie von der Tarantel gestochen. »Was?«

Liv legte ihm die Hand über den Mund. »Psst!« Sie deutete nach vorne durch die Windschutzscheibe. »Guck mal!«

Immer noch halb im Schlaf sah Jeremy hinaus. Vor dem Auto – im Mondlicht deutlich zu sehen – standen ein riesiger Hirsch und eine zierlichere Hirschkuh. Der Körper des Hirschs wirkte gewaltig und kraftvoll, sein Geweih stark und majestätisch. Die Hirschkuh war kleiner und sah sanfter aus. Die Tiere befanden sich nicht weit vom Auto, nur etwa einen Meter, nahe genug, dass sie ihr weiches, kurzes, braunes Haarkleid und die Feuchtigkeit des Morgentaus auf ihren Hufen erkennen konnten.

Mit dem Vorderhuf scharrte der Hirsch in den Blättern auf dem Waldboden herum. Die Hirschkuh stand neben ihm und auch ihr Huf bewegte sich, aber weniger stark. Wenn der Hirsch etwas Besonderes entdeckte, stieß er die Hirschkuh an, als wollte er sagen: »Ich warte, bis du satt bist.«

Liv staunte. »Sieh nur, er lässt erst einmal sie äsen!«

Jeremy nickte im Halbdunkel. Er war immer noch total verwirrt von dem Traum, aus dem er gerade erst erwacht war. »Ich kann einfach nicht fassen, wie groß die sind!«

Nachdem die Tiere noch ein paar Minuten geäst hatten, schritten sie hinab zu einem kleinen Bach. Gleichzeitig senkten sie ihre Köpfe zum Wasser hinab, um zu trinken.

»Könnten wir diese Szene nur fotografieren«, flüsterte Liv. »Sie sind einfach wunderschön.« Ganz langsam griff sie hinab und versuchte, die Tiere nicht durch eine schnelle Bewegung zu erschrecken. »Ich glaube, ich habe die Kamera in der Reisetasche.«

»Das Foto wird ganz bestimmt nichts«, flüsterte Jeremy zurück. »Viel zu dunkel. Und mit dem Blitzlicht würdest du garantiert …«

Plötzlich wandten die Tiere ihre Köpfe dem Auto zu und sahen Jeremy und Liv geradewegs an. Einige Sekunden später wandten sie sich um und sprangen davon in die Nacht.

Nichts ließ erkennen, dass sie überhaupt jemals da gewesen waren.

»Oh Mann!« Jeremy schüttelte den Kopf. »Das war echt cool.«

»Irgendwie war das so, als wollten sie uns was sagen!« Liv war ganz aufgeregt. »Hast du gesehen, wie die uns angeschaut haben? Die sahen so friedlich aus.«

Nachdem sie die Tiere gesehen hatten, war an Schlaf nicht mehr zu denken. Jeremy war viel zu aufgedreht und er konnte sehen, dass es Liv nicht anders ging.

»Die waren einfach der totale Wahnsinn«, sagte Liv.

»Finde ich auch«, stimmte Jeremy zu. »Siehst du? Es hat auch seine Vorteile, die Nacht hier draußen zu verbringen.«

Liv grinste. »Es hört sich vielleicht komisch an, aber als ich denen bei der Futtersuche zugesehen habe, bin ich selbst unheimlich hungrig geworden.«

»Du bist nicht die Einzige«, sagte Jeremy. »Mein Magen knurrt schon seit anderthalb Stunden.«

Er durchsuchte den Wust an Papiertüten, der sich auf der

Rückbank angesammelt hatte. Das Ergebnis war nicht gerade überwältigend: ein Rest Apfelkuchen, mehrere durchweichte Pommes, eine vermatschte Banane, ein Pappbecher, in dem sich von geschmolzenem Eis verwässerte Cola befand, und eine halb volle Flasche warmes Wasser.

»Bis jetzt hast du mir noch gar nicht gesagt, wo du studieren willst«, sagte Liv, während sie die schlaffen Pommes kritisch inspizierte.

Jeremy steckte eine leere Kassettenschachtel zurück in die Halterung. »Penn State wahrscheinlich. Mein Bruder studiert zwar auch da, aber das ist ein so riesiger Komplex, dass ich ihn wahrscheinlich sowieso nie zu Gesicht bekomme. Die Uni hat einen ziemlich guten Ruf.« Jeremy wusste immer noch nicht, für welches Hauptfach er sich entscheiden sollte. Irgendwas mit Geisteswissenschaften, aber was genau wusste er nicht. In letzter Zeit hatte er mit dem Gedanken gespielt, Lehrer zu werden. Er mochte Kinder und selbst wenn es ziemlich abgedroschen klang – der Gedanke, dass er etwas dazu beitragen könnte, die Welt positiv zu verändern, gefiel ihm irgendwie.

»Was ist denn so schlimm daran, deinen Bruder zu treffen? Vertragt ihr euch nicht?«, wollte Liv wissen.

Jeremy kicherte und trank einen Schluck Cola. »Nein, das ist nicht der Grund. Manchmal will man eben einfach alleine sein. Er hängt immer unheimlich den älteren Bruder raus. Ich kann ihn echt gut leiden, aber das heißt noch lange nicht, dass ich mir ständig erzählen lassen will, wo's langgeht.«

Liv versuchte, sich seitlich zusammenzurollen. »Glaub mir, ich weiß, was du meinst. Meine ältere Schwester Andrea geht mir wahnsinnig auf die Nerven. Ständig gibt sie mir gute Ratschläge, auch wenn sie überhaupt nicht gefragt ist«, sagte Liv aufgebracht. »Aber diesen Sommer hat sie es echt gut. Sie reist nämlich im Moment mit ihrem französischen Freund Jean-Paul kreuz und quer durch Europa.«

Jeremy stieß einen Pfiff aus: »Oooh, là, là! Klingt très romantique.«

»Sprichst du Französisch?«, fragte Liv überrascht.

»Ein bisschen. Ich habe Französisch genommen, weil auf unserer Schule mindestens eine Fremdsprache vorgeschrieben ist.« Jeremy zuckte mit den Schultern. »Und ich muss sagen, irgendwie gefällt's mir ganz gut. Unsere Französischgruppe hat im vergangenen Frühjahr einen Trip nach Montreal gemacht. Das war ziemlich cool, mal live Französisch zu sprechen. Und das Essen war auch super, Crêpes und so.«

»Ich mache jetzt schon seit vier Jahren Französisch«, sagte Liv. »Und ich liebe diese Sprache.« Sie schloss die Augen. »Ich träume davon, eines Tages mal nach Paris zu fahren. Und dann will ich mir nachts vom Eiffelturm – von ganz oben – die Stadt anschauen und all die Lichter, die zu mir heraufleuchten. Jeden Tag würde ich Schokoladencroissants essen und richtig coole französische Klamotten kaufen und eine riesige, geheimnisvolle Sonnenbrille tragen und dazu ein Chiffontuch um den Kopf.«

Jeremy lachte. »Heißt das also, dass du im Ausland studieren willst, in Paris?«, fragte er.

Liv verdrehte die Augen. »Nein. Das war nur eine Wunschvorstellung. In Wirklichkeit werde ich wahrscheinlich auch in Penn State landen, so wie du. Oder irgendwo nach Ohio gehen, zum Beispiel an die Universität von Dayton, oder nach Miami«, sagte Liv und zählte ihre Möglichkeiten an den Fingern ab. »Ich hatte mal vor, Pharmazie zu studieren, aber den Gedanken habe ich aufgegeben.« Sie machte eine Pause. »Ich mach das, was ich eigentlich wirklich am allerliebsten studieren will, nur hab ich mich bis jetzt nie getraut, es zu sagen.«

»Spann mich nicht auf die Folter.«

»Tiermedizin. Ich möchte gerne Tierärztin werden«, sagte Liv in sachlichem Ton. »So, jetzt weißt du's.« Sie grinste. »Ich stehe auf Tiere. Und in den naturwissenschaftlichen Fächern bin ich schon immer gut gewesen«, fügte sie voller Stolz hinzu.

»Toll!«, sagte Jeremy bewundernd. »Dich als Tierärztin kann ich mir gut vorstellen.«

»Wirklich?«, fragte Liv und errötete.

»Klar, wieso denn nicht?«, gab Jeremy zurück. »Du bist intelligent, mitfühlend, warmherzig – und das ist doch genau, was all die kranken Hündchen brauchen. Ich wette, du wirst eine unheimlich gute Tierärztin.«

Liv lächelte. »Danke, das ist nett von dir.«

Es war schon erstaunlich. Sieben Stunden lang hatten sie einander nichts zu sagen gehabt. Und jetzt auf einmal ging alles ganz von selbst. Jeremy fand es unglaublich, wie viele Gemeinsamkeiten sie hatten. Beide gingen sie gerne Schlittschuhlaufen, aber nicht länger als eine Stunde. Beide mochten sie Regentage im Frühling und im Sommer den Zoo. Beide hatten sie ältere Geschwister, die ihnen auf die Nerven gingen. Sie mochten dieselben Filme, vor allem Actionfilme. Livs Mutter kaufte ihre Lebensmittel in dem Geschäft, in dem Jeremy arbeitete. Und beide gingen sie gerne ins Kunstmuseum von Erie.

»Lieblingsessen?«, fragte Liv.

»Pizza.« Liv nickte und trank einen Schluck Wasser. »Korrekt. Lieblingsfarbe?«

»Grün.«

»Die richtige Antwort ist violett, aber das lasse ich noch mal durchgehen. Lieblingsunterricht?«

»Literatur.«

Beide lachten gleichzeitig.

Irre. Jeremy hatte noch nie so viel Zeit mit einem Mädchen verbracht und er wollte am liebsten noch viele Stunden mit Liv zusammen sein. Es gab so viel Interessantes über sie herauszufinden.

»Das ist echt ein Ding, findest du nicht?«, sagte Jeremy. Er konnte es einfach nicht fassen, dass sie derart viele Vorlieben teilten.

»Ja.« Liv trank einen Schluck Wasser.

Jeremy betrachtete ihr Gesicht. An Livs Unterlippe hing ein Wassertropfen. Sie schien ihn nicht zu spüren.

»Hier«, sagte Jeremy mit weicher Stimme und lehnte sich hinüber. Er streckte die Hand aus und wischte den Tropfen vorsichtig fort ... aber dann blieben seine Finger noch. Er strich mit dem Finger zart über Livs Unterlippe. Sein Körper beugte sich weiter vor.

Mit einem Mal küssten sie sich.

Livs Lippen waren feucht und weich. Jeremy konnte die Hitze spüren, die sie ausstrahlten. Zärtlich streichelte er ihre Lippen mit seinen, küsste sie spielerisch, neckend. Liv küsste ihn ebenso neckend zurück. Der Kuss wurde intensiver und intensiver. Jeremy reichte hinauf und löste ihren Pferdeschwanz. Eine Kaskade weichen Haars fiel auf seine Hand.

»Liv«, murmelte er. Seine Hand glitt tiefer, auf ihren Rücken, zog sie näher an sich heran.

Urplötzlich und ohne Warnung fuhr Liv zurück, mit weit aufgerissenen, wilden Augen.

»B-bist du verrückt?«, stieß sie hervor und wischte sich den Mund mit der Rückseite der Hand.

Jeremy fuhr sich mit der Zungenspitze über die Lippen. »Ich ... ich ...«, stammelte er hilflos. »Ich weiß auch nicht, ich wollte das eigentlich nicht, ich ...«

»Mach das ja nicht noch mal!«, sagte Liv mit unsicherer Stimme. Sie zog sich die Decke, die ihre Beine bedeckt hatte, bis zum Gesicht hoch. »Was ist bloß in dich gefahren?« Dann wandte sie ihm den Rücken zu.

Jeremys Herz hämmerte, aufgewühlt von Leidenschaft und Schock. Hatte er sich das nur eingebildet? Wollte sie ihn nicht genauso küssen wie er sie? Seine Hand zitterte ein wenig, als er sich das Haar zurückstrich. Was hatte er da bloß angerichtet?

Ein solcher Kuss konnte einfach nicht einseitig sein. Dazu war er viel zu wild gewesen, viel zu wahnsinnig, viel zu heiß.

Viel zu echt.

Jeremy starrte auf Livs Rücken. Sie hatte sich so weit wie eben möglich von ihm weggerollt.

Das ist Patricks Freundin! Was hatte er bloß getan? Wie Autos bei Glatteis waren seine Gefühle und sein Verstand gegeneinander geknallt.

Das ganze Ausmaß dessen, was geschehen war, wurde ihm mit einem Schlag bewusst.

Nicht genug damit, dass er soeben die Freundin seines besten Freundes geküsst hatte. Weitaus schlimmer war die Tatsache, dass Jeremy sich in ausgerechnet das Mädchen verliebt hatte, das er nun mal nicht haben konnte.

Kapitel 6

Hell und klar dämmerte der Morgen herauf, als die Sonne hinter dem Wald aufging und allmählich höher stieg.

Jeremy warf einen Blick auf die Uhr. Es war zehn Minuten nach sieben. Er gähnte. Der ganze Körper tat ihm weh, vor allem das Genick, das von der Nacht auf der Kopfstütze steif geworden war. Sein Schlaf war ruhelos gewesen und er hatte sich ununterbrochen auf dem kleinen, harten Sitz hin und her gewälzt. Außerdem hatte es ewig gedauert, bis er eingeschlafen war. Fünf Uhr war es sicher schon gewesen, als er endlich in einen schlafähnlichen Zustand versunken war.

Jeremy streckte sich und sah hinüber zu Liv.

Ihr Sitz war leer.

Sie war fort. Jeremy warf einen raschen Blick auf die Rückbank, dann entdeckte er, dass die Beifahrertür einen Spalt offen stand.

Sie war doch hoffentlich nicht so verrückt gewesen, auf eigene Faust loszumarschieren, um Hilfe zu holen? Die Erinnerung an die vergangene Nacht brach mit einem Mal wie eine riesige Welle über ihn her. Er konnte immer noch nicht fassen, dass er sie wirklich geküsst hatte, – dass *sie* sich wirklich geküsst hatten.

Es handelte sich schließlich nicht um irgendein beliebiges Mädchen: Dies war Patricks Freundin. Patricks Freundin! Jeremy konnte das Chaos in seinem Kopf nicht abstellen. Er stellte sich vor, wie die Typen in der Schule ihn mit offenen Mündern anstarren würden. »Wie bitte? Du hast was?« Jeremy wurde fast schlecht bei dem Gedanken an das, was geschehen war. Und jetzt war sie auch noch verschwunden!

Sie wollte garantiert nichts mehr mit ihm zu tun haben, sagte er sich bedrückt. Er stieg aus und streckte sich. »Liv?«, rief er und konnte das Echo seiner Stimme hören. »Hallo, Liv?«

Gespannt lauschte er. Tatsächlich hörte er bald das Geräusch knackender Zweige.

»Kann man nicht mal fünf Minuten für sich allein haben?«, murrte Liv, als sie sich einen Weg durch den Wald bahnte. Jeremy fand, dass Liv jetzt noch hübscher wirkte als am Abend zuvor, und da hatte sie schon umwerfend ausgesehen. Ihre Augen waren etwas verschwollen und schläfrig und auf ihren Wangen lag ein Hauch von Rosa. Das Haar hatte sie wieder zu einem Pferdeschwanz gebunden.

»Entschuldigung«, sagte er verlegen. Auch er musste eigentlich mal dringend verschwinden. »Ich bin gleich wieder zurück«, rief er und suchte sich einen Weg durch die Büsche.

Als er zurückkam, hatte sich Liv vor dem Auto niedergehockt. »Hier kannst du noch die Fährten sehen«, sagte sie und zeigte auf den Boden.

Jeremy nickte. »Das war echt toll letzte Nacht«, sagte er. Dann konnte er spüren, dass er rot wurde. »Mit dem Wild, meine ich.« Bevor er eine Chance hatte, sich noch weiter in Verlegenheit zu bringen, konnte er in weiter Ferne ein Geräusch hören. Ein Auto!

Liv sprang auf. »Da kommt jemand.«

Jeremy folgte ihr, als sie zum Straßenrand lief und einem waldgrünen Kleinbus, der nun über der Hügelkuppe auftauchte, zuwinkte.

Der Fahrer hielt an und öffnete das Fenster. »Habt ihr eine Panne?« Eine Frau in einem Kleid mit Blumenmuster saß neben ihm und auf der Rückbank schlief ein winziges Baby in seinem Kindersitz.

»Ja. Wir haben einen Platten, aber kein Reserverad«, sagte Jeremy.

»Könnt ihr uns aushelfen?«, setzte Liv hastig hinterher. »Wir sind schon ganz verzweifelt.«

Der Mann wandte sich fragend seiner Frau zu, aber die schüttelte den Kopf. »Wir sind auf dem Weg zu einem Familienfest«, sagte sie in entschuldigendem Ton, wobei sie sich an ihrem Mann vorbei zum Fenster vorbeugte. »Wenn wir nicht gleich weiterfahren, kommen wir zu spät.« Sie grinste. »Und meine Eltern haben Benjamin noch gar nicht gesehen. Da können wir sie doch nicht warten lassen.«

Ihr Mann zeigte etwas mehr Mitgefühl. »Ungefähr zehn

Meilen von hier ist eine Werkstatt. Wir können da Bescheid sagen und jemanden schicken«, bot er an. »Okay?«

»Okay«, sagte Jeremy, schob die Hände in die Taschen und trat vom Fenster zurück. »Danke.« Er winkte, als sie davonfuhren.

»Wie kannst du sie denn nur einfach so fahren lassen?«, explodierte Liv und stampfte mit dem Fuß auf. »Unsere erste Chance zur Rettung und du lässt sie wegfahren!«

Jeremy seufzte. Er konnte ihre Frustration gut verstehen, aber trotzdem benahm sie sich ziemlich kindisch. »Sei doch mal ein bisschen realistisch, Liv. Ich hatte doch gar keine Alternative! Sollte ich sie vielleicht als Geiseln nehmen?«

Liv ließ sich am Straßenrand nieder. Ihre Augen wurden zu schmalen Schlitzen, als sie murmelte: »Wehe, die schicken keinen vorbei!«

Jeremy tat so, als würde er vor Angst beben. »Denn sonst ...«

Liv funkelte ihn wütend an.

Zwanzig Minuten später hielt ein Abschleppwagen bei ihnen.

Ein großer, schwarzhaariger Kerl beugte sich aus dem Fenster. »Hi, ich bin Sal. Soll ich euch abschleppen?«

»Jawohl«, sagte Liv, schnappte sich ihre Reisetasche und kletterte zu ihm in die Fahrerkabine. »Wie lange dauert es, einen Reifen zu wechseln?«

Jeremy beäugte den Karton voller Doughnuts auf der Theke.

»Hier, bedient euch«, sagte Sal mit einer Geste in Richtung Theke. »Ihr seid bestimmt völlig ausgehungert.«

»Danke«, sagte Jeremy erfreut und suchte sich das größte Exemplar heraus.

Als sie in der Werkstatt angekommen waren, hatte Liv sofort versucht, die Clarks anzurufen, damit sie sich nicht länger Sorgen machen mussten. »Besetzt!«, sagte sie frustriert und legte auf. »Mit wem um Himmels willen telefonieren die bloß so früh am Morgen?«

»Wahrscheinlich versuchen sie rauszufinden, wo wir abgeblieben sind«, sagte Jeremy. Er war sich sicher, dass die Clarks mittlerweile außer sich waren, und hoffte nur, dass sie seine Eltern noch nicht angerufen hatten. Seine Mutter wäre in dem Fall sicherlich schon in Tränen ausgebrochen, sein Vater würde ruhelos auf und ab gehen, und Mitchell würde – wenn auch besorgt – andeuten, dass er nicht überrascht sei. Und all das eines platten Reifens wegen.

Er rief also zu Hause an. Nach dem vierten Klingeln hörte er: »Thomas. Bitte hinterlassen Sie Namen und Telefonnummer. Wir rufen sobald wie möglich zurück. Danke.« Jeremy runzelte die Stirn. Wo mochten seine Eltern am Sonntagmorgen um halb neun sein? Es war noch zu früh für die Kirche. Dann fiel ihm ein, dass sie mit den Johnsons auf dem Eriesee segeln gehen wollten. Sie segelten mit Vorliebe ganz früh hinaus, damit sie bei einer Tasse Kaffee den Sonnenaufgang bewundern konnten.

»Äh, hallo, ich bin's«, sagte Jeremy. »Für den Fall, dass ihr euch Sorgen gemacht habt, wollte ich nur Bescheid sagen, dass alles in Ordnung ist. Wir haben irgendwo mitten im Wald eine Panne gehabt, aber jetzt ist alles wieder okay. Wir werden in Kürze bei den Clarks sein, für den Fall, dass sie bei euch anrufen. Okay? Macht euch keine Sorgen. Tschüss.« Er legte auf und hoffte, dass seine Nachricht nicht zu dramatisch klang.

»Sag bloß, die waren auch nicht zu Hause?«, stöhnte Liv.

»Nee, die sind segeln. Aber wir sind sowieso bald bei Patrick. Deshalb ist das doch jetzt egal.«

Liv bestand darauf, die Hälfte der Rechnung zu bezahlen. »Das ist nicht nötig«, sagte Jeremy und schob ihr Geld zurück.

»Gerechtigkeit muss sein«, beharrte Liv und schob ihm das Geld wieder hin. »Es gibt wirklich keinen Grund, warum du etwas bezahlen solltest, was ich verschuldet habe.«

»Also, wenn du unbedingt willst ...«, gab Jeremy nach.

»Ja, das will ich.« Liv klappte ihre Brieftasche zu. »Ich hasse das Gefühl, anderen irgendwas schuldig zu bleiben.«

»Damit ist die Sache also erledigt, Liv«, sagte Jeremy, als er Sal das Geld hinschob und die Rechnung studierte, die vor ihm lag. »Du schuldest mir gar nichts mehr.«

Als er sich anschickte, seinen Namen unter die Rechnung zu setzen, fragte er sich, warum Livs Oberlippe bei diesen Worten etwas gezuckt hatte.

Das Schweigen im Auto war erdrückend.

»Tolles Gefühl, endlich wieder unterwegs zu sein«, sagte Jeremy endlich. Für Livs Ohren klang die Fröhlichkeit in seiner Stimme nicht ganz echt. Sie waren die Strecke zurückgefahren, die sie am Abend zuvor eingeschlagen hatten, hatten die Stelle gefunden, an der sie falsch gefahren waren, und befanden sich nun wieder auf dem Highway.

»Ja, wirklich«, sagte Liv und öffnete das Fenster einen Spalt, um frische Luft hereinzulassen. Sie versuchte, sich möglichst unbefangen zu geben, so als ob zwischen ihnen alles ganz normal wäre. Nur dass es das nicht war. Sie konnte an nichts anderes denken als an die Art, in der Jeremy sie in der letzten Nacht angesehen hatte. Wie seine Lippen sich auf ihren angefühlt hatten.

Liv hatte noch nicht viele solcher Küsse bekommen. Genau genommen hatte sie noch nie einen solchen Kuss erlebt.

Dieser Kuss war viel versprechend.

Und er fühlte sich echt an.

Liv hatte bisher insgesamt vier Jungs geküsst. Tom Williams war ihr erster Kuss gewesen. Ein wenig unbeholfen, aber alles in allem war es doch ein ziemlich guter Kuss. Sie waren in der neunten Klasse ein paar Monate miteinander gegangen, aber die Sache blieb ziemlich unschuldig: Sie sahen sich gemeinsam Basketballspiele an, hockten in der Bücherei, gingen mit ihren Freunden Pizza essen. Dann tauchte eines Tages die süße Ashley Lauder auf und Liv war vergessen.

Livs nächster Freund hieß Brett Shueman. Sie gingen im Laufe der zehnten Klasse immer mal wieder miteinander aus. Brett war ein netter Kerl (und hatte weitaus mehr Erfahrung im Küssen als Tom), aber Football war ihm viel zu wichtig, als dass eine ernsthafte Beziehung mit ihm möglich gewesen wäre. Und das war Liv auch ganz recht. So konnte sie Schluss machen und sich trotzdem weiterhin gut mit ihm verstehen. Kurz bevor Liv dann Patrick kennen lernte, war sie zweimal mit Ray Butler ausgegangen, aber sie verstanden sich nicht besonders gut.

Als Patrick in ihrem Leben auftauchte, wurde Liv klar, dass sie Jungs bisher einfach nicht ernst genommen hatte. Sie hatte noch nie einen Freund wie Patrick gehabt. Er kaufte Rosen für sie. Keine roten, wie die anderen Mädchen sie von ihren Freunden bekamen! Patrick stand auf pfirsichfarbene Rosen. Er fand sie einzigartig – wie Liv. Patrick rief sie oft ganz unvermutet an, nur um ihr zu sagen, dass er gerade an sie dachte. Er hatte sogar bei *Night Vibes*, einem Radioprogramm, angerufen und einen besonderen Song für sie auflegen lassen. Patrick war anders. Etwas Besonderes. Livs Freundinnen warteten schon immer ganz begierig darauf, von seinen neuesten romantischen Einfällen zu hören.

Livs Gedanken wanderten zu Jeremy. Er hatte schon seit einer halben Stunde kein Wort mehr gesagt. Wie er meinen Namen ausspricht. Liv. Langsam. Bedeutungsvoll. Nie hatte jemand ihren Namen so ausgesprochen. Selbst Patrick nicht. Auch wenn die Erinnerung daran sie verlegen machte – sie hatte sich bereits dabei ertappt, ihren Namen so auszusprechen, wie Jeremy es tat. Zum Glück hatten nur die Vögel sie hören können.

Heimlich betrachtete sie sein Profil. Er wirkte müde, aber abgesehen davon sah Jeremy genauso umwerfend aus wie gestern. Dieselben klaren, grünen Augen, dieselbe ausgeprägte, leicht gebogene Nase, dieselben weichen, roten Lippen.

Jeremys Lippen! Allein die Erinnerung daran gab ihr ein flaues Gefühl in der Magengegend. Sie war unzufrieden mit sich selbst und den Gedanken, die ihr durch den Kopf gingen. Vielleicht sollte sie besser darüber nachdenken, dass sie in einer Beziehung war, einer festen Beziehung mit Patrick Clark, einem Menschen, der ihr ungeheuer viel bedeutete. Mit seinem besten Kumpel rumzumachen war etwas, das sie nie für möglich gehalten hätte. Das passte einfach nicht zu ihr. Treue und Zuverlässigkeit hatten eine große Bedeutung für sie.

»Stört es dich, wenn ich das Radio anmache?«, fragte Jeremy und riss Liv damit aus ihren Tagträumen von verflossenen und jetzigen Freunden.

»Nein, überhaupt nicht«, sagte Liv und war froh, dass die Stille im Auto von irgendetwas unterbrochen wurde. Jeremy schaltete das Radio an und sofort schlug ihnen Countrymusic aus den Lautsprechern entgegen. Liv suchte eine Weile nach einem anderen Sender, konnte aber nur entweder Countrymusic oder kirchliche Sendungen zum Sonntagmorgen finden. Nicht gerade eine umwerfende Auswahl.

Einige Minuten vergingen. »Hast du Hunger?«, fragte Jeremy. Offenbar suchte er nach einem Gesprächsthema.

Am Abend zuvor war sie total ausgehungert gewesen, aber die Gedanken an Patrick und das, was sie mit diesem Kuss aufs Spiel gesetzt hatte, lagen ihr nun auf dem Magen. »Wenn du einen Burger King oder so was siehst, würde ich gerne einen Kaffee trinken.« Zurück auf den Boden der Tatsachen, sagte sie sich streng. Am besten gleich einen doppelten Espresso!

Jeremy nickte. »Da müsste eigentlich bald was kommen.«

Die Stille im Auto wurde immer unerträglicher.

Schließlich hielt Liv es nicht länger aus. »Hör mal«, sagte sie und versuchte, die richtigen Worte zu finden. »Das, was da zwischen uns letzte Nacht passiert ist, also, hm, …« Sie sah auf den Boden vor ihren Füßen. »Das war ein Fehler. Ein großer Fehler.« Liv wartete darauf, dass Jeremy etwas sagen würde, aber seine Lippen waren zusammengepresst und er schaute starr geradeaus.

Sie fuhr fort: »Ich will nur nicht, dass du einen falschen Eindruck von mir bekommst. So etwas habe ich noch nie getan und ich habe es auch jetzt nicht vor. Das wollte ich dir nur sagen.«

Jeremy warf ihr einen aufgebrachten Blick zu. »Wenn du meinst, dass es für mich Routine ist, die Freundinnen meiner Freunde zu küssen, dann irrst du dich gewaltig. Ich bin nämlich auch nicht der Typ für so was.«

Liv hatte verschwitzte, klebrige Hände, die sie nervös an

ihren Beinen abzuwischen versuchte. »Nein, das kann ich mir auch nicht vorstellen. Ich wollte dir auch keine Vorwürfe machen. Ich …«

»Eins möchte ich hier gerne mal klar stellen«, sagte Jeremy mit dunkler Stimme. »Du warst letzte Nacht wütend auf mich und ich kann verstehen, warum. Ich hätte dich nicht so küssen dürfen. Aber du – du hast mich schließlich auch geküsst, Liv.« Er machte eine Pause. »Oder etwa nicht?«

Liv verbarg das Gesicht in den Händen. Das Ganze war irgendwie demütigend. »Ich möchte wirklich nicht mehr darüber nachdenken«, sagte sie erschöpft. »Du warst müde, ich war müde. Das ist … eben einfach passiert. Wir waren beide ziemlich durcheinander.« Sie sah Jeremy an. »Bitte versprich mir, dass du nie wieder davon anfängst! Nie!«, flüsterte sie verzweifelt.

Jeremy packte das Lenkrad fester. »Ah, ich verstehe«, sagte er schließlich. »Du hast Angst, dass ich Patrick was erzähle.« Er schüttelte den Kopf. »Niemals. Patrick ist mein bester Freund. Ich könnte ihm niemals wehtun.« Sie fuhren eine Weile, ohne etwas zu sagen. Liv starrte aus dem Fenster, während eine endlose Reihe von Bäumen und Fastfood-Reklameschildern an ihnen vorüberraste. Verlegenheit und Ärger erfüllten sie. Wie hatte sie nur etwas so Dummes tun können? Etwas, das ihre Beziehung zu Patrick in Gefahr bringen konnte!

»Liv?« Jeremy sah zu ihr hinüber. »Wenn du das also für die beste Lösung hältst, gut. Was letzte Nacht zwischen dir und mir passiert ist, war ein großer Fehler. Und was mich anbetrifft, so ist überhaupt nie was passiert.«

Liv versuchte, den Kloß herunterzuschlucken, der sich in ihrem Hals gebildet hatte. »Danke.« Es klang dünn und nichts sagend.

»Keine Ursache«, sagte Jeremy in knappem Ton.

Liv zwang sich dazu, positiv zu denken. Jedenfalls lagen jetzt zwei tolle Wochen mit Patrick am Strand von New Jersey vor ihr. Sie würde in einem fantastischen Haus mit wirklich netten Leuten wohnen und lauter tolle Sachen unternehmen. Das würde alles einfach großartig und sie und Patrick würden sich ganz fantastisch verstehen.

Die vergangene Nacht mit Jeremy wäre vergessen und der tollste Sommer aller Zeiten erwartete sie.

Als Liv aufsah, fuhren sie gerade an einem Hinweisschild vorüber, das sie darüber informierte, dass es noch 45 Meilen bis zur Küste waren.

Alles ist genauso, wie es vorher war, sagte sie sich. Ich bin immer noch Patricks Freundin und wir haben eine Superbeziehung. Aber wenn doch alles so wunderbar war, woher kam dann dieses unglückliche Gefühl?

Kapitel 7

Jeremy fuhr sich mit der Zunge über die Schneidezähne, die sich eindeutig ungeputzt anfühlten. »Hast du noch welche von den Pfefferminzbonbons?«

Er griff nach der Packung, die Liv hochhielt.

»Nicht so schnell. Ich habe nur noch eins übrig. Und ich teile nicht gern.« Liv zog die Packung rasch wieder fort.

»Wie du willst. Aber wenn ich das Bonbon nicht haben kann, wirst du meinen Mundgeruch ertragen müssen, bis wir da sind.« Jeremy öffnete den Mund und atmete aus: »Hahhhhh.«

»Okay, hier!«, sagte Liv sofort und gab ihm die Packung.

Jeremy seufzte, als er in den Ocean Parkway einbog. »Andererseits wären deine Leiden sowieso nur noch von kurzer Dauer, denn wir sind fast da.«

Wir sind fast da …

Um zum Ferienort Beach Haven zu gelangen, musste man von der Abfahrt New Jersey aus für etwa zwanzig Meilen einer ganzen Reihe kleiner Nebenstraßen folgen, bis man zu einer Brücke kam, die über einen Wasserlauf zum Ocean Parkway führte, der Hauptstraße von Beach Haven. Das Haus der Clarks lag versteckt an einer der vielen sandigen Seitenstraßen, die sich von dort in Richtung Strand schlängelten.

Das riesige Haus, mehr Villa als Ferienhäuschen, stand abseits der Hauptstraße, versteckt und geschützt hinter einem hohen Lattenzaun. Die Zedernschindeln auf den Außenwänden waren im Lauf der Jahre grau geworden von Wind und Salz. Von einem weiß gestrichenen Mast flatterte eine bunte Fahne mit einem Segelschiff. Rechts der Hofeinfahrt stand eine Doppelgarage, neben der sich ein kleines geteertes Basketballfeld befand. Am Tor hielt ein geschnitzter Pelikan aus Holz Wache. Das kleine Schild neben ihm trug die Inschrift »Pelican's Cove«.

Langsam fuhr Jeremy das Auto durch das Tor und hielt neben dem Wagen der Clarks.

»Endlich«, sagte Liv und betrachtete wohlwollend das Haus. Jeremy sah ihr zu, wie sie irgendein Zeug aus einem winzigen Behälter auf ihre Lippen tupfte. Sie schien es offenbar kaum erwarten zu können endlich ins Haus zu gehen. Eilig bürstete sie sich durchs Haar. »Ich kann es noch gar nicht glauben, dass wir wirklich da sind«, sagte sie aufgeregt.

Jeremy nickte halbherzig. Sein ursprünglicher Enthusiasmus für diesen Besuch war ziemlich abgeflaut. Wenn Patrick herausfinden sollte, was zwischen ihm und Liv vorgefallen war, würde er ihm das nie verzeihen. Und Jeremy könnte ihm das nicht übel nehmen. Mann, dachte er, für den bin ich dann aber echt total gestorben! Patrick und er wussten immer ganz genau, was mit dem andern los war. Nach diesen acht Jahren ihrer Freundschaft gab es einfach nichts, was sie einander nicht erzählten.

Aber diese Geschichte ...

Jeremy war einfach nicht in der Lage, seine Empfindungen zu ignorieren. Es kam ihm selbst lächerlich vor, aber in diesen vierundzwanzig Stunden mit Liv hatten seine Gefühle ihn total überwältigt. Auch wenn er Liv etwas anderes hatte weismachen wollen, so wusste er doch, dass es sich nicht um einen kleinen Ausrutscher handelte, der sich schnell abtun ließ. Dies hier ging tiefer, viel tiefer. Und Jeremy wusste nicht, was er tun sollte. Gut, dachte er, ich habe also Patricks Freundin geküsst und tierische Schuldgefühle deswegen, trotzdem kann ich an nichts anderes denken als daran, ob wir uns wohl noch mal wieder küssen.

Er hatte den ganzen Morgen keine Gelegenheit gefunden, mit Liv darüber zu sprechen, und jetzt, wo er glaubte, die Courage aufbringen zu können, waren sie schon bei den Clarks angekommen. Jeremy stöhnte innerlich. Für ihn war die Fahrt viel zu früh vorüber. Hätte er sich nicht verfahren können oder wenigstens einen Umweg finden? Er konnte Patrick einfach noch nicht unter die Augen treten.

Jeremys Handflächen waren klebrig und seine Kehle ausgetrocknet. Nur noch ein paar Minuten, das war alles, was er brauchte. Um mit ihr zu reden, herauszufinden, ob er eine Grundlage für seine Empfindungen hatte oder ob er verrückt war.

Jeremy fasste nach Livs Arm. »He, Liv?«

Aber es war zu spät. Sie war ausgestiegen.

Und Patrick kam bereits auf sie zugerannt.

»Liv!« Patricks Haar war von der Sommersonne noch blonder geworden und natürlich war er braun gebrannt. Er stieß einen jubelnden Kriegsschrei aus, schlang seine Arme um Liv und erdrückte sie fast mit einer gewaltigen Umarmung.

Dann ließ er sie los, trat einen Schritt zurück und starrte ihr forschend ins Gesicht. »Wo seid ihr gewesen?«, fragte er in anklagendem Ton. »Ich bin hier fast wahnsinnig geworden. Wir haben schon gedacht, ihr hättet einen fürchterlichen Autounfall gehabt!« Er streichelte Livs Wangen und Arme, als müsse er sich davon überzeugen, dass wirklich alles in Ordnung war.

Liv schüttelte den Kopf und nahm seine Hand. »Nein, nein, alles ist okay. Wir haben uns bloß auf irgendeiner Provinzstraße verirrt und einen Platten gekriegt und …« Sie unterbrach sich. »Jedenfalls war es eine lange Nacht«, sagte sie abschließend. Wieder umarmte sie Patrick. Ihr Gesicht war rot geworden.

Mittlerweile kamen Mr und Mrs Clark, Patricks elfjährige Schwester Shelby und der Hund, ein Golden Retriever namens Biscuit, ebenfalls aus dem Haus gelaufen. »Jeremy! Liv!«, rief Mrs Clark, deren nussbraune Augen Sorge verrieten. Sie umarmte beide. »Wir haben uns solche Sorgen um euch beide gemacht!«

»Das tut mir wirklich Leid«, sagte Jeremy und gab Mrs Clark einen raschen Kuss auf die Wange. »He, Biscuit!« Er hockte sich nieder und strich dem Hund kräftig über den

Kopf. »Liv hat Patrick schon erzählt, dass wir einen Platten hatten und kein Reserverad. Da mussten wir eben warten, bis jemand kam, der uns helfen konnte.«

»Und das ist eben leider erst heute Morgen passiert«, setzte Liv hinzu. »Ich bin mir sicher, dass Jeremy das nicht erzählen würde, aber ...«

Jeremys Herz setzte einen Moment lang aus.

»... irgendwo war das wohl mein Fehler, dass wir kein Reserverad hatten. Genau genommen«, unterbrach sie sich, »war es wirklich nur mein Fehler.« Dann erzählte sie, wie sie das Notrad in der Garage versteckt hatte und welche Konsequenzen das später hatte.

Patrick drückte ihre Hände. »Also, wir haben hier jedenfalls die totale Panik gehabt.« Er wandte sich zu Jeremy. »Mann, bin ich froh, dass du dabei warst.« Er klatschte ihm die Hand auf den Rücken und umarmte ihn kurz. »Ich wollte schon selbst los und nach euch suchen, aber meine Eltern haben mich nicht gelassen.«

»Ja«, mischte sich Shelby ein. »Papa hat die Polizei von New Jersey, Pennsylvania und New York angerufen!«

Jeremy lachte. »Wir waren doch überhaupt nicht in New York, Shelby«, warf er ein.

»Da kannst du mal sehen, was wir uns für Sorgen gemacht haben«, gab sie zurück und sah voller Bewunderung zu ihm auf. Jeremy zog an ihrem langen, blonden Pferdeschwanz. Patricks kleine Schwester war ausgesprochen hübsch und sie hing praktisch an Patricks und auch Jeremys Lippen.

»So, hört mal alle her. Was haltet ihr davon, wenn wir jetzt reingehen und was essen? Jeremy und Liv können zu Hause anrufen und Bescheid geben, dass alles in Ordnung ist«, sagte Mrs Clark und ging voraus zur Tür. Biscuit rannte aufgeregt die Eingangstreppe hoch und bellte.

»Gute Idee«, sagte Mr Clark und ergriff Livs Koffer, Kleidersack und Reisetasche. »Ihr beide habt außerdem Glück mit dem Wetter. Gestern war es nämlich bedeckt, aber heute sieht es so aus, als würde es ein erstklassiger Tag für den Strand.«

Shelby zog Jeremy mit sich zum Haus und redete wie ein Wasserfall auf ihn ein. »Du glaubst nicht, wie viele tolle Sachen man hier machen kann«, erzählte sie ihm aufgeregt. »Schwimmen und Fahrradfahren und Strandvolleyball und der Sandburgwettbewerb und ...«

»Wirklich?«, sagte Jeremy und lächelte. Seit er sie zuletzt gesehen hatte, war sie wieder ein klein wenig gewachsen. Schon jetzt war unschwer zu erkennen, dass sie in ein paar Jahren die Jungs um den Verstand bringen würde.

»Jawohl«, sagte Patrick. Er hatte sowohl Liv als auch Jeremy einen Arm um die Schulter gelegt. »Ich hab euch beide diesen Sommer schwer vermisst und die Tage gezählt, bis ihr kommt.« Er wandte sich an Jeremy. »Was gibt's Neues? Dein Job in dem Laden hört sich ja grausam an. Den ganzen Tag lang Lebensmittel in Tüten zu packen würde mich wahnsinnig machen.«

Jeremy gab einem Kieshaufen einen Tritt. »Tja, nicht jeder kann sich den Luxus leisten, den ganzen Tag nur am

Strand zu liegen. Du kannst mir glauben, dass auch ich lieber meine Zeit damit zugebracht hätte, hier zu surfen, als Regale aufzufüllen!«, sagte er lachend.

Patrick zog die Stirn in Falten. »He, als ob ich diesen Sommer nicht gearbeitet hätte! Den ganzen Tag hat meine Mutter dies und das für mich zu tun und mein Vater denkt sich ständig irgendwelche neuen Projekte für mich aus. Sieh dir bloß mal die Fenster da im ersten Stock an«, sagte er stolz und zeigte nach oben. »Eingebaut von Patrick dem Großen höchstpersönlich.«

»Patrick dem großen Strandpenner, meinst du wohl?«, neckte Liv ihn und kniff ihn in die Seite. »Du bist ja so braun, das ist schon nicht mehr zu glauben. Und dein Haar ist echt noch blonder geworden, als es im Juni war. Nicht zu fassen.«

Patrick grinste. »Und alles Natur, Baby, alles Natur.«

»Dieses Jahr sind so viele coole Leute hier«, platzte Shelby heraus. Ihre Augen wurden groß vor Aufregung. »Da sind zwei Jungs in meinem Alter. Und Lauren und Mallory – die ist schon in unheimlich vielen Werbespots aufgetreten – und dann noch eine Familie aus England!«

»Aha«, sagte Jeremy, aber er hatte nur mit einem halben Ohr hingehört. Aus dem Augenwinkel sah er, wie Patrick Liv einen sanften Kuss auf die Wange gab und sie rot wurde. Sie war einfach wahnsinnig hübsch.

»Wir haben viel nachzuholen«, murmelte Patrick. Es war gerade laut genug, dass Jeremy es hören konnte.

Hatte er wirklich gedacht, sie sei etwas Besonderes?

Klar hatte er das gedacht.

Nur eben nicht für ihn.

Mit einem Seufzer folgte Jeremy Shelby durch die offene Tür ins Haus. Olivia Carlson war schon vergeben, und zwar an seinen besten Freund. Je früher er diese bittere Pille schluckte, desto besser.

Mrs Clark stellte ein reichhaltiges Büfett auf der großen gekachelten Theke im Esszimmer zusammen: Brötchen und Rahmkäse, Nektarinen, Pfirsiche und Weintrauben, frisch gebackenen Schokoladenkuchen und ein Eier- und Schinkengericht. In einem mit tropischen Fischen verzierten Gefäß stand rosa Limonade bereit, außerdem gab es eisgekühltes Wasser in einem einfachen Glaskrug.

Die Unterhaltung war lebhaft, denn die Clarks erzählten Liv und Jeremy in allen Einzelheiten, was sie den Sommer über erlebt hatten und waren begierig darauf zu hören, was sich in der Zwischenzeit in Erie zugetragen hatte.

»Und wie geht's deiner Familie?«, fragte Mrs Clark, während sie nach einem Brötchen griff. »War deine Mutter zufrieden mit dem Garten?«

Jeremy nickte und wischte sich den Mund mit der Serviette. »Wir hatten mehr Gurken und Tomaten, als wir brauchen konnten. Mein Vater hat schon mit dem Gedanken gespielt, vor dem Haus einen Verkaufsstand aufzubauen.«

Er trank einen Schluck Limonade. »Auf jeden Fall hat meine Mutter mir eingeschärft, die besten Grüße auszurichten.« Die Clarks und Familie Thomas waren zwar keine engen Freunde, aber sehr gut bekannt miteinander. Immerhin hatten sie jahrelang ihre Söhne zum Baseball-Training und zu Football-Spielen, zu Schulfesten und zu Tanzveranstaltungen gefahren und wieder abgeholt – sie hatten ihre Jungs zusammen aufwachsen sehen.

»Da fällt mir etwas ein.« Liv griff in ihre Reisetasche. »Das hier ist für Sie. Nur ein kleines Dankeschön, weil Sie mich hierher eingeladen haben.«

»Das war doch nicht nötig«, sagte Mrs Clark, als sie das Päckchen entgegennahm. »Wir freuen uns doch, dass du gekommen bist.«

»Es ist wirklich nur eine Kleinigkeit«, sagte Liv bescheiden.

Mrs Clark öffnete das Päckchen und hob das darin enthaltene Klangspiel in die Höhe. »Das ist aber ein hübsches Geschenk!«, sagte sie und stieß es mit einer kleinen Handbewegung an. Ein weiches, musikalisches Klingen ertönte. »Wo hängen wir das am besten auf?« Sie winkte Liv, ihr auf die Terrasse zu folgen, und auch Shelby war sofort mit dabei. »Das hier könnte ein guter Platz sein …«

»Toll, dass du hier bist, Jeremy«, sagte Mr Clark und stand auf. »Ich hoffe, du fühlst dich hier ganz wie zu Hause.«

»Danke, Mr Clark, ganz bestimmt.«

Patrick beugte sich vor, die Ellbogen auf den Tisch gestützt. »Danke, dass du sie heil und gesund hergebracht hast, Jeremy. Ich weiß echt nicht, was ich gemacht hätte, wenn ihr was passiert wäre.«

»Wirklich kein Problem. Hab ich doch gern gemacht.«

»Jetzt muss ich dir aber was erzählen, was Wichtiges.« Patrick legte eine dramatische Pause ein. »Das Badezimmer ist die Treppe rauf und rechts. Du brauchst dringend eine Dusche, Mann!«

Sonnenstrahlen fluteten über den moosgrünen Teppich, als Patrick die Tür öffnete. Er trat zur Seite und ließ Liv vorausgehen.

»Oh Patrick, ist das hübsch!«, hauchte Liv. Ein großes, schmiedeeisernes Himmelbett mit weißen, schleierartigen Vorhängen stand in der Mitte des Raums. Auf der weißen Tagesdecke türmten sich winzige Kissen in verschiedenen Farben und Stoffen. Dem Bett gegenüber stand ein mit weichem, grünem Samt gepolsterter Stuhl an einem kleinen Tisch, der von einer Kristallvase mit weißen Lilien und voll erblühten Rosen geziert war. Ein schwerer Mahagoni-Kleiderschrank stand offen. Zwölf gepolsterte, mit weißem Satin bezogene Kleiderbügel warteten auf Livs Garderobe. Von dem großen Giebelfenster, dessen Vorhänge sanft in der Brise schwangen, hatte man einen Blick aufs Meer.

»Freut mich, dass es dir gefällt«, sagte Patrick zufrieden. Er stellte Livs Gepäck ab.

Über dem Bett hing ein Gemälde, das eine sandige Muschel in blassen pfirsichfarbenen Tönen und weichen Schattierungen von Lavendel darstellte. »Das ist wirklich toll«, bemerkte Liv und betrachtete es genau.

»Das hat meine Mutter gemalt«, erläuterte Patrick. »Im Sommer verbringt sie viel Zeit mit ihrer Malerei. Schränke, Tische, – alten Krempel, den andere Leute wegwerfen. Ab und zu malt sie auch auf Leinwand.«

»Sie muss sehr begabt sein!«

»Ja, ist sie wohl.«

Liv ging zum Fenster und beugte sich hinaus. Tief atmete sie die salzige Meeresluft ein. »Ich hab mir das noch mal überlegt. Ich finde es hier nicht hübsch – ich finde es einfach wahnsinnig schön!«, rief sie, als sie sich vom Fenster abwandte und Patrick anlächelte. »Du hast vorher gar nichts davon gesagt, wie hinreißend das alles hier ist«, sagte sie mit einer Geste, die das Bett, das Gemälde und die Aussicht mit einbezog. Es war alles einfach perfekt.

Patricks Blick verweilte auf Livs Figur.

»Und du hast mir nichts davon gesagt, wie hinreißend du aussiehst«, sagte er und ging auf sie zu. »Ich habe dich den ganzen Sommer lang wahnsinnig vermisst, Livvie«, flüsterte er und streichelte ihr Gesicht. »Du kannst dir gar nicht vorstellen, wie!«

»Ich dich auch«, sagte Liv und wurde verlegen. Sie betrachtete Patrick und konnte sich an seiner mageren, braun gebrannten Gestalt, die ihr den Sommer über so sehr gefehlt hatte, kaum satt sehen. Sein athletischer Körper war wie maßgeschneidert für Football und Lacrosse. Sein Haar war immer leicht zerzaust und seine Haut nahezu makellos.

Patrick sah sie froh mit seinen sanften, nussbraunen Augen an. Wie hatte sie Jeremy bloß küssen können! Eine Welle von Schuldgefühlen breitete sich in ihr aus. Liv schüttelte kaum merklich den Kopf, um die Erinnerung an die vergangene Nacht loszuwerden.

»Das ist aber auch das beste Schlafzimmer im Haus«, sagte Patrick mit einem bedeutungsvollen Ton in der Stimme, während er sich auf das Bett fallen ließ und Liv mit sich zog.

»Wie meinst du das?«, fragte Liv und streckte sich neben ihm aus.

Patrick knabberte an ihrem Ohr. »Weil es direkt neben meinem ist. Wenn du nachts mal einsam bist, dann hast du nicht weit«, flüsterte er in verführerischem Ton. Seine Hand glitt zu ihrer Taille hinab.

»Patrick!« Liv gab ihm einen leichten Schlag auf die Hand und merkte zu ihrem Ärger, dass sie errötete. Sicher, Patrick und sie hatten es oft genug nicht bei Küssen belassen, aber Sex, nun, dazu war sie noch nicht bereit, jedenfalls zurzeit noch nicht.

Patrick strich mit den Fingern über ihr Gesicht. »He, ich wollte dich wirklich nicht in Verlegenheit bringen oder so. Kein Zwang, das weißt du doch. Ich würde nie irgendwas von dir verlangen, das du nicht selbst möchtest. Wenn wir so weit sind, sind wir so weit. Ich … ich hab nur gedacht, vielleicht, also …« Dann zuckte er die Achseln. »Ich freue mich einfach nur so, dass du jetzt hier bist.« Er beugte sich zu Liv hinüber und küsste sie auf die Lippen.

»Ich auch«, flüsterte Liv und verbarg ihr Gesicht in Patricks zerzaustem Haar. Ihre Gedanken rasten voraus zu all dem, was die nächsten gemeinsamen Wochen wohl bringen mochten, – die letzten zwei Sommerwochen vor ihrem letzten Schuljahr.

Entscheidende Wochen. Diese zwei Wochen würden sie endgültig zu einem Paar zusammenschweißen. Sie würden miteinander essen, miteinander sprechen, miteinander schwimmen. Zeit miteinander verbringen, die zählte. Zusammenwachsen. Sich aneinander binden.

Sie schloss die Augen und gab sich dem wunderbaren Gefühl hin, in Patricks Armen zu liegen. In seinen starken Armen. Voller Liebe.

Geborgenheit.

Kapitel 8

Als die Morgensonne Jeremys Nase kitzelte, fuhr er auf und drehte sich in Richtung des vermeintlichen Weckers um. Mit der Hand tastete er herum, wie es ihm in den vergangenen Monaten zur Gewohnheit geworden war.

Dann erinnerte er sich. Es war kein schweißtreibender Julitag; er befand sich auch nicht in seinem Zimmer. In Regalreihe sieben war kein Glas zu Bruch gegangen. Er war in Pelican's Cove. Und er brauchte sich keine Sorgen über irgendwelche Aufstehzeiten zu machen. Er grinste und schwelgte in der Vorstellung, dass endlich, nachdem er sich den ganzen Sommer lang abgeschuftet hatte, zwei Wochen reiner Faulenzerei vor ihm lagen. Er brauchte nichts zu tun, worauf er keine Lust hatte. Wenn er wollte, konnte er sich's nur gut gehen lassen und von früh bis spät am Strand rumhängen.

Jeremy zog das Betttuch über sein Gesicht, um die Sonne abzuhalten. Er schlief in Patricks Zimmer auf der einen Hälfte von Patricks Doppelbett. Wohlig zusammengerollt unter einer Mohairdecke fragte er sich, ob Patrick schon wach war, hatte aber keine Lust, seinen Kopf auch nur die paar Zentimeter zu heben, die nötig waren, um nachzusehen. Er wälzte sich auf die andere Seite und versuchte, noch einmal einzuschlafen.

Das wollte ihm allerdings nicht gelingen. Die Ereignisse des Wochenendes wirbelten ihm durch den Kopf. Einen winzigen Augenblick lang dachte Jeremy, er habe alles nur geträumt. So etwas konnte doch eigentlich gar nicht passiert sein.

Ist es aber, Romeo, dachte er. Es war passiert. Er hatte Patricks Freundin geküsst.

Er fand, dass der Kuss selbst eigentlich nicht so schlimm war. Obwohl er das natürlich war. Auf jeden Fall! Was wirklich schlimm war, waren die Empfindungen, die er vor, während und seit dem Kuss gehabt hatte. Irgendwie kam ihm die Sache vor wie Kartoffelchips oder so was. Erst isst man einen. Man weiß genau, dass die Chips nicht gerade gesund sind, aber man isst trotzdem weiter. Im Handumdrehen ist der Beutel leer. Aber anstatt zu sagen: »Okay, jetzt esse ich aber was Gesundes, Möhren oder Radieschen oder so«, geht man zum Laden und kauft den nächsten Beutel Kartoffelchips.

So ähnlich ging es ihm auch mit Liv. Er wusste, dass sie ihm nicht gut tat, dass er den Kuss ein für alle Mal vergessen musste.

Diese Frau war einfach Gift für ihn. Er täte besser daran, sich nach einem netten, hübschen Mädchen umzusehen, das im Augenblick – *sehr wichtig* – keinen Freund hatte. Der Haken an der Sache war allerdings, dass er nicht die geringste Lust auf Radieschen oder Möhren verspürte.

Er hatte Lust auf salzige und fettige Kartoffelchips, mit wahnsinnig viel Cholesterin.

Jeremy presste das Gesicht ins Kissen und versuchte, in dem schmalen Bett einen kühleren Fleck zu finden.

Total schwachsinnig war es gewesen, sie zu küssen! Sich überhaupt so von ihr beeindrucken zu lassen!

Er versuchte, sich seinen gestrigen Zustand rational zu erklären. Das alles konnte man wirklich nur auf verrückte Hormonschübe zurückführen.

Höchste Zeit, sich klar zu machen, was wirklich wichtig war. Er war schließlich nicht in Erie, Pennsylvania. Nein, er befand sich am Strand von New Jersey, wo die heißesten Mädchen nur darauf warteten, von ihm entdeckt zu werden – Mädchen, die nicht unbedingt eine feste Beziehung wollten, Mädchen, die solo waren und frei, Mädchen, die sich einfach nur amüsieren wollten. Genau das wollte Jeremy: sich amüsieren. Sich erholen. Und schlafen …

Flopp! Ein dumpfer Schlag landete auf Jeremys Rücken. Langsam hob er die Bettdecke vom Gesicht. Die Mutter aller Wurfgeschosse hatte ihn getroffen: der Hacky Sack.

»Komm schon, steh auf!«, rief Patrick und nahm den kleinen, reisgefüllten Ball von Jeremys Rücken. Dann begann er, ihn auf dem Knie herumtanzen zu lassen. »Das Wetter heute wird super. Irrsinnswellen. Lass uns zusehen, dass wir bald am Strand sind.«

»Muss ich unbedingt dabei sein?« Jeremy fragte sich, wie spät es wohl war.

Patrick ließ die weiße Jalousie mit einem Ruck nach

oben schnellen. Strahlender Sonnenschein überflutete auch den letzten Winkel des bereits hellen Raums. »Mach keine Witze! Den ganzen Sommer hab ich darauf gewartet, dass du endlich hier auftauchst. Glaubst du im Ernst, ich lass dich jetzt schlafen?«

»Psst.« Patrick legte warnend den Finger an die Lippen. »Liv schläft noch. Ich will sie möglichst nicht wecken.«

Jeremy verzog das Gesicht zu einer Grimasse, als er in Boxershorts und T-Shirt mit Patrick auf den Hausflur trat. »Ich bin dir ja so dankbar für die Sonderbehandlung!«

Sie aßen ihr Frühstück auf der riesigen Terrasse, die um die Rückseite des Hauses lief. Große, hölzerne Blumenkübel mit Fleißigen Lieschen und Stiefmütterchen standen rechts und links der Glastür zur Küche und an der Treppe, die zum Sandstrand hinabführte. Livs Klangspiel, das unter dem Futterkasten für Vögel hing, klingelte fröhlich in der morgendlichen Brise.

Das Haus stand auf einem wunderbar gelegenen Grundstück direkt am Meer und von der Terrasse aus hatte man eine perfekte Aussicht auf das Treiben am Strand. Es war gerade erst halb zehn morgens, aber der Strand bevölkerte sich bereits. Die Rettungsschwimmer begaben sich auf ihre Stationen und zogen Wimpel auf, um die Wasserkonditionen anzuzeigen. Familien kamen mit Kühlboxen und leuchtend bunten Badetüchern. Es war ein perfekter Augusttag.

»Siehst du die Landungsbrücke?«, fragte Patrick und schwenkte ein Stück gebratenen Speck in südliche Richtung.

Jeremy kniff die Augen zusammen. »Hm, ja, so gerade eben.« Er konnte irgendwas sehen, das etwa die Größe eines Legosteins hatte.

»Das sind ungefähr zwei Meilen und dann wieder zwei Meilen zurück. Jede Woche habe ich die Strecke mindestens drei Mal im Dauerlauf gemacht.« Patrick verteilte einen riesigen Löffel Himbeermarmelade auf einem Stück Toast. »Das ist unheimlich gut für die Unterschenkelmuskulatur, Dauerlauf im Sand.«

»Ja, bestimmt.« Jeremy konnte keine Begeisterung für Dauerlauf aufbringen. Und außerdem war er ein Morgenmuffel. Duschen, Frühstück und die Baseballergebnisse vom Abend zuvor, in genau der Reihenfolge, das war seine Vorstellung von Aufwachen. Erst dann war er bereit, sich dem Leben zu stellen.

»Stimmt, das hab ich ja ganz vergessen: Vor zehn Uhr ist mit dir einfach nichts los«, rief Patrick. »Aber ich weiß, wie ich dich wach kriege.« Er legte den Kopf schief. »Ein paar richtig heiße Mädchen haben wir hier diesen Sommer. Junge, glaub mir, wenn ich nicht schon eine supertolle Frau hätte, dann hätte ich Probleme, mich zu entscheiden.« Er grinste und bewegte die Augenbrauen bedeutungsvoll auf und ab. »Was für eine Art Mädchen willst du kennen lernen?«

Jeremy kippte seinen Stuhl zurück. »Keine Ahnung. Lustig, würde ich mal sagen. Und gut aussehen soll sie natürlich. Das Übliche eben.« Er starrte zum Meer hinaus. »Das werde ich wohl erst wissen, wenn ich sie sehe.«

Patrick runzelte die Brauen. »Bist du etwa immer noch nicht über Krissy weg?«

»Blödsinn, die ist doch schon seit Urzeiten vergessen.« Das mit Krissy war schon Monate her. Und von dem Mädchen, mit dem er den Sommer über ein paar Mal ausgegangen war – Nicki Argent – hatte er Patrick bisher nichts erzählt. Jeremy spielte in der Football-Schulmannschaft von Millcreek und Nicki war in der Pep Squad, der Gruppe von Fans, die mit ihren anfeuernden Schreien für die nötige moralische Unterstützung sorgten. Eines Tages hatte er beim Einkaufen eine ihrer Freundinnen getroffen, von der er erfuhr, dass Nicki ihn wahnsinnig toll fand. Jeremy hatte Nicki schon immer gemocht. Spontan fragte er sie, ob sie mit ihm ausgehen wollte.

Das war Ende Juni gewesen. Nicki war tatsächlich ein nettes Mädchen, aber es dauerte nicht lange und Jeremy kam sich vor wie in der Falle. Als er noch mit Krissy ausgegangen war, hatten sie sich gegenseitig reichlich Spielraum gelassen, aber mit Nicki war das eine ganz andere Sache. Sie wollte buchstäblich jede Sekunde des Tages mit Jeremy verbringen. Einen Monat lang hielt er es aus, aber schließlich sagte er ihr, dass eine feste Beziehung zurzeit nicht für ihn in Frage käme. Er bräuchte mehr Freiraum.

Anfangs hatte sie nicht aufgeben wollen. Sie rief ihn weiterhin an, zwei- oder dreimal am Tag, fuhr dauernd auf dem Fahrrad an seinem Haus vorbei und schickte sogar ihre Freundinnen während seiner Arbeitszeit in das Lebensmittelgeschäft. Und irgendwann zahlte sich ihre Beharrlichkeit aus, wenn auch anders als ursprünglich beabsichtigt. Brock Kimmet, der nicht weit von Jeremy wohnte, sprach Nicki eines Tages an, als sie auf dem Rad vorbeikam. Es dauerte nicht mehr lange und Jeremy war wieder ein freier Mann.

Jeremy hatte allerdings nicht prinzipiell etwas gegen eine feste Beziehung. Nur musste es natürlich genau das richtige Mädchen sein.

Möwengekreisch riss ihn schließlich aus seinen Gedanken. Er sah auf und beobachtete, wie sie über die Dünenkämme strichen. Dann rieb er sich verschlafen die Augen. »He, Patrick, ich glaube, da versucht jemand, deine Aufmerksamkeit zu erwecken.« Jeremy stand auf.

Ein Mädchen stand auf der Terrasse des Nachbarhauses, das einige hundert Meter entfernt war, und winkte ihnen zu. Ihr schulterlanges, blondes Haar flog im Wind.

Patrick wandte sich um und winkte zurück. »Das ist Megan«, erklärte er. »Ihre Familie verbringt auch schon seit Jahren die Sommerferien hier in Beach Haven.«

»Ist sie nett?« Jeremy fragte sich, warum Patrick sie nie erwähnt hatte.

»Ja, ist sie.« Patrick lehnte sich in seinem Stuhl zurück. »Das ist irgendwie komisch. Ich hab früher nie groß auf sie geachtet. Sie ist noch ziemlich jung – gerade erst in der zehnten Klasse. Aber dieses Jahr kommt sie mir irgendwie anders vor.« Er kratzte sich das Kinn. »Und sie hat sich echt entwickelt.«

Jeremy sah wieder hinüber, aber Megan war im Haus verschwunden. »So jung sah sie eigentlich nicht aus«, bemerkte er. »Dafür aber ziemlich hübsch.«

Patrick setzte sich auf. »Aha! Du hast also schon eine Frau entdeckt, die dich interessiert, und es ist noch nicht einmal Mittag!« Plötzlich fing er an zu grinsen. »Da ist sie ja!«

Jeremy erwartete, Megan die Treppe zur Terrasse heraufkommen zu sehen, aber es war Liv, mit einem Orangensaftbehälter in der Hand. Sie schob die gläserne Schiebetür auf und setzte sich zu ihnen. »Ich kann gar nicht glauben, wie spät es schon ist«, sagte sie gähnend und goss Saft in ein Glas. »Und ... was habt ihr in der Zwischenzeit getrieben?«

»Jeremy hat bereits versucht erste Kontakte zu knüpfen«, informierte Patrick sie mit einem übermütigen Glitzern in den Augen.

»Ach wirklich?«, sagte Liv und blickte rasch zu Jeremy hinüber.

Er schüttelte den Kopf. »Nur weil Patrick auf so was steht, meint er, ich hätte auch nichts anderes im Kopf.« Er wusste, dass er ein wenig empfindlich reagierte, aber er wollte nicht, dass Liv ihn für jemanden hielt, der ständig flirtete. Diese Beschreibung hatte schon immer besser auf Patrick gepasst.

Liv sah noch umwerfender aus als am Tag zuvor. Sie trug

ein offenes violettes Hemd, darunter ein Bikinioberteil mit violetten Blumen. Die abgeschnittenen Jeans brachten ihre langen, wohlproportionierten Beine bestens zur Geltung und an den Füßen trug sie braune Riemchensandalen aus Leder. Die Zehennägel waren hellrosa lackiert.

»Schöner Nagellack«, bemerkte Jeremy. »Deine Zehennägel sehen toll aus.«

Patrick warf einen Blick auf Livs Füße, dann zu Jeremy hinüber. »Ihre Zehennägel sehen toll aus?« Er johlte. »Seit wann bist du denn ein Fußfetischist?«

»Ich weiß nicht«, sagte Jeremy verlegen und hoffte, er klang nicht so dämlich, wie er sich fühlte. »Die sehen einfach nur gut aus, sonst nichts.«

»Jetzt hört bloß auf mit Zehennägeln«, unterbrach Liv und griff nach dem gebratenen Speck. »Wir sind schließlich beim Essen, oder nicht?«

»Was wollt ihr heute machen?«, fragte Patrick, der gerade die fünfte Scheibe Toastbrot verdrückt hatte. »Ich könnte euch mit ein paar Surfern bekannt machen. Die sind echt cool, vor allem die Boogieboarder. Ich hab eine Menge gelernt.« Er grinste. »Ganz so ein Seetanggesicht wie früher bin ich jedenfalls nicht mehr.«

»Was bist du nicht mehr?« Liv hob fragend die Brauen.

»Ein totaler Anfänger. Jetzt kann ich im Wasser auf dem Bauch liegen und dann aufstehen. Wir sollten echt die Boogieboards nehmen und vielleicht nach Laguna Point gehen. Da sind die Wellen der absolute Hammer.«

»Hört sich cool an«, sagte Jeremy und nickte. Patrick

war zwar routinierter im Wasser als er, aber mithalten würde er schon können.

»Und du, Liv?«, fragte Patrick. »Was hältst du davon?«

Sie zuckte die Schultern. »Hm, klar. Klingt gut.«

Sie hat überhaupt keine Lust, den Tag zu dritt zu verbringen, dachte Jeremy. Viel lieber wäre sie mit Patrick ungestört. Sich Patrick und Liv allein vorzustellen machte Jeremy etwas nervös. Aber letzten Endes war das nicht seine Angelegenheit. Schließlich waren die beiden ein Liebespaar. Jeremy hatte null Chancen, jemals seine Eskapade mit Liv fortzusetzen, – und genau so sollte es auch sein.

»Cool«, sagte Patrick, dem Livs mangelnder Enthusiasmus entgangen war. Er sah äußerst zufrieden aus. »Ich hol nur schnell meine Badehose und wir können los.«

Jeremy räusperte sich. »He, Patrick, vielleicht ist das mit den Boogieboards heute doch nicht so eine Superidee. Ich habe das Gefühl, dass Liv lieber was anderes tun würde.«

Patrick sah Liv überrascht an. »Echt? Willst du was anderes machen? Brauchst du nur zu sagen, Schatz.« Er legte seine Hände auf die ihren. »Ich mach gerne, was du willst.«

»Was ich will? Also gut«, sagte Liv und lächelte ihn an. »Wir gehen runter zum Strand, suchen uns einen guten Fleck und dann könnt ihr zwei boarden gehen und ich lass mich von der Sonne rösten, soweit das mit Lichtschutzfaktor 12 überhaupt noch geht.«

»Bist du sicher?«, fragte Patrick.

»Hundertprozentig.« Liv klatschte in die Hände. »Ihr zwei freut euch bestimmt, mal was zu unternehmen, ohne dass ich ständig dabei bin.« Sie strahlte Jeremy an. »Und nach unserer Nacht neulich bin ich mir sicher, dass du für den Rest deines Lebens genug von mir hast.«

Jeremys Herz tat einen kleinen Sprung. Hatte die eine Ahnung! Von wegen *genug von ihr*! Tausend solcher Nächte würden dafür nicht ausreichen. Aber dieses Wahnsinnslächeln war einfach zu viel. Wie konnte jemand nur ein solches Lächeln haben? Und das am Morgen! Ob sie sich überhaupt schon die Zähne geputzt hatte?

Jeremy sah zu Patrick hinüber. Er schien nichts Ungewöhnliches an Livs Lächeln zu bemerken. Für Jeremy hätte es nicht offensichtlicher sein können: Sie flirtete mit ihm, das war einfach nicht zu übersehen. Kein Mädchen lächelte auf diese Art, wenn sie nicht an einem interessiert war.

Jeremy wandte sich wieder zu ihr um und war sofort wieder wie gebannt. Wieder dieses Lächeln, dieses umwerfende Lächeln.

Aber dieses Mal war es nicht für ihn bestimmt.

Dieses Mal galt es Patrick.

»Das werden zwei supertolle Wochen hier für uns drei«, sagte Patrick und grinste von Ohr zu Ohr. »Euch zwei hier zu haben macht den Sommer für mich einfach perfekt.« Er hob sein halb volles Saftglas. »Auf uns!«

»Auf uns!«, sagte Liv und stieß mit ihm an.

»Auf uns!«, stimmte Jeremy ein. »Auf uns!«

»Schaut euch mal die hier an. Ist die nicht schön?« Liv hielt eine Halskette aus feinen, blasspfirsichfarbenen Korallen hoch. »Die finde ich ganz toll.«

»Die ist hübsch«, sagte Jeremy. Am Dienstagnachmittag waren sie zu dritt nach Canterbury Commons gefahren, einem Markt speziell für Touristen. Kleine Boutiquen und Kunsthandwerkläden boten ihre Waren an und Händler hatten Verkaufsstände für Haarschmuck, Strandmode und Töpferwaren aufgebaut.

»Ja, finde ich auch«, sagte Patrick und sah auf die Uhr. »Warum kaufst du sie nicht?«

»Hm ...« Liv zögerte und nahm ein amethystfarbenes Fußkettchen in die Hand. »Ich schau mich lieber noch eine Weile um. Vielleicht finde ich doch noch was, das mir besser gefällt.«

Patrick seufzte. »Hör, Livvie, es ist schon fast drei Uhr. Wir sind jetzt schon seit zwei Stunden hier. Meinst du nicht wir ...«

Liv legte das Kettchen sorgfältig auf die Theke zurück. »Tut mir Leid. Ich hab gar nicht gemerkt, wie die Zeit vergangen ist.« Sie hakte sich bei Patrick ein. »Bis wann ist das Kunstmuseum offen?«

»Sag bloß, du hast immer noch vor, dir das anzusehen?«, rief Patrick.

»Warum nicht?«

»Finde ich auch. Warum nicht?«, stimmte Jeremy zu. Er wurde es zwar auch langsam müde, durch Geschäfte zu bummeln, aber auf das Kunstmuseum hatte er sich gefreut.

In diesem Jahr war sogar eins von Mrs Clarks Gemälden dort ausgestellt.

»Also, ich habe meinem Freund Gavin gesagt, wir würden uns mit ihm irgendwann im Bootshafen treffen. Ich wollte euch Dads Boot zeigen und Gav habe ich versprochen, ihm mit der alten Jolle zu helfen, die er gerade gekauft hat. Es ist schon ein bisschen spät, um das alles noch zu schaffen.«

Liv zog die Brauen hoch. »Na gut dann. Das mit dem Museum war mir sowieso nicht weiter wichtig.«

Jeremy sah sie an, aber sie vermied seinen Blick. Nie im Leben ist das ihre ehrliche Meinung, dachte er. Er wusste genau, dass sie sich am Abend zuvor eine geschlagene Stunde mit Mrs Clark über Kunst unterhalten hatte, während er mit Patrick, Shelby und Mr Clark schwimmen gegangen war.

»Schatz, wenn du gerne zum Museum willst, dann machen wir das«, sagte Patrick mit weicher Stimme, nahm eine Strähne von Livs Haar und ließ sie zwischen seine Finger gleiten. »Ich habe mir das zwar schon an die zwanzigmal mit meiner Mutter angesehen, aber ...« Er berührte ihre Wange. »Ich möchte, dass du glücklich bist. Gavin kann warten.«

»Nein, ich möchte mir den Bootshafen ansehen und deinen Freund kennen lernen«, erwiderte Liv. »Die Gemälde laufen uns sicher nicht weg, oder?«, sagte sie dann unbekümmert.

»Nein, die Chance ist ziemlich gering.« Patrick wandte

sich zu Jeremy um. »Ist das okay, Jere? Du wolltest doch nicht unbedingt ins Museum, oder?«

Jeremy schüttelte den Kopf. »Ich hab nichts dagegen, wieder zum Strand zu fahren, wenn ihr dazu Lust habt.«

»Haben wir«, sagte Liv und nahm Patricks Hand.

»Bist du jetzt eigentlich fest entschlossen, an Penn State zu studieren, Jere?«, fragte Patrick und schlang seine Arme um Liv. Er zog sie mit sich auf den Sessel vor dem offenen Kamin. Nach dem Abendessen waren sie diesmal zu Hause geblieben und das war auch gut so, denn es hatte angefangen, wie verrückt zu regnen. Der Platzregen hatte aber nur zehn Minuten angehalten – mittlerweile hörte man nur noch, wie das ablaufende Wasser in die Dachrinnen rings ums Haus tropfte.

Liv versuchte, den Kopf zu wenden, damit sie Jeremy ansehen konnte, aber aus ihrer Sitzposition war das unmöglich. Sie erhob sich von Patricks Schoß und setzte sich auf die Fußbank vor dem Sessel.

»Ich glaube schon.« Jeremy zuckte die Schultern und lehnte sich auf der Couch zurück. »Es hat mir da ganz gut gefallen, als wir mit Mitchell hingefahren sind. Und das College-Footballteam ist irre gut.« Er sah in seinen verwaschenen Jeans und dem schwarzen T-Shirt heute Abend besonders süß aus, dachte Liv trotz leichter Schuldgefühle. Um den Hals trug er ein geflochtenes Lederhalsband, das er sich am Vortag auf dem Markt von Canterbury Commons gekauft hatte. Es stand ihm gut.

»Das auf jeden Fall«, sagte Patrick. Er beugte sich vor und begann, Livs Schulter zu massieren, aber sie wich ihm gerade genug aus, um ihn davon abzuhalten. Es war ihr unangenehm, wenn er sie vor den Augen seiner Mutter und Jeremy anfasste. Sie fand es irgendwie unpassend.

Schon seit sie angekommen waren, überkam sie jedes Mal ein Anflug von Schuldgefühl, wenn Patrick sie berührte. Es war nicht so, dass sie es nicht genießen würde, aber irgendetwas hatte sich seit Mai und Juni verändert. Es fiel ihr schwer zu sagen, was. Sie fand es immer noch schön, trotzdem ... fast war es so, als fehlte jetzt etwas, das vorher noch da gewesen war.

Und stattdessen musste sie dauernd an Jeremy denken.

Wütend sah sie zu ihm hinüber. Und du bist schuld, du Mistkerl, so süß du auch bist, dachte sie. Warum konnte sie nicht endlich aufhören, an ihn zu denken?

Mrs Clark legte das Buch, in dem sie gelesen hatte, hin und sagte: »Penn State ist vor allem dann eine gute Wahl, wenn man noch nicht genau weiß, welche Fachrichtung man einschlagen will. Das Angebot an Vorlesungen dort ist wirklich groß.«

»Es hat nicht jeder so klare Vorstellungen wie wir«, sagte Patrick und drückte Liv an sich. »Meine Freundin, die Drogenquelle der Zukunft.«

»Pharmazeutin, Patrick, Pharmazeutin«, sagte Mrs Clark trocken.

Jeremy sah zu Liv hinüber. »Im Auto hat Liv mir erzählt, dass sie es sich anders überlegt hat.«

»Was?« Patrick richtete sich auf. »In welcher Hinsicht?«

»Ich weiß nicht«, sagte Liv schüchtern und sah mit gerunzelter Stirn zu Jeremy hinüber. Den ganzen Abend war er extrem still gewesen. Wieso ließ er jetzt plötzlich diese Bemerkung fallen? »Ich hab mir überlegt, dass ich vielleicht doch lieber keine Pharmazeutin werden will.«

»Soll das ein Witz sein?« Patrick sah schockiert aus. »Du stehst auf Naturwissenschaften. Das ist der perfekte Job für dich.« Er schlug die Arme übereinander. »Und was willst du jetzt machen?«

Liv steckte ihr gestricktes Oberteil, das aus der Jeans gerutscht war, wieder zurück. »Ich spiele mit dem Gedanken, Tiermedizin zu studieren.« Sie gab Biscuit einen Klaps.

Patrick schnaubte verächtlich. »Tiermedizin? Ist ja richtig nett, dass ich das auch erfahre.«

»Ist mir neu, dass ich dich immer erst nach deiner Meinung fragen muss«, entgegnete Liv eingeschnappt. Unfassbar, wie negativ er sich dazu äußert, dachte sie wütend. Jeremy war da ganz anders gewesen und hatte sie in ihrem Vorhaben unterstützt, wie man es von einem Freund erwarten sollte. »Na ja, so wichtig war das schließlich nicht.«

»Immerhin wichtig genug, Jeremy davon zu erzählen.«

»Tierärztin, Pharmazeutin, was auch immer.« Mrs Clark winkte ab. »Ihr habt doch alle noch reichlich Zeit, euch zu überlegen, was ihr mit eurem Leben anfangen wollt.«

Patrick griff nach der Fernbedienung und fing an, durch

die Fernsehkanäle zu zappen. »Du bist ein Ass in Chemie, Liv. Das solltest du nicht vergeuden.«

»Da hast du Recht, Patrick. Die Chemie darf man einfach nicht außer Acht lassen«, bemerkte Jeremy von der Couch aus.

Liv blickte unwillkürlich zu Jeremy hinüber. Er starrte sie an. Sie musste schlucken.

Chemie.

Kapitel 9

Liv betrachtete sich noch einmal im Spiegel. Sie trug ihren verwaschenen Overall von Calvin Klein, darunter das neue ärmellose braune, gerippte Oberteil, das sie erst letzte Woche gekauft hatte. Sie schob ihr Haar hoch. Ob sie es aufstecken sollte? Nein, keine gute Idee. Der Wind würde ihr die Frisur durcheinander bringen. Sie kramte in ihrem Make-up-Beutel und zog Bürste, Kamm und ein braunes, elastisches Haarband hervor. Ein französischer Zopf sah immer gut aus.

»Du siehst toll aus!«

Liv zuckte zusammen. »Mensch, hast du mich erschreckt!«, sagte sie zu Shelby.

Shelby kam ins Zimmer und stellte sich hinter Liv, um sie im Spiegel anzustarren. »Das ist ein cooler Overall«, sagte sie voller Bewunderung.

»Danke.« Liv flocht die Haarsträhnen ineinander. Die meisten Leute waren ganz überrascht, wenn sie hörten, dass sie sich einen französischen Zopf selbst flechten konnte. Es sah komplizierter aus, als es war.

»Mom und Dad lassen mich nie auf Strandpartys gehen«, beklagte sich Shelby und begann, die Schleife des großen

Teddybären zu binden und wieder aufzumachen, der auf einem kleinen Stuhl neben ihrem Bett saß. »Die machen immer so ein Theater wegen allem.«

»Deine Eltern wollen nur nicht, dass dir was passiert«, sagte Liv und korrigierte den Sitz des elastischen Haarbandes. Dann sah sie zu Shelby hinüber, die ganz unglücklich auf dem Bett kauerte.

»He, soll ich dir auch einen französischen Zopf machen? Hast du Lust?«

Shelbys schaute sofort fröhlicher drein. »Ja sicher! Dann sehe ich aus wie du, jedenfalls ein bisschen.«

»Wie Zwillinge«, versprach Liv. Versöhnt ließ sich Shelby auf den Teppich gleiten und Liv fing an, ihr Haar zu bürsten.

»Weißt du, Shelby«, sagte Liv, »diese Art von Party würde dir wahrscheinlich sowieso nicht gefallen. Ein Haufen Teenies, die sich albern aufführen. Ich wette, du hast mehr Spaß, wenn du zu Hause bleibst und Fernsehen guckst.« Sie fing mit dem Flechten an.

Shelby seufzte. »Fernsehen – wie toll! Aber weißt du was?«

»Was?« Liv flocht weiter.

»Wenn ich alt genug bin, veranstalte ich jeden Abend eine Party am Strand. Und ich bleibe ganz lange auf und außerdem habe ich dann mein eigenes Telefon in meinem Zimmer, damit ich all meine Verehrer anrufen kann, wann ich will.«

»All deine Verehrer?« Liv drehte Shelbys Kopf, bis ihre

Nasenspitzen sich fast berührten. »Und wie viele werden wir denn haben, Miss Clark?«

»Jede Menge«, sagte Shelby überzeugt. Dann legte sie die Stirn in Falten. »Ich könnte mich nie im Leben für einen einzigen Freund entscheiden. Es gibt so viele tolle, süße Typen. Wie hast du denn gemerkt, dass Patrick der einzige Junge ist, mit dem du zusammen sein willst?«

Liv sagte ein paar Minuten lang nichts. Schließlich war sie mit dem französischen Zopf fertig, schob das elastische Band darum und band eine hellblaue Schleife um das Ende.

»Es gab einfach keinen anderen Jungen, den ich lieber mochte als deinen Bruder«, antwortete Liv.

Das einzige Problem dabei ist, dass ich Jeremy damals noch nicht kannte, setzte sie in Gedanken hinterher.

»Du siehst hinreißend aus«, murmelte Patrick und küsste Liv sanft auf den Mund. Sie winkten Shelby zum Abschied zu, die schmollend auf der anderen Seite der Glastür stand, und gingen die Treppe zum Strand hinunter. »Ich freu mich wahnsinnig darauf, dich mit allen bekannt zu machen«, sagte Patrick. Er zog Liv beim Arm. »Komm!«

Lachend ließ Liv sich von ihm durch den Sand schleppen, den sie kühl und feucht unter den Zehen fühlte. »Du weißt ja, dass ich mir keine Namen merken kann. Das ist echt schlimm mit mir!« Sie fiel nicht gerne auf – viel lieber blieb sie im Hintergrund und fühlte sich in ihrem vertrauten Freundeskreis geborgen. Mit Patrick war das allerdings unmöglich. Patrick war immer Mittelpunkt, immer da, wo die Action war.

»Sich an Namen erinnern ist doch unwichtig. Immer schön lächeln und freundlich sein. Die finden dich garantiert klasse.« Er hielt an und legte seine Arme um sie. »Ich liebe dich, Liv.«

Liv konnte spüren, wie ihr Herz schlug. Patrick sagte ihr diesen magischen Satz heute zum ersten Mal.

Liebe. Sie hatte sich oft vorgestellt, wie es sein würde, wenn ihr jemand eine Liebeserklärung machte. Es jetzt in Wirklichkeit zu hören, war irgendwie ein komisches Gefühl. Liebe. Nur ein Wort, aber es übte ein eigenartiges Gefühl von Druck aus. So, als würde nun von ihr erwartet, eine Antwort zu geben. Sie schluckte, als Patricks Umarmung fester wurde.

»Ich liebe dich«, flüsterte Patrick und sah ihr in die Augen.

»Ich ... ich ... ich hab's gehört«, stotterte Liv. Ihr Gesicht wurde heiß. Sie wusste, dass sie eigentlich jetzt sagen müsste: »Ich liebe dich auch«, aber die Worte blieben ihr irgendwie im Hals stecken, egal wie sehr sie sich auch bemühte sie herauszubringen. Ihre Handflächen waren schweißnass und ihr Mund ganz trocken. So hatte sie sich diese Szene eigentlich nicht vorgestellt.

Patrick ließ sie los. »Sonst hast du nichts dazu zu sagen?«, fragte er überrascht.

»Ein paar Geheimnisse muss ein Mädchen schon noch

haben dürfen«, antwortete sie bemüht unbefangen und wandte sich in Richtung der Party. »Sonst langweilt ihr Jungs euch nachher noch!«

Die Party fand einige hundert Meter von Pelican's Cove am Strand statt. Ein riesiger Stoß Zweige und Stöcke lag als Feuerholz bereit und auf einer Sperrholzplatte, die von einem alten Reifen getragen wurde, war eine große Stereoanlage aufgebaut. Laute Rockmusik hämmerte über den Strand. Die Besitzer der Strandhäuser beschwerten sich so gut wie nie, denn erstens waren die meisten der Kids ihre eigenen Söhne und Töchter, und zweitens wurde die Musik sowieso größtenteils von der Brandung übertönt.

Liv war überrascht darüber, wie viele Leute bereits dort waren. »Wie viele Partys habt ihr den Sommer über hier gehabt?«, fragte sie.

Patrick hatte seinen Arm lässig über ihre Schulter gelegt. »Jede Menge – wenigstens eine pro Woche. Jedenfalls so viele, dass ich mich gar nicht mehr genau erinnern kann.« Der Sound von R.E.M. dröhnte ihnen entgegen und vermischte sich mit dem endlosen Krachen der Brandung.

Die Party war erheblich größer als das, was Liv aus Erie gewöhnt war. Jeder Einwohner Beach Havens unter zwanzig schien da zu sein. Liv ließ Patricks Arm nicht los, während sie mit ihm durch die Menge schlenderte.

Plötzlich leuchteten Patricks Augen auf. »He, da drüben

sind meine Boogieboard-Kumpels. Hallo, Chris! Perry!« Er winkte ein paar verwildert aussehenden Gestalten zu, die mit ihren Boogieboards dicht am Wasser standen. »Die musst du unbedingt kennen lernen, Liv. Die sind echt cool. Perry hat letzten Winter in Hawaii die Banzai Pipeline gesurft. Komm, lass uns rübergehen.«

Liv zögerte einen Moment und sah sich suchend in der Menge um. »Warte mal. Wir haben doch mit Jeremy verabredet, dass wir ihn hier treffen. Ich finde, wir sollten ihn nicht einfach sich selbst überlassen. Das wäre echt nicht nett.«

»Jeremy ist doch schon groß, Liv. Der kann ganz gut selbst auf sich aufpassen.« Patrick grinste. »Und es sieht mir ganz so aus, als ob er das prima auf die Reihe kriegt.«

Liv folgte Patricks Blickrichtung. Sofort erkannte sie Jeremys kräftige, muskulöse Gestalt. Er trug ein dunkelblaues Sweatshirt und abgeschnittene Jeans. Sein Haar sah noch welliger aus als sonst und fiel ihm in dichten Locken in die Stirn. Zu ihrer Überraschung war er nicht allein. Drei Mädchen standen bei ihm – sie unterhielten sich und lachten. Eins von ihnen, ein großes, langbeiniges Mädchen mit kurzem blondem Haar, beugte sich vor und flüsterte Jeremy etwas ins Ohr. Er packte ihre Schulter und lachte. Liv zog die Stirn in Falten. Er lachte viel zu laut. Und wer waren nur diese Mädchen?

Aber warum sollte er auch nicht lachen, dachte sie und rang die seltsame, besitzergreifende Anwandlung nieder, hinüberzulaufen und die Hand dieses Mädchens von seinem Arm zu reißen. Ich habe ihm ja schließlich gesagt, dass ich nicht an ihm interessiert und dass ich mit Patrick glücklich bin. Und sie war glücklich mit Patrick. Warum hatte sie nur solch ein seltsames Gefühl, als würde ihr irgendwas das Herz zerreißen?

»Hallo.«

Jeremy drehte sich um. Ein Mädchen mit schulterlangem, blondem Haar und grauen Augen lächelte ihn an. Sie trug verblichene Jeans und ein nabelfreies, weißes T-Shirt. Irgendwas an ihr kam ihm bekannt vor, aber ihm fiel einfach nicht ein, woher er sie kennen könnte.

»Ich heiße Megan und ich wohne im Haus neben den Clarks«, sagte sie und machte eine Geste mit dem Daumen über die Schulter in Richtung von Pelican's Cove. »Ich habe dich am Montag da auf der Terrasse gesehen. Das warst du doch, oder?«

»Ja, ich wusste doch, dass ich dich irgendwoher kenne«, lächelte Jeremy. »Wir sind am Samstag hergekommen, hm, genauer gesagt am Sonntag.« Jeremy schüttelte den Kopf. »Na, egal, das ist eine lange Geschichte. Ich heiße übrigens Jeremy. Patrick und ich sind Freunde.«

»Bis später, Jeremy«, rief April, das Mädchen mit den kurzen, blonden Haaren, mit dem Jeremy sich kurz vorher unterhalten hatte. Dann schlenderte sie davon, gefolgt von ihren beiden Freundinnen.

Megan sah erleichtert aus, als die drei Mädchen gingen. »Uff! Die machen sich immer an jeden neuen Typ ran, der hier auftaucht. Ätzend, so was!«

Jeremy lachte. »Jetzt fühle ich mich natürlich besonders geehrt!«

»Nein, so war das wirklich nicht gemeint«, kicherte Megan und blies sich das Haar aus dem Gesicht. »Aber die sind so eine Art Geier vom Dienst und stürzen sich auf jedes neue Opfer, das sie in Beach Haven entdecken.« Sie grinste. »Patrick hat schon angekündigt, dass du zu Besuch kommst. Eigentlich hast du dir einen guten Zeitpunkt ausgesucht, weil der Massenansturm der Hauptsaison schon schwer nachgelassen hat. Dann ist es hier nämlich wirklich nicht besonders erfreulich. Im Juli musste mein Vater Leute von der Terrasse jagen, die betrunken waren und unser Haus wohl für eine Bar hielten.«

Jeremy lachte. »Hört sich an, als würde hier wild gefeiert.«

Megan nickte. »Das kannst du laut sagen. Früher bin ich hier im Sommer abends eigentlich nie mit dabei gewesen.«

»Warum?«

Megan errötete ein wenig. »Keine Ahnung. Ich hab mich wohl einfach nicht getraut.«

»Woher kommst du?«

»Philadelphia.«

»Das ist doch ziemlich in der Nähe, oder?«, fragte Jeremy.

»Ja. Wir können das ganze Jahr über hierher kommen,

wann wir wollen. Viele andere Leute kommen nur im Sommer«, erklärte Megan. »Meine Eltern verbringen vor allem gerne die Herbstwochenenden hier, dann ist es richtig schön.«

»Und wo ist dein Freund? Zu Hause in Philly?«

Megan trat gegen einen Klumpen Seetang. »Ich habe keinen. Weder hier noch da.«

»Dann haben die Jungs in Philadelphia und hier Tomaten auf den Augen«, sagte Jeremy und er meinte es auch so. Megan war hübsch und schien echt nett zu sein. Jeremy kannte zu Hause mindestens ein Dutzend Typen, die sich brennend für sie interessiert hätten.

»Und du? Hast du eine Freundin?«

Jeremy zuckte die Achseln. »Nein, nichts Festes im Augenblick.«

»Oh.« Megan räusperte sich. »Das mit Patrick und Liv ist aber was ziemlich Festes, oder?«

Jeremy warf einen suchenden Blick in die Menge. »Das kann man wohl sagen. Normalerweise hält Patrick es nicht besonders lange mit einem Mädchen aus.«

»Echt?«

Jeremy nickte. »Patrick flirtet gerne rum. Ein richtiger Partytyp.«

»Wo wir gerade von Party reden, – willst du was trinken? Bier und alles Mögliche ist da, aber ich trinke nichts Alkoholisches. Allerhöchstens mal ein Bier, aber an dem halte ich mich dann die ganze Nacht fest.« Sie zog die Nase kraus. »Ich versteh einfach nicht, was Leute daran finden.«

»Ich hol dir was«, schlug Jeremy vor. »Willst du eine Cola?«

Megan nickte, überlegte es sich aber plötzlich und schüttelte den Kopf. »Cola, ja, aber ich hol sie. Bin gleich wieder zurück.« Bevor er noch antworten konnte, war sie schon weg.

Jeremy setzte sich, zog die Sandalen aus und vergrub die Füße im kalten, feuchten Sand. Der Strand war nachts ganz anders als tagsüber. Man konnte kaum glauben, dass es sich um denselben Ort handelte. Plötzlich fühlte er unter seinen Zehen etwas Glattes. Er beugte sich vor, wühlte im Sand und zog es heraus.

Es war ein Stück hellblaues Glas, von Sand und Wind glatt geschmirgelt. Eine winzige gemalte Palme war darauf zu sehen. Als er es gerade in die Tasche stecken wollte – es würde Shelby sicher gefallen –, kam Megan ganz außer Atem mit zwei großen Kunststoffbechern in den Händen zurück.

»Mineralwasser für mich und Bowle für dich.«

»Bowle?«

Megan nickte. »Irgendeine Art Obstbowle, die irgendwer angeschleppt hat. Soll echt gut sein.«

Jeremy roch misstrauisch an seinem Becher und trank einen winzigen Schluck. »Ist da Alkohol drin? Riechen kann ich nichts.«

Megan zuckte die Schultern. Ich hab die Typen gefragt, die das Zeug zusammengemixt haben. Die sagen, dass in der Bowle selbst nichts drin ist, aber das Obst hatten sie vorher in Alkohol eingelegt. Wenn du willst, hole ich dir was anderes.«

Jeremy sah in Livs Richtung. Er verzog das Gesicht, als er sah, wie Patrick von hinten nach ihr griff und sie kitzelte. Liv lachte und schob ihn fort. Sie rollten im Sand herum und sahen aus, als würden sie sich fantastisch amüsieren. Junge, dachte er, mach dir nichts vor. Du hast nicht die geringste Chance bei ihr.

»Bowle klingt im Moment genau richtig.« Er trank einen großen Schluck. »Das ist genau das, was ich jetzt brauche.«

Jeremy zitterte und raffte das Sweatshirt dichter an seinen Körper. Er war mittlerweile allein, – Megan hatte sich mit einer Gruppe von Leuten unterhalten und war mit ihnen weitergebummelt. Ihm war nicht gut. Er hatte Magenkrämpfe und fürchterliche Kopfschmerzen machten sich immer stärker bemerkbar. Ist das die Brandung oder mein Kopf?, fragte er sich matt. Er legte sich auf den Rücken und spürte den feuchten Sand im Nacken. Die ganze Welt drehte sich, schneller und schneller. Er versuchte sich aufzurichten, aber sofort überkam ihn eine Welle von Übelkeit.

Jeremy wandte den Kopf zur Seite und übergab sich. Das muss die Bowle gewesen sein, dachte er benommen. Schließlich gelang es ihm, sich aufrecht hinzusetzen. Ein paar Sekunden später stand er auf. Ich muss zurück zum Haus, sagte er sich. Dann kann ich mich hinlegen.

Er taumelte vorwärts und hoffte, dass niemand ihn sah, aber eigentlich war es ihm gleichgültig.

Er war zu schnell aufgestanden. Als ihn die nächste Welle von Übelkeit überkam, rang Jeremy nach Atem und hielt sich den Magen. Dann beugte er sich vornüber und erbrach sich.

Mir ist schlecht, ich muss zurück zum Haus, versuchte er sich einzuhämmern.

Wieder übergab er sich.

»Jeremy!«

Mit einem Mal war Liv da und hielt ihn.

»Ooh, ein bisschen zu viel Bowle, scheint mir«, sagte sie sanft.

»Die Muschel-und-Schrimp-Paella zum Abendessen hat auch nicht gerade geholfen«, krächzte er.

»Meinst du, du schaffst es zurück nach Pelican's Cove?«, fragte sie.

Jeremy brachte ein Kopfnicken zu Stande. »Ich glaube schon.«

»Okay also. Ich sage eben Patrick Bescheid, dass wir gehen, und bin sofort wieder zurück. Setz dich solange hierhin.« Sie ließ ihn langsam in den Sand gleiten. »Rühr dich nicht vom Fleck!«

»Keine Sorge.« Er wusste, dass er ziemlich schlimm aussah, aber ihm war zu schlecht, als dass es ihn groß stören konnte.

Liv rannte zurück zum Feuer. Es loderte gewaltig und strahlte enorme Hitze aus.

»Habt ihr Patrick Clark gesehen?«, fragte sie ein paar Typen.

»Nein, aber du kannst dich gerne mit uns unterhalten.«

Liv lächelte kühl. »Danke!« Sie bahnte sich einen Weg durch die Menschenmenge. Das ist total verrückt, dachte sie. Wir haben den ganzen Strand, aber all diese vielen Leute drängen sich in einer einzigen Riesenmenge. Sie fand es sehr schwierig, in der Dunkelheit Gesichter zu erkennen.

Ein kleiner, untersetzter Typ in Kakishorts und einem weißen T-Shirt stieß mit dem Arm gegen sie, sodass ihr der Inhalt seines randvollen Bierbechers am Bein herablief.

»'tschuldigung, Baby«, sagte er undeutlich, seine Augen glasig und rund. »Willste 'n bisschen mit mir feiern?« Liv wich vor dem heißen Biergeruch des Kerls zurück. Sie selbst fing an, sich warm und klebrig zu fühlen. Ohne ein Wort drängte sie sich an dem Betrunkenen vorbei. Vor großen Menschenmengen wie dieser hatte sie immer etwas Angst. Wo war nur Patrick? Er würde wissen, was zu tun war.

Dann entdeckte sie ihn, wie er in einer Gruppe von Jungs und Mädchen stand, redete und lachte. Sie merkte, wie Ärger in ihr hochkam. Wie kann er nur da stehen und so vergnügt sein? Fragt er sich eigentlich nicht, wo ich bin? Das war ihm scheinbar völlig egal. Sie fing an, sich in seine Richtung durch die Menge zu arbeiten.

Aber dann zögerte sie. Sie war es schließlich gewesen, die ihn gedrängt hatte, sich zu amüsieren, während sie selbst sich am Rand des Geschehens mit ein paar Leuten unterhielt, die sie montags am Strand kennen gelernt hatte. Das ist wirklich nicht Patricks Schuld, dachte sie reumütig und beobachtete ihn. Er sah aus, als wäre er völlig in seinem Element. Leute fühlten sich immer magisch angezogen von ihm und er war einfach der Mittelpunkt jeder Party.

»Da sagt der Typ: ›Und ich bedanke mich für das blaue Eis!‹« Sie konnte Patricks Stimme laut und deutlich hören, als er zur Pointe des Witzes kam, den er gerade erzählte. Lautes Gelächter folgte.

Patrick ist einfach nur … wie er eben ist, einfach nur er selbst, gestand sie sich ein. Es war wirklich nicht nötig, sein Vergnügen zu unterbrechen, nur damit er mit ihnen zurück zum Haus ging. Und außerdem – sie klopfte vorsichtshalber auf ihre Tasche. Mrs Clark hatte darauf bestanden, ihr für die Dauer ihres Aufenthaltes einen eigenen Satz Schlüssel zu Pelican's Cove zu geben, damit sie völlig unabhängig war.

Patrick würde sie gar nicht erst vermissen, denn sie wäre zurück, bevor ihm überhaupt auffallen würde, dass sie fort war. Er denkt bestimmt, ich stehe immer noch am Feuer und röste Marshmallows, sagte sie sich.

Liv wandte sich um und lief dorthin zurück, wo sie Jeremy zurückgelassen hatte. Seine großen, grünen Augen, die sie so hilflos angestarrt hatten, lösten in ihr Beschützerinstinkte aus.

Jedenfalls konnte sie ihn nicht einfach sich selbst überlassen. Ihr kam der Gedanke, dass sie jemand anderes bitten könnte, ihn zum Haus zu bringen, aber dann ließ sie diese Idee wieder fallen.

Im Moment war sie verantwortlich für Jeremy.

Und aus irgendeinem unerfindlichen Grund war sie froh darüber.

Langsam machten sie sich auf den Weg zum Haus hinauf. Liv stützte Jeremy mit ihrer rechten Schulter. »Ganz ruhig. Immer Schritt für Schritt«, sagte sie mit sanfter Stimme.

Jeremy zog eine Grimasse und hielt sich den Magen.

»Musst du wieder brechen?«, fragte Liv und wich zurück.

»Nein – alles okay«, brummte er.

Gleich darauf übergab er sich. Diesmal bekamen seine Sandalen das meiste ab.

Zum Glück hatte Mrs Clark die Beleuchtung auf der Terrasse angelassen. Sie machten einen enormen Lärm auf der Treppe, als Jeremy torkelnd die Stufen hinauftrampelte, aber schließlich gelang es Liv, die Tür aufzuschließen, und sie hatten es geschafft. Sie ließ Jeremy auf die Couch gleiten.

»Ich bin gleich wieder da«, flüsterte sie und ging rasch in die Küche. Dort befeuchtete sie eine dicke Lage Küchenpapier und kehrte zu ihm zurück. Seine Augen waren geschlossen. Sie begann, sein Gesicht mit dem feuchten Papier abzutupfen.

»Du hast die längsten Wimpern, die ich je bei einem Jungen gesehen habe«, murmelte sie, als sie über seine Stirn wischte. »Das ist nicht gerecht.«

Ein leises Stöhnen war die Antwort. »Danke, Liv, dass du mir hilfst.« Jeremy hatte Schwierigkeiten, die Worte über die Lippen zu bringen.

»Sch!«, flüsterte sie und berührte seine Wange. »Schlaf jetzt! In ein paar Stunden geht's dir schon viel besser. Ganz bestimmt.« Sie starrte ihn an. Sogar wenn er krank war, sah er süß aus. Lieb und hilflos. Er hatte geschwitzt und sein Haar klebte ihm nun in kleinen, feuchten Strähnen auf der Stirn. Auf der Oberlippe standen ihm winzige Schweißtropfen. Sie wischte sie mit einer Papierserviette fort.

Liv wurde bewusst, dass sie seit der Autofahrt nun zum ersten Mal allein miteinander waren. Die Erinnerung an das, was während jener Nacht geschehen war, kam mit aller Macht wieder zurück ... wie sich Jeremys weiche Lippen auf ihren angefühlt hatten. Dann fröstelte sie. Sie durfte so etwas nie wieder geschehen lassen. Allein der Gedanke an die Fahrt gab ihr das Gefühl, Patrick zu hintergehen. Es spielte keine Rolle, was sie empfand, sie konnte Patrick nicht betrügen.

Und sie würde es auch nicht tun.

Jeremy schlug die Augen auf. Wo war er? Der Fernseher lief, wenn auch nur leise, und schien die einzige Lichtquelle im Zimmer zu sein. Eine leichte Wolldecke lag auf seinen Beinen.

»Wie fühlst du dich?« Die weiche Mädchenstimme, die hinter seinem Kopf erklang, erschreckte ihn.

Liv. »Wie spät ist es?«, murmelte Jeremy.

»So gegen eins«, antwortete Liv.

»Bist du die ganze Zeit über hier gewesen?«

Sie nickte und erhob sich aus dem Schaukelstuhl. »Du warst nicht mehr in der Lage, auf dein Zimmer zu gehen, und ich hatte Angst, dass du von der Couch rollst oder in die Glastüren fällst und dich ernstlich verletzt.« Besorgt sah sie in Jeremys bleiches Gesicht. »Kann ich dir irgendwas holen? Vielleicht ein Ginger Ale? Das hilft mir immer, wenn mir schlecht ist.«

»Okay«, sagte Jeremy matt. Er fühlte sich jetzt ein wenig besser als zuvor. Das Schwindelgefühl hatte endlich etwas nachgelassen und sein Magen drehte sich nicht mehr dauernd um.

Liv ging aus dem Wohnzimmer hinüber in die Küche.

»He, was ist denn mit der Party?«, krächzte Jeremy und massierte sich die Schläfen. »Du solltest eigentlich mit Patrick und all den anderen da draußen sein.«

Liv zuckte die Achseln und öffnete das Ginger Ale. »Patrick hat auch ohne mich noch genug Spaß«, sagte sie, als sie wieder aus der Küche kam. Sie gab Jeremy ein Glas und setzte sich auf den Rand der Couch. »Außerdem wurde mir langsam kalt da draußen. Und ich bin auch nicht so gerne auf Partys, auf denen ich niemanden kenne.«

»Ja, das kann ich gut verstehen.« Jeremy zog die Füße an und setzte sich auf, damit Liv mehr Platz hatte. »Vielen Dank, dass du mir vorhin geholfen hast. Das … das finde ich wirklich nett.«

Liv schwieg. »Du solltest ein bisschen vorsichtiger sein«, sagte sie schließlich. »Meeresfrüchte, Sonne und Bowle vertragen sich nicht gut.«

Jeremy stöhnte auf. »Erinnere mich bloß nicht daran!« Auf dem Bildschirm des Fernsehers gingen ein Mann und eine Frau lachend eine wunderschöne Straße entlang, die in Europa sein musste. Sie sahen total verliebt aus. »Was guckst du da?«

»*Before Sunrise*, mit Ethan Hawke und Julia Delpy.« Sie seufzte. »Das ist so ein romantischer Film. Ethan spielt diesen Typ Jesse. Er trifft Celine, die von Julia gespielt wird, bei einer Zugfahrt durch Österreich. Die beiden verlieben sich total, nachdem sie einen Tag zusammen in Wien verbracht haben.«

»Nur einen Tag, hm?«

»Genau. Dann machen sie aus, dass sie den Kontakt danach nicht aufrechterhalten wollen, aber ihre Sehnsucht ist so stark, dass sie das nicht durchhalten und deshalb verabreden sie, sich im Jahr darauf wieder in Wien zu treffen.

»Ach, der Film ist also schon fast vorbei«, sagte Jeremy und trank einen Schluck Ginger Ale.

»Nein. Ich habe den Film aber schon viermal gesehen.

Deshalb weiß ich, was noch alles passiert.« Sie nahm sich ein paar von den Schokolinsen, die in einem Glasbehälter auf dem Couchtisch standen, und warf sie sich in den Mund. »Ich interessiere mich mehr für Filme und Museen als für Partys.«

»Das ist auch gut so. Noch einmal danke, dass du mich gerettet hast.«

Liv kitzelte seinen Fuß. Die unerwartete Berührung durchfuhr ihn wie ein Blitz. »Jetzt hör aber auf, dich dauernd zu bedanken. Es war schließlich nichts als meine Bürgerpflicht, in einer solchen Situation für dich zu sorgen.« Sie kuschelte sich in die Couchecke. »Und – wer braucht schon eine Party, wenn eine derart anregende Unterhaltung hier im Wohnzimmer der Clarks geboten wird?«

Jeremy lächelte matt. »Ich sehe garantiert absolut ekelhaft aus.«

Liv tätschelte seine Wade. »Nein, du siehst einfach nur erschöpft aus. Wie konntest du nur so ein Zeug trinken? Diese Bowle ist absolut tödlich.«

Jeremy hielt sich die Ohren zu. »Aua, sag bloß das Wort nicht mehr.« Er lächelte. »Ich weiß genau, was du meinst in Bezug auf Partys. Patrick schleppt mich immer mit. Er macht einfach wahnsinnig gerne einen drauf. Aber das brauche ich dir bestimmt nicht zu sagen. Du kennst Patrick ja selbst gut genug.«

»Das sollte man denken, nicht?« Sie wickelte eine lose Haarsträhne um den Finger. »Ich habe geglaubt, ich kenne ihn, aber ...«

»Aber was?«

Liv holte tief Luft. »Ich weiß nicht. Ich meine, versteh mich nicht falsch, ich hab Patrick wirklich wahnsinnig lieb und er ist ein Super-Freund. Aber manchmal denke ich, dass ich ihn eigentlich überhaupt nicht richtig kenne.«

Jeremy fragte sich, ob sie dieses Thema nicht besser lassen sollten. Irgendwie war es nicht richtig, hinter Patricks Rücken über ihn zu reden. Schon einmal hatte er seine Freundschaft zu Patrick verraten und er wollte es nicht noch einmal so weit kommen lassen.

»Wir sind unheimlich gerne zusammen und dann ist es immer toll, aber manchmal frage ich mich, ob es einfach nur toll ist oder auch eine tolle Beziehung.« Liv reihte Schokolinsen auf dem Tisch aneinander. »Ob wir vom Schicksal füreinander bestimmt sind. Das ist irgendwie ...« Sie brach ab. »Wir verstehen uns in so vieler Hinsicht wahnsinnig gut, aber manchmal habe ich das Gefühl, dass wir auf zwei verschiedenen Planeten leben oder so.«

Liv schüttelte bedauernd den Kopf. »So wie jetzt. Patrick ist da draußen, umringt von einer Million Leute und erzählt irgendeine lustige Geschichte. Aber ich bin viel lieber hier, gemütlich zu Hause auf der Couch. Patrick will immer da sein, wo die Action ist. Ich nicht.« Sie spielte mit der Metallschnalle an ihrem Overall. »Das ist eben nicht mein Ding.«

»Da habe ich aber was anderes gehört. Bist du nicht die populärste Frau in Lincoln High?«, zog Jeremy sie auf.

Livs Gesicht wurde tiefrot. »Das ist genau das, was

Patrick denkt. Gut, ich habe einen Haufen Freunde. Ja und? Ist das etwa ein Verbrechen?«

Jeremy hob beschwichtigend die Hände. »He, he, immer mit der Ruhe.«

»Nein, du kapierst das nicht. Nur weil ich eine Menge Freunde habe, bedeutet das doch nicht, dass ich im Mittelpunkt stehen will.« Liv kaute auf ihrer Unterlippe. »Ich versuche nie, Aufmerksamkeit zu erregen, auch wenn ich weiß, dass Leute sich für mich interessieren. Patrick hat ein Bedürfnis nach Anerkennung. Das ist der Unterschied.«

»Das heißt aber noch lange nicht, dass ihr nicht zueinander passt. Wenn man mit jemandem geht, muss man ja nicht unbedingt gleich sein«, sagte Jeremy in einem Ton, von dem er hoffte, dass er ehrlich klang. Er hatte sich geschworen, die Beziehung zwischen Patrick und Liv nicht zu sabotieren, wenn überhaupt, dann wollte er versuchen, sie zu bestärken. Seine Freundschaft zu Patrick war ihm zu wichtig. Jeremy konnte sie nicht für eine so unsichere Sache wie Liebe aufs Spiel setzen.

Liv nickte. »Ich weiß. Aber es ist ja nicht nur das. Zum Beispiel geht's ja auch darum, was man gemeinsam unternimmt und so. Als wir noch zu Hause in Erie waren, vor den Sommerferien, da haben wir uns meistens einmal während der Woche getroffen und am Wochenende haben wir irgendwas gemacht, sind Pizza essen gegangen oder ins Kino. Aber hier sehen wir uns jeden Tag …« Sie verstummte. »Das ist anders«, sagte sie schließlich. »Irgendwie macht mir das ein bisschen Angst.«

»Überleg mal, wie das erst ist, wenn man verheiratet ist.«

Liv schauderte es. »Ich weiß nicht, ob ich überhaupt je heiraten will. Ich würde lieber mein Leben lang solo bleiben, als mit einem Versager zu leben, den ich nicht liebe. Damit will ich natürlich nicht sagen, dass Patrick ein Versager ist«, setzte sie hastig hinterher. »Du weißt schon, was ich meine.« Sie schlug die Hände vor den Mund. »Entschuldigung. Eigentlich hätte ich dir das alles besser nicht erzählt.«

»He, ich bin froh, dass du mir das erzählt hast«, sagte Jeremy und er meinte es auch so. Er streckte die Arme aus und drückte sie an sich. Sie duftete ganz schwach nach Kokosnuss-Sonnenlotion und Salzwasser und ihre Wange lag weich und warm an seinem etwas stoppeligen und kalten Gesicht.

Oh, sie nur ein einziges Mal noch anfassen zu dürfen! Er wehrte sich gegen das überwältigende Bedürfnis, seine Hand von ihrem Rücken zu dem schlanken, bloßen Nacken gleiten zu lassen, zu einem Hals, der förmlich darauf wartete, geküsst zu werden.

Er musste nicht einmal seine Fantasie bemühen, um sich vorzustellen, wie sich ein Kuss von ihren weichen Lippen anfühlen würde.

Er hatte sie bereits geküsst …

Aber er musste zugeben, dass er es aufs Neue wissen wollte. Gleichzeitig fühlte er sich wie der letzte Abschaum. Er kannte sich selbst nicht wieder. Wenn ihm jemand prophezeit hätte, dass er sich in Jeremys Freundin verlieben würde, hätte er ihm laut ins Gesicht gelacht.

»Danke fürs Zuhören, Jeremy«, sagte Liv und rückte wieder ab von ihm. »Du bist wirklich lieb.«

Lieb! Genau das, was er jetzt hören wollte!

Liv streckte ihre Hand aus und legte sie auf Jeremys. Ihre veilchenblauen Augen wurden dunkler. »Ich wollte damit eben keine Andeutungen machen in Bezug auf ... äh ... dich und mich.« Sie sah verlegen aus. »Das hatte nur was mit Patrick und mir zu tun.«

»Ja, ich weiß.« Jeremy lehnte sich zurück und versuchte unbefangen auszusehen. Er hatte es wirklich so gemeint, wie er es gesagt hatte. Er wollte da sein für Liv. Ihr zuhören. Ihr helfen, wenn er konnte. Aber er konnte nicht abstreiten, dass eine Seite von ihm (die treulose, den Freund verratende Seite) hoffte, die Beziehung zwischen Liv und Patrick würde auseinander gehen.

Dann hätte ich vielleicht eine Chance bei ihr, dachte er. Wir würden niemandem wehtun. Die Sache wäre okay.

Er rang jetzt schon mehrere Tage mit seinen Gefühlen. Vor und zurück ging der Kampf, vor und zurück. Er konnte seinem besten Freund unmöglich in den Rücken fallen und sich an Liv heranmachen. Andererseits wäre es Heuchelei, mit einem anderen Mädchen auszugehen, solange er diese Gefühle für Liv hegte.

Im Film fingen Jesse und Celine an, sich wild zu küssen.

Aber das war nur ein Film. Im richtigen Leben passierte so etwas nicht.

Trotzdem wusste Jeremy, dass man sich innerhalb von einem einzigen Tag verlieben konnte. Davon war er jetzt absolut überzeugt.

Er selbst war der Beweis.

Kapitel 10

Wirklich toll ist das hier draußen.«

Patrick fuhr mit der Hand durch das Wasser, das erstaunlich klar war für den rauen Morgen. »Ja, das ist schon irrsinnig gut hier. Kein Vergleich zu dem Mief in der Schule.«

Patrick und Jeremy hatten den ganzen Morgen mit ihren Boogieboards verbracht. Die Wellen waren genau richtig gewesen, berechenbar und kräftig genug, um ihnen die nötige Geschwindigkeit für gut fünfzehn Fahrten zu geben. Jetzt ließen sie sich auf den mit leuchtend buntem Segeltuch bezogenen Luftmatratzen der Clarks in der Sonne treiben. Das Wasser war viel ruhiger hier draußen außerhalb des Bereiches, in dem die Wellen gefährlich werden konnten.

»Eigentlich soll man nicht so weit rausschwimmen«, sagte Patrick. »Der Rettungsschwimmer kennt mich aber. Der lässt uns in Ruhe.«

Jeremy legte die Arme um die Luftmatratze und schloss die Augen. Es war so friedlich hier. Er hatte das Gefühl, als könne er sich ewig so treiben lassen.

»He!« Patrick stieß gegen Jeremys Matratze. »Du bist so still. Dir ist doch nicht wieder schlecht?«

Jeremy schüttelte den Kopf. Letzte Nacht war er auf der Couch eingeschlafen. Als er aufwachte, war es bereits fast Mittag. Patrick und Liv waren morgens mit den Fahrrädern zu einer kleinen Tour auf der Strandpromenade losgefahren. Nach ihrer Rückkehr hatte Patrick Jeremy mit sich zum Strand geschleppt. Liv bestand darauf, allein etwas zu unternehmen.

»Wenn ich gewusst hätte, wie miserabel es dir ging, wäre ich auf jeden Fall nach Hause gekommen. Es hat mir wahnsinnig Leid getan, als Liv mir heute Morgen erzählt hat, in was für einem Zustand du gestern Nacht warst.«

Jeremy bekam sofort wieder ein schlechtes Gewissen, ein Gefühl, das ihm mittlerweile allzu vertraut geworden war. »Ich bin froh, dass du geblieben bist. Du hättest mir sowieso nicht helfen können. Ich musste mich einfach nur hinlegen.«

Patrick paddelte mit den Händen weiter aufs Meer hinaus. »Also, wie findest du sie denn jetzt, mal ganz ehrlich?«, fragte er und legte sein Kinn auf die Luftmatratze.

»Wen? Liv?«

»Nein, meine Mutter! Natürlich Liv, du Trottel. Wen sonst?«

Ja klar, wen sonst? »Echt nett ist die.« *Und kann toll küssen. Was für ein perfekter Lügner ich doch bin!*

»Echt nett? Liv ist der helle Wahnsinn! Sie hat eine irrsinnige Figur, ein bildschönes Gesicht und ist außerdem einfach süß. Wie kann man sich da nicht verlieben?«

»Verlieben?«

»Na ja, du weißt doch, was ich meine!« Patrick sah verlegen aus. »Ich meine, die ist echt heiß! Du willst mir doch wohl nicht sagen, dass du das nicht so siehst?«

»Doch, sehe ich.« Jeremy rutschte von der Matratze, um sich im Wasser abzukühlen. Es war unglaublich erfrischend und still. Hätte er nur seine Taucherbrille dabei. Er fand es einfach faszinierend, die vielfältigen Lebensformen unter Wasser zu betrachten. Welch eine andere Welt! Er blieb unter Wasser, bis ihm der Atem ausging, und kam dann wieder zur Oberfläche geschossen.

»Heiß sein ist nicht alles«, brummte Jeremy, als er wieder auf die Matratze kletterte.

Patrick sah ihn spöttisch an. »Seit wann?«

»Du weißt schon, was ich meine. Wenn dir ein Mädchen gefällt, dann zieht dich erst einmal ihr Aussehen an, aber wenn du sie richtig kennen lernst, dann ändert sich das.«

»In welcher Hinsicht?«

»Ich weiß nicht. Persönliche Geschichten, die man erfährt. Sachen, die einem das Gefühl geben, sich nahe zu sein.«

Patrick grinste. »Also, Liv trägt BH-Größe 75B. Das gibt mir tatsächlich das Gefühl, dass wir uns nahe sind.«

»Ich meine das im Ernst, Patrick. An Liv ist schließlich mehr als nur ihr Aussehen. Sie ist auch ein interessanter Mensch.«

Für einen Moment machte sich Ärger auf Patricks Gesicht bemerkbar. »Seit eurer Autofahrt führst du dich dauernd auf wie ein Experte, wenn es um Liv geht.«

»Ich behaupte nicht ein Experte zu sein«, sagte Jeremy in ruhigem Ton. »Ich sage nur, dass sie nicht irgendein … Mädchen ist. Sie ist … äh … was Besonderes.« Jeremy zögerte bei diesen Worten. *Patrick denkt bestimmt, ich hab sie nicht mehr alle.*

»Das brauchst du mir nicht zu erzählen. Ich weiß, dass sie was Besonderes ist. Deshalb ist sie ja auch meine Freundin«, sagte Patrick leicht gereizt. »Wir erzählen uns alles. Es gibt nichts über sie, was ich nicht weiß.«

»Na, dann weißt du bestimmt auch alles über Joe und ihre Mutter und so«, sagte Jeremy. Er konnte einfach nicht widerstehen. Er wusste, dass er irgendwie gemein war, aber Patricks Art ging ihm auf die Nerven. Patrick hatte eine wirklich tolle Freundin, aber er schien sie kaum zu kennen.

»Was? Was gibt es denn da groß zu wissen? Livs Vater ist abgehauen, als sie zehn war, und jetzt hat ihre Mutter eben ein Verhältnis mit diesem Typ.«

Nein, als sie elf war, dachte Jeremy, aber laut sagte er nur: »Ja, und zwar einen Typ, den Liv nicht ausstehen kann.«

»Joe?« Patrick sah einen Moment lang verwirrt aus. Er schöpfte sich Wasser über Arme und Rücken. »Zu mir hat sie nie was Schlechtes über ihn gesagt.«

Vielleicht hast du nur nie gefragt, dachte Jeremy. Patrick war eigentlich kein gefühlloser oder gleichgültiger Mensch, ganz im Gegenteil. Er war einer der engagiertesten und hilfsbereitesten Menschen, denen Jeremy bisher begegnet war. Er tendierte nur dazu, sich ausschließlich mit dem zu beschäftigen, was ihn interessierte. Mit Liv zusammen zu sein war eine Sache, aber sich mit ihrer Familiensituation auseinander zu setzen – nun, das war etwas ganz anderes.

»Na ja, Liv findet es bloß nicht so gut, dass er ständig bei ihnen im Haus rumhängt, sonst nichts.« Vielleicht sollte ich besser den Mund halten, dachte Jeremy. Livs Privatleben hier draußen zu diskutieren ging letzten Endes wirklich zu weit.

»Jetzt wo du es erwähnst, ich glaube, sie hat tatsächlich so was in der Richtung gesagt«, überlegte Patrick laut.

»Oder vielleicht auch nicht«, murmelte Jeremy leise vor sich hin, als er davontrieb. »Vielleicht hat sie das nur mir erzählt.«

»He, Liv!«

Liv setzte sich auf und blickte in die Richtung, aus der die Stimmen gekommen waren. Sie war im Haus geblieben und hatte eine Zeit lang gelesen. Lange hatte sie der verlockenden Sommersonne jedoch nicht widerstehen können. Drei Mädchen lagen bäuchlings auf einem alten, verblichenen Bettlaken, das bedeckt war mit Badetüchern und Taschen.

»Komm, leg dich zu uns!«, riefen sie.

Liv zog ihre Sandalen aus und ging vorsichtig zwischen den Decken hindurch zu ihnen hinüber. Sie hatte Laura und Joyce auf der Party kennen gelernt. Und sie erkannte auch das Mädchen mit dem schulterlangen, blonden Haar und dem schwarzen Badeanzug wieder. Das war die, die sich mit Jeremy unterhalten hatte.

Die drei rutschten zur Seite, um Platz für sie zu machen.

»Schönes Wetter heute, nicht?«, sagte Laura. Dann machte sie eine Geste zu dem blonden Mädchen hin. »Habt ihr beiden euch eigentlich gestern Abend kennen gelernt? Das hier ist Liv, Patrick Clarks Freundin. Liv, das ist Megan Pirelli. Sie wohnt in dem Haus direkt neben Patrick.«

Liv lächelte. »Hallo.«

»Hallo.« Megan lächelte zurück. »Ich habe schon viel von dir gehört.«

Liv verzog das Gesicht. »Nur Gutes, hoffe ich.«

»Nur Gutes«, gab Megan zur Antwort und musterte Liv mit kühlen grauen Augen. Hatte Liv sich das nur eingebildet oder war da ein gewisses Element von Argwohn in Megans Ton zu spüren gewesen? Nun ja. Sie versuchte es zu ignorieren. Schließlich hatten sie sich ja gerade erst kennen gelernt und Megan konnte eigentlich keinen Grund haben, sie unsympathisch zu finden.

»Wo sind denn die Jungs?«, fragte Joyce und zog den Träger ihres Bikinis zurecht.

»Die sind mit den Boogieboards im Wasser. Patrick und ich haben heute Morgen eine Fahrradtour gemacht, deshalb fand ich, ich sollte ihnen mal Zeit geben, was zusammen zu unternehmen.«

»Oha, ich weiß nicht, ob ich zwei süße Typen wie die auch nur eine Minute aus den Augen lassen würde.« Laura seufzte. »Ich würde echt morden, um mit dir zu tauschen. Du wohnst sogar mit ihnen unter einem Dach.«

Liv lachte. »Ja, das ist schon brutal, aber irgendwer muss sich ja schließlich opfern.«

In diesem Augenblick kamen zwei Frauen, die Mitte zwanzig sein mochten, in neonfarbenen String-Bikinis an ihnen vorüberstolziert.

»Solche Ladys geben New Jersey seinen schlechten Ruf«, lästerte Laura und verzog angewidert das Gesicht, als einige in der Nähe liegenden Männer die zwei Frauen angafften. »Nackte Hintern vor dem Mittagessen, oh Mann.«

»Total geschmacklos«, stimmte Megan zu.

»Die Titten waren eindeutig mit Silikon voll gepumpt«, brummte Joyce. »Und ehrlich, wenn mir noch mal einer erzählt, dass String-Tangas bequem sind, – den erwürge ich mit einem.«

Megan, Laura und Liv lachten. Es tat Liv gut, mal wieder unter Mädchen zu sein. Sie hatte noch keine ihrer Freundinnen angerufen, seit sie abgereist war, und ihre besten Freundinnen, Rebecca und Hayley, waren sowieso mit ihren Familien in den Ferien. Natürlich konnten diese neuen Mädchen nicht ihren Platz einnehmen, aber trotzdem war es eine erfrischende Abwechslung von den Gesprächsthemen der letzten Tage.

Sie erzählten Liv den neusten Strandklatsch. Gerade als sie zu den pikanten Einzelheiten kamen, fielen zwei Schatten über sie.

»Darf ich Ihre Bestellung aufnehmen?« Vor ihnen standen Patrick und Jeremy und grinsten. Patrick zog einen imaginären Bestellblock hervor und tat so, als warte er nur darauf, ihre Wünsche zu notieren. Die beiden waren vom Wasser direkt hergelaufen, um sie nass zu tropfen und zu fragen, ob sie ihnen etwas von der nächstgelegenen Imbissbude mitbringen konnten.

Liv ging auf das Spiel ein. »Können Sie uns etwas Gesundes empfehlen?«, fragte sie.

Patrick gab vor, nachzudenken. »Also, was haben wir denn Gesundes? Fettige Rippchen vom Grill, saftige Hamburger, frittierte goldgelbe Chicken Nuggets und – nicht zu vergessen – gut gewürzte Chicken Wings in extrascharfer Soße. Jedes Gericht wird selbstverständlich mit Pommes oder frittierten Zwiebelringen serviert, von unseren kalorienarmen Zutaten ganz zu schweigen.«

»Hm ... hat jemand Lust, sich was mit mir zu teilen?«, fragte Liv.

Joyce und Laura schüttelten die Köpfe. »Wir wollen später noch mit Lauras Mutter Mexikanisch essen gehen«, sagte Joyce.

Megan zuckte die Achseln. »Wenn du Lust hast, dir die Chicken Nuggets mit mir zu teilen, – die sind ganz gut ...«

»Und eine Portion frittierte Zwiebelringe?«, setzte Liv den Vorschlag fort. Megan nickte.

»Das wär's also«, sagte Liv. »Und eine Coca-Cola light.«

»Nein, zwei«, sagte Megan.

Im *Burger Shack*, ungefähr eine Meile südlich von Pelican's Cove, bekam man die besten und billigsten Hamburger in ganz Beach Haven. Man konnte die Imbissbude sowohl von der Straße als auch direkt vom Strand her erreichen.

»Hast du das gehört?«, fragte Jeremy, als sie am Strand entlanggingen, und schlug sich mit der flachen Hand auf den knurrenden Magen. »Ich merke jetzt erst, wie hungrig ich bin.«

»Am Meer geht mir das immer so. Das muss die Seeluft sein oder irgendwas«, sagte Patrick.

Am Strand herrschte ein ziemliches Gedränge. Das lag zum einen an dem erstklassigen Wetter, zum anderen aber auch daran, dass der August fast vorüber und nur noch wenige Tage bis zum Labour-Day-Wochenende blieben, dem offiziellen Ende der Saison. Trotz der Brise vom Meer war es sehr heiß geworden und Jeremy war froh, dass seine Mutter darauf bestanden hatte, wasserfestes Sonnenschutzmittel einzupacken.

Sie gingen an einer Gruppe Mädchen in knappen Bikinis vorüber, die auf Badetüchern im Sand saßen. »Hallo, Patrick!«, riefen vier weibliche Stimmen zugleich. Patrick blieb stehen.

»Hallo, wie geht's?«, sagte er. Die Mädchen strahlten ihn an. »Das sind Claire, Kelly, Lisa und Didi«, sagte er, während er von links nach rechts auf das jeweilige Mädchen zeigte. Dann legte Patrick den Arm um Jeremy. »Das hier ist Jeremy, mein bester Freund. Er ist für zwei Wochen rausgekommen.«

Jeremy lächelte höflich. Patrick kannte allein hier mehr Mädchen als er selbst zu Hause in Erie. »Hallo zusammen!«

»Gestern Abend haben wir deine Freundin gesehen, Patrick«, sagte Kelly beiläufig. Sie goss sich Sonnenöl auf die Beine und begann sich einzureiben. »Besonders lange ist sie aber nicht gerade geblieben.«

»Nein, sie ... äh ...«

»Das war meine Schuld«, mischte Jeremy sich ein. »Mir ist schlecht geworden, deshalb hat sie dafür gesorgt, dass ich heil nach Hause kam.«

»Das ist aber lieb.« Kelly wandte sich Patrick zu und zog einen Schmollmund. »Das heißt wohl, dass wir diesen Sommer nicht mehr zusammen ins Kino gehen werden, oder?« Sie spielte mit ihrem welligen, braunen Haar. »Die besten sind immer vergeben«, flüsterte sie Lisa so laut zu, dass jeder es hören konnte.

Patrick lächelte Kelly kurz an. »Der Sommer ist sowieso fast vorbei. Zurück zum Alltag.«

Die Mädchen zogen Grimassen und nickten.

»War nett, euch mal wieder zu sehen. Bis dann!«

Der Sand brannte so heiß unter ihren Füßen, dass sie zum Wasser hinunterrannten, um sie zu kühlen. »Was hat sie damit gemeint, *ins Kino gehen*?«, fragte Jeremy und hob eine halbmondförmige Muschel auf. Er warf sie ins Meer.

Patrick zuckte die Schultern. »Wir sind den Sommer über ein paar Mal zusammen ins Kino gegangen. Nichts Besonderes.«

Jeremy warf einen raschen Blick zu Patrick hinüber. »Hast du was mit ihr gehabt?«

Patrick schnaubte verächtlich. »Ich bitte dich. Ich habe die tollste Freundin der Welt! Meinst du vielleicht, ich gehe fremd? Kelly und ich haben ein paar Mal was zusammen gemacht, uns ein paar Filme angeguckt, na und?«

Jeremy zuckte die Schultern. »Weiß Liv davon?«

»Nein, weiß sie nicht. Warum sollte ich ihr das erzählen? Sie würde sich vielleicht ärgern, dabei gibt es gar keinen Grund dafür.«

Patrick streckte die Hände ins Wasser und fuhr sich dann damit durchs Haar. »Alles kann man Mädchen nicht erzählen. Die rasten so schon viel zu schnell aus.«

Als sie am *Burger Shack* ankamen, stellten sie sich hinter einer Gruppe sandiger Kinder und einer erschöpft wirkenden Mutter an, um ihre Bestellung aufzugeben.

»Du kennst eine Menge Mädchen hier«, bemerkte Jeremy.

Patrick schlug sich an die Brust. »Es ist nicht so leicht, bescheiden zu bleiben, wenn dir die Frauen zu Füßen liegen. Und man hat einfach nicht genug Zeit für alle ...«

»Aber du hast doch nicht wirklich was gehabt mit einer, oder?«, fragte Jeremy mit gedämpfter Stimme.

Patrick gab Jeremy einen spielerischen Schubs. »Quatsch! Hab ich doch eben schon gesagt. Natürlich nicht! Ich ...«

»Hallo, Patrick!« Zwei Mädchen auf Inline-Skates bogen von der Straße ab und kamen zu ihnen herüber. »Wo ist denn nun deine Freundin?«, fragte eine von ihnen in kokettierendem Ton. Sie war groß und schlank, hatte langes, schwarzes Haar und trug schwarze Shorts mit einem blauen Bikinioberteil.

Patrick grinste. »Warum kommt ihr nicht später bei mir zu Hause vorbei? Dann könnt ihr das selbst rausfinden!«

Die Mädchen verlangsamten ihre Weiterfahrt, als ob sie mit dem Gedanken spielten, tatsächlich bei ihm vorbeizuschauen. »Mal sehen, vielleicht«, sagten sie dann und liefen lachend davon.

Patrick blinzelte Jeremy an. »Siehst du? So was passiert mir andauernd. Ich wirke auf Mädchen wie ein Magnet.«

Jeremy musste lachen. Flirten war für Patrick so normal wie morgens aufzustehen und sich zu räkeln. In seinem Fall konnte man nicht von Planung sprechen – es war einfach seine Natur.

»Vierundzwanzig Stunden mit ihm im Auto eingesperrt zu sein – warum passiert mir so was nie?«, sagte Laura voller Neid. »Er hat uns das gestern Abend erzählt.«

Liv fragte sich, was genau Jeremy ihnen wohl erzählt hatte. Ach, Unsinn, dachte sie, nichts hat er ihnen erzählt. Wir haben beide abgemacht, dass überhaupt nichts geschehen ist.

Joyce stieß Laura an. »Liv hat schon einen Freund, falls du das vergessen haben solltest.«

Laura lachte und betupfte sich die Lippen mit Lippenbalsam. »Ich weiß, ich weiß, trotzdem. Jeremy ist echt süß. Er hat einfach tolle Augen. Die erinnern mich an Brad Pitt.«

»Brad Pitt hat blaue Augen«, warf Megan ein.

»Ich weiß. Ich meine bloß, seine Augen sind so toll, für mich sind die auf der selben Ebene wie die von Brad Pitt. Und hast du dir mal seinen knackigen Hintern in den Schwimmshorts angesehen?« Sie schloss die Augen. »Davon träume ich jetzt noch den Rest der Woche.«

»Du bist echt schlimm«, lachte Joyce. »Aber Recht hast du trotzdem.« Alle kicherten. »Und er ist wahnsinnig nett«, fügte Joyce hinzu. »Als ich gestern Abend während der Party aufs Klo musste, hat er mich zu den öffentlichen Toiletten begleitet, damit mir nichts passiert.«

»Das ist echt nett«, staunte Laura.

»Aber wirklich«, sagte Joyce mit Nachdruck. »Meinst du, eine von den Nieten, mit denen ich ausgehe, würde mich jemals zur Toilette begleiten? Die würden mir höchstens sagen, ich soll doch ins Meer pinkeln oder so.«

Die anderen Mädchen nickten mit angewiderten Gesichtern.

»Ich fand ihn gestern Abend auch richtig sympathisch«, sagte Megan. »Man kann sich tatsächlich unterhalten mit ihm. Und er gibt einem das Gefühl, dass er sich für das interessiert, was man erzählt.«

Liv verspürte einen winzigen Anflug von Eifersucht. Sie sollte besser auf Jeremy aufpassen. Auch wenn er nicht *ihr*

Jeremy war, so gehörte er ihr doch irgendwie. Oder nicht? Jedenfalls gefiel es ihr nicht, dass die anderen Mädchen ihn in allen Einzelheiten diskutierten wie einen Filmstar, über den man in aller Öffentlichkeit klatschen konnte. Es handelte sich schließlich um Jeremy – ihren Jeremy. Die anderen reden darüber, wie süß er ist. Aber ich, dachte sie, nur ich weiß, wie süß er in Wirklichkeit ist. Wie er küsst ...

»Okay, Mädels, Zeit zum Umdrehen«, verkündete Joyce nach einem Blick auf die Uhr.« Wir haben jetzt genau dreißig Minuten auf dem Bauch gelegen.«

Sie drehten sich um.

»Hat er denn eine Freundin zu Hause?«, wollte Laura von Liv wissen.

»Ja, hat er. Deshalb bleibt schön auf Abstand!« – das jedenfalls hätte Liv am liebsten gesagt, aber sie tat es nicht. Stattdessen antwortete sie etwas vage: »Tja, hm, ich weiß nicht so genau. Ich glaube nicht. Das ist ... äh ... schwer zu sagen. Er ist ziemlich zurückhaltend ...«

»Er hat keine«, sagte Megan. »Ich habe ihn gefragt.«

Liv sah überrascht auf. Ob Megan sich für Jeremy interessierte?

»Ich habe mitgekriegt, dass du gestern Abend mit Jeremy weggegangen bist, Liv«, sagte Megan dann. »War irgendwas nicht in Ordnung?«

»Erst ging es ihm eigentlich gut. Aber dann ist ihm auf einmal wahnsinnig schlecht geworden, wohl von der Bowle. Die hat sich nicht mit dem Abendessen vertragen.« Liv setzte ihre neue, silberne Oakley-Sonnenbrille auf, um ihre

Augen vor dem blendenden Licht zu schützen. »Ich konnte Patrick nicht finden, aber ich konnte Jeremy auch nicht einfach am Strand lassen, denn er übergab sich dauernd, deshalb habe ich ihn zum Haus gebracht.«

Mit einem schuldbewussten Ausdruck im Gesicht sagte Megan: »Bowle? Äh ... ich habe ihm die Bowle gegeben. Ich hatte keine Ahnung, dass ihr deswegen gegangen seid. Ich habe gedacht ...« Sie unterbrach sich und wurde rot.

»Was hast du denn gedacht?«, hakte Liv nach.

Megan schüttelte den Kopf. »Ich ... äh, nichts weiter, wirklich. Ich glaube, ich gehe noch mal ins Wasser, bevor das Essen kommt.« Sie stand auf, überzeugte sich, dass ihr Badeanzug nicht verrutscht war und lief zum Wasser hinab.

»Was war denn jetzt los?«, fragte Liv die anderen. »Bin ich hier die Einzige, die nicht durchblickt?«

Laura seufzte. »Megan steht schon seit Jahren auf ... äh ... diesen Typ. Seit letztem Jahr hat sie jede Menge Pfunde verloren und ich glaube, sie hat gedacht, wenn sie diesen Sommer nach Beach Haven kommt, dann hat sie eine echte Chance bei ihm.«

»Aber als sie dann herkam, hat sie gemerkt, dass er jetzt ... äh ... eine Freundin hat, und das hat ihr die Sache natürlich total vermasselt«, fügte Joyce hinzu.

»Und was hat das alles mit Jeremy zu tun?«, fragte Liv.

Laura packte eine Hand voll Sand und ließ ihn durch die Finger rinnen. Sie seufzte. »Also, vielleicht ist es besser, du weißt Bescheid. Der Typ, auf den Megan steht, – das ist Patrick.«

Eine Welle der Erleichterung durchflutete Liv. Zumindest ist sie nicht hinter Jeremy her, dachte sie.

»Sei nicht sauer, Liv«, drängte Joyce, die nervös auf der Unterlippe kaute. »Megan ist wirklich nett. Sie würde nie irgendwas Hinterhältiges versuchen. Gestern Abend, als du mit Jeremy verschwunden bist, hat sie wahrscheinlich irgendwie gehofft, dass ihr was miteinander habt und dein Verhältnis zu Patrick in die Brüche geht.«

Liv richtete sich auf und stützte sich mit den Händen nach hinten ab. »Oh!« Aus irgendeinem Grund machte ihr diese Information nicht das Geringste aus. Sie empfand nur Gleichgültigkeit. Das ist kein gutes Zeichen, sagte sie sich, Gleichgültigkeit ist schlecht.

»Und jetzt, wo sie sieht, wie wahnsinnig hübsch und nett und lieb du bist, kommt sie sich erst recht blöd vor«, sagte Laura. »Aber du brauchst dir echt keine Sorgen zu machen. Zwischen den beiden ist absolut nichts vorgefallen, das kannst du mir glauben. Patrick ist dir wirklich treu gewesen. Den ganzen Sommer lang hat er über nichts anderes geredet als dich.

Den ganzen Sommer! Liv hatte den ganzen Sommer lang jedem, aber auch jedem von Patrick erzählt, ihren Freundinnen, ihrer Mutter, sogar ihrem Hund.

Irgendwie war das schon komisch.

Denn jetzt, wo sie hier war, hatte sie überhaupt keine Lust mehr, über ihn zu reden.

»Nummer 67 kann abgeholt werden. Nummer 67!«

Der Typ hinter der Theke reichte ihnen zwei Kartons mit den bestellten Speisen und Getränken.

»Ich will damit ja nur sagen, dass du eine tolle Freundin hast und keinen Blödsinn machen solltest, der euer Verhältnis gefährden könnte«, erklärte Jeremy mit unsicherer Stimme. Er wusste nicht recht, was er sagen oder wie er sich verhalten sollte. Er kam sich wie ein Heuchler vor. Alles war irgendwie verkehrt. Aus dieser lang ersehnten Ferienreise ans Meer war eine Achterbahnfahrt der Schuldgefühle geworden. Er wollte wirklich nicht die Ursache dafür sein, dass es zwischen Patrick und Liv zu einem Bruch kam, aber er konnte einfach nicht aufhören, an Liv zu denken. Es machte ihn verrückt.

»Vielen Dank für deine Ratschläge, aber ich finde es total überflüssig, dass du mir erzählst, wie ich meine Beziehung gestalten sollte«, sagte Patrick, dessen Worte eine Spur verärgert klangen. Er griff nach der Ketschupflasche und quetschte reichlich Ketschup auf seinen Cheeseburger. »Ich muss dich doch hoffentlich nicht daran erinnern, dass ich immerhin eine Beziehung habe! So in der Art: Ich bin Paul Reiser, ich habe meine Jamie. Du bist immer noch Johnny, der Typ, der solo ist, jedenfalls soweit ich weiß.«

Jeremy setzte an etwas zu erwidern, aber er fing sich noch rechtzeitig. Patrick hatte Recht. Es war wirklich nicht seine Aufgabe Patrick zu erzählen, wie er mit Liv umzugehen habe.

Mit einem Seufzer nahm er einen Stoß Papierservietten,

ein paar Strohhalme und mehrere von den Gewürzbeuteln aus dem Behälter auf der Theke und folgte Patrick zurück zum Strand. Sie hatten bisher immer über alles gesprochen. Wenn ihm ein Mädchen gefiel, dann erfuhr Patrick es immer als Erster. Sie erzählten sich natürlich nicht jede kleinste Einzelheit, was ihren neusten Schwarm oder die Freundin anbetraf – sie waren schließlich keine Mädchen –, aber Jeremy war es gewöhnt, seinem Freund alles Wichtige anzuvertrauen. Seit acht Jahren hatte er es so gehalten und er hatte sich dabei sehr wohl gefühlt.

Aber jetzt hatte sein Leben mit einem Mal eine neue Richtung eingeschlagen und Jeremy sah sich nicht im Stande, die Bremse zu ziehen.

»Ich suche nach etwas Hübschem für ein Mädchen, eine gute Freundin«, erklärte Jeremy unbeholfen der Verkäuferin, nachdem er sich fünfzehn Minuten lang vergeblich im Laden umgeschaut hatte. Er wollte Liv ein kleines Geschenk machen, um sich für ihre Hilfe am Abend zuvor zu bedanken. Bereits am Vormittag hatte er das winzige Juweliergeschäft entdeckt und nun war er unbemerkt aus dem Haus geschlichen, als die anderen vor dem Abendessen noch schnell duschen wollten. Bis jetzt hatte er jedoch nichts Passendes gefunden.

Die Verkäuferin überlegte einen Augenblick, dann schlug sie mit der Hand auf die Theke. »Ich habe da genau das

Richtige. Hier entlang.« Sie führte Jeremy zu einer Vitrine mit Medaillons im hinteren Teil des Geschäfts.

»Ich weiß nicht«, sagte Jeremy zögernd. »An eine Herzform hatte ich eigentlich nicht gedacht.«

Die Verkäuferin nahm eine der Halsketten aus der Vitrine und reichte sie Jeremy. »Hier. Schauen Sie sich das mal an.«

Zu seiner Überraschung entpuppte sich das winzige Herz aus Silber, das an einem feinen Kettchen hing, als eine kleine Flasche. »Das ist eine Art Riechfläschchen«, erklärte die Frau. »Im 19. Jahrhundert waren die sehr beliebt. Die Frauen füllten sie damals mit Kognak oder einer anderen stark duftenden Flüssigkeit und rochen daran, wenn sie einen Schwächeanfall hatten.« Sie sah ihn über ihre Goldrandbrille hinweg an. »Diese Anhänger kann man wunderbar mit dem Lieblingsparfum oder einem aromatischen Öl füllen. Und es gibt sie in vielen Größen.«

»Super. Das nehme ich«, sagte Jeremy. »Aber ... äh ... haben Sie noch andere Formen außer Herzen?«

Die Verkäuferin lächelte bedauernd. »Ich fürchte, nein.« Sie sah auf ihre Uhr. »Und wir schließen in ein paar Minuten. Aber wenn Sie in ein paar Tagen noch einmal vorbeischauen wollen, dann habe ich vielleicht eine größere Auswahl.«

Jeremy runzelte die Stirn. Ein Herz könnte vielleicht missverstanden werden, andererseits wollte er auch nicht warten. »Also, ich glaube, ich nehme das da«, sagte er zögernd und zeigte auf einen kleinen Anhänger in der Vitrine.

»Sehr gute Wahl«, sagte die Verkäuferin beifällig. »Das wird ihr garantiert gefallen.«

»Ich will es hoffen«, sagte Jeremy, als sie es einpackte. Er hatte noch nie ein Geschenk für ein Mädchen gekauft. Aber das war ja auch eigentlich kein Geschenk, sagte er sich. Es war wirklich nur eine kleines Dankeschön, nichts weiter.

Kapitel 11

»Ich hätte gerne die Königskrabbenbeine mit wildem Reis und einen kleinen Römersalat mit Parmesan.« Liv klappte ihre Speisekarte zu und gab sie dem Kellner zurück.

»Und du, Jeremy?«, fragte Mr Clark.

»Den Landrattenteller. Das extragroße Rumpsteak, dazu Pfeffersoße mit ganzen Pfefferkörnern und Kartoffelpüree, bitte.« Die Clarks wussten, was ihm am Abend zuvor zugestoßen war, und er nahm an, dass ihnen auch sein Alkoholgenuss nicht entgangen war, aber sie hatten kein Wort darüber verloren. Das war wirklich fair. Er trank eigentlich so gut wie nie und wenn die Clarks ihn darauf angesprochen hätten, wäre er sich noch idiotischer und verantwortungsloser vorgekommen, als es bereits der Fall war. Er wollte ihr Vertrauen nicht enttäuschen.

»Das *King Crab House* ist eins der Wahrzeichen von Beach Haven«, sagte Mrs Clark und nahm ein Stück warmes Maisbrot aus dem Brotkorb. »Wir essen hier im Sommer so oft wie möglich. Das Essen ist wirklich immer ganz ausgezeichnet.«

Das Restaurant lag an einem Meeresarm auf der anderen Seite des Ocean Parkway. Viele der regelmäßigen Sommergäste hatten Liegeplätze für ihre Boote an einem der Anlegestege dort.

»Die Einrichtung gefällt mir«, bemerkte Liv. Das Haus ist über 100 Jahre alt und vollständig renoviert worden. Von den ledergepolsterten Sitzgruppen an den großen Fenstern aus konnte man ungehindert auf das Wasser sehen. In der Mitte des Raums hingen riesige Netze über den Tischen.

»Ja, es ist schön hier«, sagte Jeremy und lächelte Liv an. Sie war an diesem Abend besonders hübsch. Zu einem purpurfarbenen Sarong trug sie ein eng anliegendes weißes, gestricktes Oberteil und dazu passende Sandalen. Das Haar hatte sie an den Seiten straff zurückgebunden, was ihre Wangenknochen stärker zur Geltung brachte. *Schönheit, dein Name ist Liv.*

Der Kellner kam und überreichte Liv, Mrs Clark und Patrick große Lätzchen, auf denen riesige, rote Taschenkrebse prangten.

»Die sind dafür, dass sie sich nicht von oben bis unten bekleckern«, informierte Shelby Jeremy, der neben ihr saß. »Deshalb habe ich lieber Popcorn-Schrimp bestellt. Das macht nicht so eine Schweinerei.«

Patrick lachte. »He Liv, das Lätzchen hättest du heute Nachmittag gut brauchen können, meinst du nicht?«

Liv hob die Augenbrauen. »Ich warne dich …«

Patrick ignorierte ihre Worte. »Wisst ihr, was heute passiert ist?«, sagte er scheinbar arglos zu Shelby und seinen Eltern, während er sich über den Salat, den der Kellner soeben serviert hatte, hermachte. »Liv hat mit den anderen

Mädchen am Strand gelegen, aber dann wollte sie sich abkühlen und ein bisschen ins Wasser. Jeremy hat ihr also seine Luftmatratze gegeben.«

»Patrick«, warnte Liv ihn erneut und warf ihm einen scharfen Blick zu.

»Ach, komm, jetzt stell dich nicht so an! Die finden das bestimmt lustig.« Er tätschelte ihr den Arm. »Also, jedenfalls sehe ich, wie Liv auf der Luftmatratze rausschwimmt. Und auf einmal kommt diese Wahnsinnswelle und Liv erwischt sie auch und kommt also auf der Matratze zum Strand gesurft. Und dann …«

»Möchte jemand etwas von den gebratenen Zucchini?«, unterbrach Jeremy ihn und hielt die Pfanne einladend in die Höhe. Er konnte sehen, dass Liv innerlich kochte. Bemerkte Patrick das denn nicht? Jeremy konnte kaum ertragen, was sich hier gerade abspielte.

»Ich probiere gerne mal«, sagte Liv und riss eins der Zucchinispießchen aus der Pfanne.

»Also, wie schon gesagt«, fuhr Patrick fort, »Liv kommt auf der Matratze angerauscht. Als sie am Strand ist, steht sie auf, stinkstolz und so, weil sie das so gut hingekriegt hat. Da hechten Ben und Tim, ihr wisst schon, die Martin-Zwillinge, direkt neben ihr ins Wasser und kommen wieder hoch und fangen an zu jubeln …«

An dieser Stelle brach Patrick in hemmungsloses Gelächter aus. »Und Liv steht völlig entblättert da, also echt, total entblättert, vor dem ganzen Strand voller Leute, und die Martin-Zwillinge spielen Ball mit ihrem Bikinioberteil.«

»Möchte jemand was von der Cocktail-Soße?«, fragte Jeremy verzweifelt.

Mrs Clark legte ihre Gabel hin. »Ich glaube, das reicht jetzt, Patrick.«

»Dann hab ich den Zwillingen das Teil wieder abgejagt und Liv hat sich solange an die Matratze geklammert, als ging es um ihr Leben«, brachte Patrick zwischen Lachanfällen hervor. »Vielleicht solltest du lieber einen Einteiler anziehen, wenn du das nächste Mal die Matratze nimmst, Liv.«

Jeremy sah zu Liv hinüber. Sie hatte die Zähne fest aufeinander gebissen. Dann sagte sie knapp: »Ich glaube nicht, dass ich in nächster Zeit mit der Luftmatratze ins Wasser gehen werde.«

Einige Minuten lang herrschte Schweigen.

»Die Martin-Zwillinge sind richtig kindische Flegel«, sagte Shelby schließlich mit gerümpfter Nase. »Dauernd kommen sie an, wenn ich gerade ins Wasser will, und spritzen mich nass und rennen dann schnell weg. Ich kann sie nicht ausstehen.«

Patrick streichelte Livs Arm. »He, Liv, warum ziehst du denn so ein Gesicht? Das war wirklich echt lustig, das musst du doch zugeben.«

»Für mich eigentlich nicht.« Liv tupfte sich mit der Serviette die Mundwinkel.

»Mal ehrlich, Patrick, du fändest es auch nicht so lustig, wenn du deine Badehose bei irgendeinem Wahnsinnsmanöver mit dem Boogieboard verlieren würdest«, sagte Jeremy.

»Also, ich hätte ja wirklich gedacht, dass wenigstens du das witzig findest«, sagte Patrick und sah seinen Freund an. »Seit wann hast du denn keinen Humor mehr?«

»Ich finde es nur nicht besonders witzig, sich über jemanden totzulachen, vor allem nicht vor anderen Leuten«, entgegnete Jeremy.

»Ich auch nicht«, sagte Liv. In diesem Moment kam der Kellner herbeigeeilt und setzte sein Tablett mit den Gerichten auf einen kleinen Wagen neben dem Tisch.

»Königskrabbenbeine!«, rief er.

»Also, Liv, ich finde, du führst dich ein bisschen lächerlich auf.« Patrick legte den Arm um sie.

Sie schüttelte ihn ab. »Genau da liegt das Problem.«

Patrick, Liv und Jeremy saßen zusammengequetscht auf der Rückbank des Clark'schen Wagens. Das Essen im *King Crab House* war wirklich ausgezeichnet gewesen, aber die Geschichte mit dem Bikini hatte die Stimmung ziemlich verdorben.

»Hör auf, beleidigt zu sein, mein Schatz«, sagte Patrick und kitzelte sie in der Rippengegend. »Niemand hat groß was sehen können. Dazu warst du viel zu schnell wieder auf der Luftmatratze.«

Jeremy seufzte. Ob Patrick einfach nicht verstand, dass er zu weit ging? »Schluss jetzt, Clark, keiner findet die Geschichte lustig außer dir, kapierst du das nicht?« Es kam ihm langsam so vor, als wollte Patrick Liv absichtlich wütend machen. Das war ihm inzwischen jedenfalls gelungen.

Patrick murrte irgendwas Unverständliches und lehnte sich zurück. »Wie kannst du solche Kleinigkeiten nur so wichtig nehmen?« Er fing an zu lachen. »Entschuldigung, das war jetzt wirklich nicht anzüglich gemeint.«

Selbst Jeremy konnte sich ein Grinsen nicht verkneifen.

Liv allerdings lachte nicht. Und als Jeremy grinste, schien sie noch erheblich wütender zu werden als zuvor. Ihre Veilchenaugen blitzten und sagten: *Jetzt machst du dich also auch lustig über mich!*

Wie er es auch anfing, er zog einfach immer den Kürzeren. Stand er Liv bei, wurde Patrick sauer auf ihn. Und wenn er mal über einen von Patricks Witzen lachte, wurde Liv wütend.

Jeremy beugte sich nach vorn. »Also, Mr Clark, was sagen Sie denn zu dem letzten Spiel der *Pirates*?«

Es war schon spät, so gegen elf.

Sie hatten alle zusammen eine Weile im Wohnzimmer gesessen und Rommee gespielt, bis Patrick einen Anruf von einem seiner Surferkumpels bekommen hatte und nach oben ans Telefon gegangen war. Als er nach einer Stunde immer noch nicht wieder zurück war, ging Liv auf ihr Zimmer. Jeremy und Shelby machten kurzen Prozess mit einem Schokoladenkuchen und spielten zwei mörderische Runden Tischtennis, bevor Mrs Clark ihr Töchterchen schlafen schickte.

Jeremy fragte sich, was Liv wohl gerade tun mochte. Die Vorstellung, dass sie nur ein paar Meter weit entfernt war, hatte etwas … etwas Verführerisches. Im selben Haus zu schlafen wie das Mädchen, in das man verknallt war – nun, das man jedenfalls sehr mochte, war für ihn eine neue Erfahrung. Es war ein seltsames Gefühl, irgendwie intim.

Er stellte sich vor, wie Liv abends die Tür zu ihrem Zimmer hinter sich schloss, ihr Haar bürstete, sich den Pyjama anzog, aus dem Fenster zum Meer hinaussah …

Er konnte einfach nicht aufhören, an sie zu denken.

Ob das Liebe war? Er hätte es nicht sagen können, denn er war noch nie richtig verliebt gewesen.

Er ging ins Bad und putzte sich die Zähne. Dann ging er barfuß auf den Hausflur und pochte leise an Livs Tür.

»Liv«, flüsterte er. Er konnte gedämpft Musik im Zimmer hören. Er wartete. »Liv.« Er flüsterte lauter und hoffte, dass sie noch wach war.

Die Tür wurde geöffnet. »Jeremy!«, sagte sie mit weicher Stimme und sah ihn mit großen Augen an.

»Hallo. Ich setze mich jetzt in den Whirlpool. Hast du Lust mitzukommen?« Es war riskant, aber ihm blieb keine Wahl. Er musste sich ungestört mit ihr unterhalten!

Liv lehnte sich an den Türrahmen. Auf ihrem Gesicht spiegelten sich gemischte Empfindungen wider, die Jeremy nicht deuten konnte. »Ich glaube nicht, dass das eine gute Idee ist …«, sagte sie schließlich.

»Bitte!« Jeremy berührte ihr Gesicht mit den Fingerspitzen und ging davon.

Er betete darum, dass sie kommen würde.

Knapp fünf Minuten später schlüpfte Liv durch die Schiebetür nach draußen. Sie trug einen dunkelblauen, einteiligen Badeanzug und darüber einen Bademantel aus dickem, weißem Frottee. Jeremy lächelte in sich hinein. Klasse!

»Brrr! Es hat sich ganz schön abgekühlt.« Liv fröstelte.

»Das ist der Wind. Dann kommt einem die Luft kälter vor, als sie tatsächlich ist.«

Aus dem Becken stieg Dampf auf. »Welch eine Wohltat«, sagte Jeremy und manövrierte seinen Rücken in einen pulsierenden, gurgelnden Wasserstrahl. »Ach, wäre das toll, wenn ich mich jeden Tag nach der Schule zu Hause in so ein Ding setzen könnte!«

Liv glitt ins Becken und setzte sich neben ihn. »Diese Dinger machen mich total schläfrig. Pass ja auf, dass ich nicht einschlafe.«

»Keine Bange deswegen – das werde ich schon verhindern.« Ein winziges, verlegenes Lächeln spielte um seine Mundwinkel. »Tut mir Leid, dass der Abend so eine Katastrophe war.«

»War er gar nicht. Ich bin einfach nur wütend geworden, fertig.«

»Patrick darf man nicht immer ernst nehmen. Er will niemandem wehtun, aber er merkt einfach nicht, wenn er zu weit geht.«

Liv zuckte die Schultern. »Ich bin drüber weg, wirklich.«

Verschmitzt sah Jeremy sie an. »Immerhin trägst du jetzt keinen Bikini.«

Liv lachte. »Da hast du allerdings Recht!«

Jeremy schloss die Augen und ließ sich tiefer gleiten, bis der Strahl seine Schultern massierte. »Schöne Nacht, findest du nicht?«

»Ja.«

»Liv?«

»Was?«

Mit einem Mal sprudelte all das, was ihm in den letzten Tagen im Kopf herumgegangen war, aus ihm heraus. »Ich kann einfach nicht aufhören, an dich zu denken, Liv. An uns.«

»Uns? *Uns* gibt es nicht«, sagte sie kategorisch.

»Könnte es aber geben«, wand Jeremy ein. »Und sollte es geben!« Er tastete unter Wasser herum, bis er ihre Hand fand. Sanft schob er seine Finger zwischen ihre. Sie ließ es geschehen.

»Liv, bitte! Ich weiß, dass wir uns erst seit kurzer Zeit kennen, aber ich habe noch nie solche Empfindungen für jemanden gehabt.«

»Hör auf! Du machst mir Angst.« Liv wandte sich ab.

»Ich mache mir selbst Angst.« Jeremy hob die andere Hand und drehte ihr Gesicht sanft zurück in seine Richtung, bis sie ihm in die Augen sah. »Ist dir eigentlich klar, was ich hier riskiere?«, sagte er und sprach damit seine größte Angst aus. »Ich mache hier der Freundin meines besten Freundes einen Antrag und das ist wirklich nicht meine Art. Ich bin nicht der Typ, der anderen die Mädchen abspenstig macht!« Er sah ihr tief in die Augen. »Ich habe mich diesmal nicht nur mal ein bisschen verknallt und das ist auch kein alberner Ferienschwarm. Ich ... ich glaube, ich habe mich ernstlich in dich verliebt, Liv. Und ich muss einfach wissen, was mit dir ist. Die Wahrheit! Nicht einfach das, was du für korrekt hältst.«

Liv schloss die Augen und lehnte sich gegen das Geländer, das um das Becken lief.

»Wenn ... wenn ich total daneben liege, Liv, und das kann natürlich sein, dann entschuldige ich mich. Aber ich kann das einfach nicht mehr aushalten – zu denken, dass wir eine gemeinsame Zukunft haben könnten und ich die Gelegenheit verstreichen lasse, ohne zumindest einen Versuch zu machen.«

Ein plötzlicher Windstoß fuhr über sie hin und brachte das Klangspiel, das nicht weit von ihnen hing, zum Tönen. Liv rührte sich immer noch nicht.

Jeremy kam sich vor wie ein verwundetes, schwaches Tier – ganz und gar nicht so selbstsicher, wie er gedacht hatte. Er war überzeugt, dass Liv sein Herz hätte schlagen hören können, wenn es nicht vom Rauschen des Wassers im Becken übertönt worden wäre.

»Hast du dir mal Gedanken darüber gemacht, was das für Patrick bedeuten würde?«, sagte Liv schließlich mit leiser Stimme und schlug die Augen auf. »Du bringst mich in eine sehr schwierige Lage, Jeremy, und außerdem bringst du mich total durcheinander. Ich ... ich will einfach nicht mehr darüber reden.«

»Glaubst du vielleicht, ich mache es mir einfach damit?«, gab Jeremy zurück. »Ich will Patrick auf keinen Fall wehtun – er ist mein bester Freund. Aber seit ich dich getroffen habe ...« Er starrte auf das unruhig strudelnde Wasser. »Ich kann an nichts anderes mehr denken«, sagte er unglücklich. »Und wenn du in aller Ehrlichkeit behaupten kannst, dass du wirklich glücklich mit Patrick bist, dann ziehe ich mich ein für alle Mal zurück. Nur ... ich glaube nicht, dass das der Fall ist. Sonst wärst du jetzt nicht hier.«

»Ich bin aber glücklich, Jeremy«, sagte Liv mit dünner Stimme und befreite ihre Hand aus seinem Griff. »Patrick ist mein Freund, du bist es nicht, nicht in dieser Form. Schluss, fertig, aus.«

»Aber ...«

»Ich bin nicht hergekommen, um Gefühle zu verletzen oder Versprechen zu brechen.«

Jeremy wurde heiß – nicht weil ihm das Wasser zu warm war, sondern aus Scham. »Ich will auch keine Gefühle verletzen. Aber ich bin felsenfest davon überzeugt, dass wir gut zusammenpassen.« Er seufzte. »Ich hab dich lieb, Liv, wahnsinnig lieb ...«

Mit einem Krach wurde die Schiebetür aufgerissen.

»Unfair! Warum habt ihr nicht gesagt, dass ihr eine Mitternachtsparty im Whirlpool veranstalten wolltet?«, kreischte Shelby und sprang ins Wasser. Patrick folgte direkt hinter ihr.

»Ich konnte von meinem Zimmer aus hören, dass das Becken eingeschaltet war, da wusste ich natürlich Bescheid.« Patricks weiße Zähne schimmerten in der Dunkelheit, während er sprach. »Als wir den Pool neu hatten, haben Shelby und ich im heißen Wasser gehockt, bis wir verschrumpelt waren wie Rosinen, aber mittlerweile gehen wir kaum noch rein.« Er rutschte tiefer, bis er zum Hals im Wasser war. »Tolles Gefühl, he?« Er gab Liv einen schnellen Kuss auf die Wange.

»Ja«, sagte sie ruhig. »Finde ich auch.«

»Und morgen fahren wir zusammen nach *Surf and Splash*?«, fragte Patrick. Sie hatten verabredet, dass sie den Tag in diesem beliebten Wasserpark verbringen wollten.

Jeremy nickte. »Klingt gut.«

Shelby verzog enttäuscht das Gesicht. »Ich will mitkommen. Du bist gemein, Patrick.«

Patrick gab ihr eine Kopfnuss. »Also, jetzt hör mal, du Nervensäge, in diesem Sommer bin ich schon zweimal mit dir und deinen Freundinnen da gewesen und habe euch machen lassen, was ihr wolltet. Massenweise Süßigkeiten und anderen Mist habe ich euch gekauft und wir sind viel zu lange dageblieben, aber jetzt sind ausnahmsweise auch wir mal an der Reihe.«

»Wolltest du nicht an deiner Sandburg bauen, damit sie für den Wettbewerb fertig wird?«, fragte Liv. »Beim Abendessen warst du noch ganz Feuer und Flamme.«

»Wird mir ja wohl nichts anderes übrig bleiben. Trotzdem ist Patrick gemein.« Sie streckte ihm die Zunge raus.

»Nur weil du mit Liv allein sein willst. Ich wette, Jeremy hätte nichts dagegen, dass ich mitkomme.«

»Nichts da«, sagte Patrick. »Jeremy hat eine Verabredung.«

»Was?«, fragten Liv und Shelby schockiert.

»Hat er«, sagte Patrick geheimnisvoll.

»Äh, ja, hab ich«, bestätigte Jeremy. Er versuchte zu lächeln. Während sie sich zum Abendessen umgezogen hatten, hatte Patrick ihm verkündet, er würde ihn mit *dem* perfekten Mädchen zusammenbringen. Was hätte er darauf antworten können? Dass er sie bereits gefunden hatte?

»Mit wem?«, fragte Liv, die Augen weit aufgerissen.

»Megan Pirelli.« Patrick strahlte. »Ich habe sie eben angerufen und gefragt, ob sie morgen mitkommen will. Perfekte Planung, oder?«

»Ooh, die ist toll«, sagte Shelby voller Bewunderung.

»Megan«, sagte Liv langsam. »Ja sicher. Warum nicht? Die beiden könnten wirklich gut zusammenpassen.«

Jeremy zuckte zusammen, als er hörte, wie sie die letzten zwei Wörter betonte. Mit einem kleinen, hoffnungsvollen Lächeln sah er sie an, aber sie starrte kalt, hart und herausfordernd zurück.

Liv konnte über diese »Verabredung« mit Megan denken, was sie wollte, – er hatte ihr die Wahrheit gesagt. Er hatte seine Gefühle offen vor ihr ausgebreitet.

Alles andere lag nun an ihr.

Kapitel 12

»Macht 17 Dollar und 95 Cent«, sagte die Kassiererin mit dem schwarzen Lippenstift und ließ ihr Kaugummi mit einem Knall platzen.

Jeremy gab ihr einen Zwanzig-Dollar-Schein und hielt ihr das Handgelenk hin. Das Mädchen verpasste ihm ein neongrünes Armband. »Willkommen bei *Surf and Splash* und viel Spaß!«

Es war typisches Augustwetter: heiß und schwül. Jeremy ging zu den anderen hinüber, die im Schatten einer Eiche bei den Schließfächern warteten.

»Hier«, sagte Liv und hielt eine der Schließfachtüren auf. »Wir haben dir Platz gelassen.« Jeremy zog seine Sandalen und das T-Shirt aus und schob sie hinein. In der Reißverschlusstasche seiner Badeshorts hatte er zwanzig Dollar plus Kleingeld und eine Tube Lippenbalsam. Das müsste reichen. Sie hatten sich bereits am Morgen reichlich mit wasserfestem Sonnenöl eingeschmiert.

»Was wollt ihr zuerst machen?«, fragte Patrick. »Die Röhrenrutschen sind cool, aber da ist später ein ziemliches Gedränge.«

»Wir könnten doch jetzt gleich hingehen«, schlug Liv vor.

»Gute Idee«, stimmte Megan zu. Jeremy nickte. Er hatte sich vorgenommen, das Beste aus der Situation zu machen. Liv konnte er eben nicht haben. Na und? In Beach Haven gab es jede Menge Mädchen und im Augenblick war er mit einem besonders netten zusammen. Er lächelte Megan an.

»Also los!«, rief er mit einem Grinsen.

Sie marschierten los und folgten dem befestigten Pfad nach links, Patrick und Liv Hand in Hand vorneweg. Auf kleinen Wegweisern in der Form von Surfboards waren die Entfernungen angegeben: Wildwasserröhren ... 0,04 Meilen.

»Vielen Dank, dass du mich eingeladen hast«, sagte Megan zu Jeremy.

»Das war Patricks Idee. Und ich finde, eine sehr gute.« Er lächelte sie an. Sie sah umwerfend aus in ihrem weißen, einteiligen Badeanzug, auf dessen Brust ein kleiner, goldener Anker glänzte. Ihr Haar hatte sie hinter die Ohren zurückgekämmt. Eigentlich war sie zwar nicht sein Typ, denn Blondinen ließen ihn meistens kalt; außerdem war ihm Megan zu jung. Er mochte lieber Mädchen, die so alt waren wie er oder älter ... Mädchen mit Temperament und Schwung. Anspruchsvoll. Intelligent. Brünett. Jemanden wie ... Er zog die Stirn kraus, als könne er damit verhindern, an sie zu denken. Diese Gedanken wollte er heute einfach nicht zulassen.

Auch wenn sie einen schwarzen Bikini trug.

Auch wenn sie nur ein paar Schritte vor ihm herging.

Es war sinnlos, an sie zu denken. Denn da war sie zwar,

ein paar Schritte vor ihm, in ihrem schwarzen Bikini, aber sie ging Hand in Hand mit Patrick.

»Du, hör mal, ich habe gestern keine Gelegenheit gehabt, dir das zu sagen, aber ich hatte ein richtig schlechtes Gewissen, weil dir auf der Party übel geworden ist«, sagte Megan und unterbrach damit seine Gedanken.

»Das war doch nicht deine Schuld.«

Megan verzog das Gesicht. »Immerhin habe ich dir den Becher Bowle gebracht.«

»Ja, und ich habe das Zeug getrunken. Das war meine eigene Dummheit.« Wie so manches andere auch in letzter Zeit, setzte er in Gedanken hinzu.

Megan war sichtlich erleichtert. »Jedenfalls wollte ich dir sagen, dass es mir Leid tut.«

»Okay.«

Die Warteschlange zur Wildwasserröhre zog sich einen langen Hügel hinauf, zwischen falschen Palmen hindurch und an Aussichtstribünen vorbei, die einen Blick auf den Rest des Parks gewährten. Zum Glück bewegte sich die Schlange ziemlich rasch voran. Als sie oben ankamen, gab ein magerer Kerl in einem leuchtend blauen *Surf-and-Splash*-Polohemd jedem ein leuchtend blaues Schaumstoff-Floß. »Ihr zwei, Rutschbahn eins!«, instruierte er Patrick und Liv und wies sie nach rechts. »Und ihr zwei, Rutschbahn zwei!«

»Zu Befehl«, sagte Patrick und grüßte militärisch.

Megan kicherte und drängte sich dicht neben Jeremy.

Patrick schnappte sich Livs Hand und ließ sich auf sein Floß fallen. »Los geht's!«, brüllte er und setzte sich in Bewegung.

»Nur eine Person pro Floß!«, rief der *Surf-and-Splash*-Typ, aber Patrick und Liv waren schon lachend in der Röhre verschwunden.

»Typisch Patrick«, versicherte Jeremy. »Ich lasse selbstverständlich der Dame den Vortritt.« Damit trat er zur Seite.

Megan starrte in die riesige Röhre. »Ja, hm, danke.«

»Du glaubst vielleicht, ich bin ein Kavalier – dabei habe ich bloß Schiss«, vertraute er ihr im Flüsterton an.

Megan schloss die Augen ganz fest. »Ich werde jetzt zwei Dinge tun, die ich sonst nie mache: Kopf voran und auf dem Bauch.« Sie kniete auf der Matte und schlug ein Kreuz. Dann legte sie sich auf den Bauch und schob sich ab. »Ahhh!« Das Echo ihres Kreischens klang aus der Röhre.

Jeremy wartete die obligatorischen zehn Sekunden und folgte ihr dann. Er jaulte auf, als das Wasser ihn traf, – es war eiskalt. Die Röhre machte eine Windung nach der anderen … man hatte das Gefühl, sich in einem großen Darm zu befinden.

Bevor Jeremy einen klaren Gedanken fassen konnte, öffnete sich die Röhre und er fiel übergangslos in ein riesiges Wasserbecken.

Er stand auf und schüttelte den Kopf, um das Wasser aus den Ohren zu bekommen. »Das war eine wilde Sache!«

Nicht weit von ihm stand Megan auf und taumelte. Sie

fiel lachend gegen ihn. »Du hättest mal deinen Gesichtsausdruck sehen sollen, als du rauskamst!«

»Garantiert nicht so komisch wie deiner, als du losgerutscht bist«, entgegnete Jeremy mit einem Grinsen.

»Aus dem Becken, Leute. Macht Platz für die Nächsten!« Eine streng aussehende Frau fing an, alle, die noch im Becken waren, mit eiskaltem Wasser zu bespritzen.

»Okay, okay, wir gehen ja schon«, schrie Jeremy und planschte die Stufen aus dem Becken hoch. Dann reichte er Megan die Hand, um ihr herauszuhelfen.

Patrick und Liv warteten bereits auf sie. Als Jeremy und Megan lachend und sich schüttelnd herausgeklettert kamen, fiel Jeremy auf, dass Liv und Patrick Megan mit einem eigentümlichen Gesichtsausdruck anstarrten. Auf ihren Gesichtern spiegelte sich etwas wider, das ihm in dieser Woche sehr vertraut geworden war. Es jedoch auf ihren Gesichtern zu sehen, schockierte ihn. Die beiden sind eifersüchtig, dachte Jeremy erstaunt. Es macht sie eifersüchtig zu sehen, dass Megan und ich so viel Spaß zusammen haben.

Er fand es selbst kindisch, aber trotzdem hielt er Megan länger bei der Hand, als notwendig gewesen wäre. Das hatten sie doch beabsichtigt – oder etwa nicht? Patrick wollte ihn unbedingt mit Megan zusammenbringen und Liv wollte, dass er sie in Ruhe ließ.

Als sie die Wildwasserröhren verließen, konnte Jeremy Livs Augen in seinem Rücken spüren. Jetzt weißt du auch mal, was das für ein Gefühl ist, dachte er. Aber er war weder besonders stolz noch glücklich.

Miserabel hätte den Kern der Sache besser getroffen.

Nach dem Mittagessen hatte das Gedränge im Park beängstigende Ausmaße angenommen. »Es ist einfach viel zu voll hier«, beschwerte sich Patrick und betrachtete die tropfnassen Mengen. »Zu viel Fleisch.«

»Jeder hatte dieselbe Idee wie wir«, sagte Liv. Es hatte ihre Stimmung irgendwie gedrückt, Megan und Jeremy so vergnügt miteinander zu sehen. Ich freue mich, dass sie so glücklich sind, dachte sie, aber ... Und irgendwie schien es zwischen Patrick und ihr einfach nicht mehr so zu sein, wie es zu Hause gewesen war. Eine gewisse Distanz hatte sich zwischen ihnen aufgebaut. Als ob sie nur so tun würden, als seien sie ein Liebespaar.

Megan holte einen durchweichten Plan des Parks, den jemand auf einem Tisch in der Nähe hatte liegen lassen. »Wir sind ganz dicht am Old Man River. Sollen wir dort als Nächstes hingehen?«

»Klar«, sagte Patrick. Liv und Jeremy nickten.

Old Man River gehörte zu den weniger extremen Attraktionen des Parks. In riesigen Lkw-Reifen trieb man einen relativ friedlichen Wasserlauf hinunter, bis man zu einem großen, künstlichen See gelangte. Diese Fahrt war bei Pärchen besonders beliebt.

»Du lieber Himmel«, sagte Patrick und schüttelte den Kopf, als sie am Eingang ankamen. »Sogar hier ist eine Warteschlange!« Das kleine hölzerne Schild vor ihnen trug die Aufschrift »Wartezeit etwa 15 Minuten«.

»Jetzt sind wir schon einmal hier«, sagte Liv, die Arme

vor der Brust verschränkt. »Davon lassen wir uns den Spaß nicht verderben.«

Die Sonne knallte förmlich vom Himmel, während sie sich im Schneckentempo zum Eingang bewegten.

Jeremy spürte, wie ihm der Schweiß den Hals hinablief. »Ich glaube, ich lasse das mit den Reifen. Ich ziehe mir gleich die Badehose aus und mach einen Kopfsprung geradewegs ins Wasser.«

»Also, das muss für kommende Generationen festgehalten werden«, sagte Megan und griff nach ihrer wasserdichten Kamera. Sie erschrak. »Meine Kamera! Die habe ich bestimmt auf dem Tisch liegen lassen, an dem wir gegessen haben.«

Liv zögerte einen Augenblick, dann stieg sie in den Reifen, der endlich vor ihr wartete. »Wir gehen zurück, sobald wir hier fertig sind«, sagte sie und winkte Patrick. »Entweder hat jemand die Kamera mitgehen lassen oder sie als Fundsache abgeliefert.«

»Die Kamera gehört meiner Mutter. Die bringt mich um«, stöhnte Megan.

»Ich lauf zurück und sehe nach, ob sie noch daliegt«, beschloss Patrick. »Fahrt schon mal los!«

»Patrick …«, setzte Liv an. Sie mochte nicht ohne ihn losfahren.

Aber bevor sie den Satz beenden konnte, hatte Patrick sich schon auf den Weg gemacht.

»Los, los, beeilt euch!«, sagte ein gestresst aussehender Typ und winkte Jeremy und Megan vorwärts. »Wir können hier nicht den ganzen Tag warten, Leute.« Außer Livs Reifen tanzten noch vier andere im Wasser, in denen bereits Paare saßen und darauf warteten, dass die Schranke geöffnet wurde und die Fahrt losging.

Liv versuchte, wieder aus ihrem Reifen zu klettern. »Aber mein Freund musste …«

»Sieht so aus, als bist du jetzt allein«, schnauzte der Typ und ging in Richtung Schranke.

»Ich gehe mit ihr«, sagte Jeremy schnell.

»Nein! Ich glaube nicht, dass das eine gute Idee ist!«, rief Liv frustriert. Aber Jeremy hatte sich bereits neben ihr in den Reifen fallen lassen.

Megan sprang einen Schritt zurück. »Ich warte auf Patrick.«

»Aber …« Liv hob resigniert die Arme, als die Reifen in die Strömung hinausgetrieben wurden.

»Ich geb's auf!«

Einige Minuten lang herrschte Schweigen, während die Reifen auf dem gewundenen Flüsschen zwischen Bäumen und Sträuchern stromabwärts getrieben wurden. Der »Fluss« war fast so warm wie Badewasser.

»Ahhh, so lasse ich mir's gefallen«, seufzte Jeremy und lehnte sich zurück. Dann legte er den linken Arm hinter Livs Kopf auf den Reifen.

»Guck dir die mal an.« Liv zeigte nach vorn, wo mehrere

Jungs ihre Reifen zum Kreiseln gebracht hatten und voller Begeisterung versuchten, einander zu rammen. Sie johlten und lachten.

Jeremy grinste. »Das sieht so aus wie Patrick und ich vor sechs Jahren. Einen Mordsspaß hat das gemacht.«

Liv sagte nichts. Sie hatte das Gefühl, das Thema der vergangenen Nacht noch einmal aufbringen zu müssen. Dauernd war es ihr im Laufe des Nachmittags durch den Kopf gegangen, aber weil sie Jeremy im Whirlpool eine so eindeutig abweisende Antwort gegeben hatte, war sie nun irgendwie befangen. Verwirrt. So, als ob sie ihn vielleicht doch nicht abweisen wollte.

Sie fröstelte.

»He, du hast ja Gänsehaut.« Jeremy strich mit dem Finger über ihr Bein. »Sag bloß, dir ist kalt! Wir haben heute über dreißig Grad im Schatten!«

»Ja, schon komisch.« Liv fuhr sich mit der Zungenspitze über die Lippen. Ihre Gänsehaut hatte nichts mit der Lufttemperatur zu tun. Die Ursache war Jeremy. Jeremy. Gib's endlich zu, dachte sie. Dir prickelt die Haut schon, wenn er nur neben dir sitzt.

»Sieht so aus, als ob ihr euch gleich beim ersten Date großartig amüsiert, Megan und du«, sagte sie in beiläufigem Ton und tauchte die Hand ins Wasser.

»Megan ist ein tolles Mädchen«, sagte Jeremy nachdenklich. Dann veränderte er seine Sitzposition etwas und starrte sinnierend ins Wasser. »Komisch, dass sie keinen Freund hat.«

»Sie mag dich«, sagte Liv, aber sie bedauerte ihre Worte sofort wieder. »Das ist ziemlich offensichtlich.«

Jeremy sagte kein Wort.

»Also, Laura und Joyce haben mir erzählt, dass sie auf Patrick steht, aber so wie ich das sehe, hat sie ganz eindeutig ihre Meinung geändert.«

»Und du? Hast du deine Meinung geändert?«

»Über was?« Liv tat so, als würde sie Jeremys Anspielung nicht verstehen und strich spielerisch mit der Hand über den Reifen.

»Über uns. Mir war es ernst mit dem, was ich letzte Nacht gesagt habe, Liv. Ich hab dich wirklich lieb.« Er sah sie verschmitzt an. »Ich habe versucht, das abzustellen, aber ohne Erfolg.«

»Ich ...«

»Bitte, sei ehrlich. Wir sind entweder einfach nur Freunde oder wir sind mehr als das. Und wenn wir mehr als das sind, dann müssen wir es Patrick sagen.«

»Auf keinen Fall.« Sie runzelte die Stirn. »Und außerdem, du und Megan ...«

Jeremy schüttelte den Kopf. »Du bist die Einzige, die mich interessiert«, sagte er mit weicher Stimme. »Megan ist nur ein guter Kumpel. Und ich kann einfach nicht fassen, dass du glaubst, es reicht, wenn du dir vormachst, dass zwischen uns einfach nichts ist. Du weißt genau, dass das nicht stimmt.«

Liv biss sich auf die Lippen. Er hatte Recht. Sie wusste, dass das nicht stimmte. »Ich finde das wahnsinnig schwierig, Jeremy. Ich will einfach nichts tun, das ich später bereue.«

»Dann …«

Wumm! Sie waren von hinten gerammt worden. »Diese Kids …« Jeremy manövrierte den Reifen herum.

»Hallo!« Patrick und Megan strahlten sie an.

»Ich wette, wir haben gerade den neuen Rekord für die schnellste Fahrt auf dem Old Man River aufgestellt«, prahlte Patrick.

»Und wir haben die Kamera. Hier! Ich mach ein Foto von euch.« Megan kicherte. »Ich schätze, ich muss euch noch nicht einmal sagen, dass ihr enger zusammenrücken sollt. In diesen Reifen wird man von selbst zusammengequetscht wie Sardinen.«

Jeremy und Liv lächelten verlegen. »Jetzt seid ihr dran«, sagte Jeremy. Megan warf ihm die Kamera zu. »Jetzt sagt Old Man River!«

Liv lachte, als die beiden Fratzen für das Foto schnitten, aber es tat ihr doch eigentümlich weh, Patrick und Megan zusammen zu sehen. Laura und Joyce hatten die Wahrheit gesagt: Megan war verliebt in Patrick.

Als die Mädchen ihr neulich davon erzählt hatten, war es ihr gleichgültig gewesen, jetzt allerdings, wo sie die beiden zusammen sah …

Konnte sie sich wirklich von Patrick trennen?

Jeremy warf sich hin und her. Jetzt lag er schon seit mindestens einer geschlagenen Stunde im Bett, aber er fühlte sich überhaupt nicht schläfrig. Er hasste diesen Zustand. Patricks regelmäßige Atemzüge fingen an ihn zu stören. Einen Moment lang war er versucht, ihn zu wecken, damit er nicht alleine wach liegen musste.

Er könnte ebenso gut aufstehen. Hier zu liegen und Patrick zuzuhören machte alles nur noch schlimmer. Er glitt also aus dem Bett, zog seine Trainingshose und ein T-Shirt über und schlich sich aus dem Zimmer.

Das Licht über dem Herd war an und tauchte die Küche der Clarks in ein geisterhaftes Licht. Jeremy öffnete den Kühlschrank und sah hinein.

Schinken, Schweizer Käse und Kopfsalat – astrein. Das Wasser lief ihm im Mund zusammen, als er eine Scheibe Roggenbrot, die er im Brotkasten aufgetrieben hatte, dick mit Majonäse bestrich. Hoppla, da fehlte noch Tomate. Er durchsuchte den Kühlschrank noch einmal. Keine Tomaten.

Enttäuscht lehnte er sich gegen die Anrichte und kam sich vor wie der Typ in der uralten Majonäse-Werbung. Ein Sandwich ist kein Sandwich ohne eine dicke, rote Scheibe Tomate.

»Suchst du so was?«

Vor Schreck ließ Jeremy die Käsepackung auf den Boden fallen. Liv stand auf der anderen Seite der Küche. Sie war barfuß und trug abgeschnittene Jeans und ein graues Sweatshirt. In der Hand hielt sie eine Tomate.

»Woher weißt du das? Und wo war die?«

Sie zeigte auf die Fensterbank im Hausflur. »Mrs Clark legt unreife Tomaten immer auf die Fensterbank, damit sie an der Sonne reifen. Sie sagt, wenn man sie in den Kühlschrank legt, verlieren sie den Geschmack.«

»Oh. Danke jedenfalls.« Jeremy fing die Tomate, die Liv ihm zuwarf, und bückte sich dann, um den Käse aufzuheben. »Willst du auch was?«

Liv begutachtete Jeremys Sandwich mit einem kritischen Blick. »Mach mir auch eins, aber kleiner.« Sie öffnete den Kühlschrank. »Milch?«

»Ja.«

Sie goss Milch in zwei große Gläser. »Konntest du nicht schlafen?«

»Nein.« Er schnitt die Tomate in Scheiben. »Du auch nicht?«

»Nein.« Liv entriegelte die Glasschiebetür und nahm die Milchgläser. »Lass uns draußen essen.«

Sie wischten ihre Stühle mit einem Badetuch trocken und setzten sich. Die Nacht war angenehm, weniger feucht und schwül als während des Tages. Vom Meer kam eine kühle und erfrischende Brise.

Jeremy biss in sein Sandwich. Aus irgendwelchen Gründen schmeckte einem das Essen tief in der Nacht immer viel besser. Vielleicht beruhigte es einfach.

»Wir müssen über die Sache reden«, sagte Liv, als sie ihr Sandwich aufgegessen hatte.

»Du willst reden?«, spottete Jeremy.

Liv warf einen Brotkrümel in seine Richtung. »Lass die Spielchen, Jeremy!«

»Gut, dann rede. Du kennst meine Gedanken ja zur Genüge.«

Liv setzte an, etwas zu sagen, unterbrach sich aber sofort wieder. »Können wir spazieren gehen? Sie sah auf zum Haus, das tief im Schatten lag. »Es ist mir unangenehm, hier darüber zu sprechen.« Sie fing an, das Geschirr einzusammeln.

»Lass es stehen. Das können wir wegräumen, wenn wir zurück sind. Komm.« Ohne ein weiteres Wort stand Liv auf. Sie stiegen die Treppe hinab und gingen an den menschenleeren Strand.

Kapitel 13

Der weiße Hochsitz der Rettungsschwimmer, der tagsüber im Gewimmel der Menschen und Strandschirme mehr oder weniger unterging, fiel nachts auf dem leeren Strand schon von weitem ins Auge.

»Hast du Lust, raufzuklettern und eine Weile da oben zu sitzen?«, fragte Jeremy, als sie ein Stück am Strand entlanggegangen waren. »Da kann uns keiner sehen.«

»Wie toll!«, sagte Liv halblaut. »Da kann uns keiner sehen! Was willst du denn damit sagen?«

»Du weißt schon, was ich meine«, sagte er hilflos. »Ich will nicht, dass jemand ... einen falschen Eindruck bekommt.«

»Das dürfte schwierig sein«, sagte Liv, während sie hinaufkletterte. »Ein Pärchen, das sich um Mitternacht am Strand im Hochsitz der Rettungsschwimmer aneinander kuschelt?« Sie nahm Platz. »Es sieht aus wie ein Fisch und es riecht wie ein Fisch – was kann das sein?«

Sie schwiegen einige Minuten.

»Ich kann mich erinnern, dass Mom, Andrea und ich mal am Strand von Virginia waren, als ich zwölf war«, sagte Liv plötzlich. »Wir waren in einem Hotel direkt am

Strand und von unserm Zimmer konnte man den Swimmingpool sehen. Tagsüber sind wir drei dort immer schwimmen gewesen oder haben am Strand gelegen. Abends haben Mom und Andrea meist auf dem Balkon gesessen, der Brandung zugehört und sich unterhalten. Ich habe mir lieber ein Badetuch genommen und bin zum Strand runtergegangen und habe mich mit meinem Walkman in den Sand gesetzt.«

Sie sah Jeremy an. »Ich hab den Pärchen zugeschaut, wie sie vorbeispazierten, und zuerst habe ich mir immer gewünscht, dass das meine Eltern wären und sie hätten sich wieder vertragen. Aber ich wusste, dass es nicht so war. Und dann habe ich mir gewünscht, ich wäre das und ich wäre schon alt genug, um einen Freund zu haben und so glücklich zu sein wie die Pärchen aussahen.«

»Aber das ist lange her. Da warst du noch ein Kind, Liv. Jetzt ist alles anders.«

Jeremy nahm ihre Hand. Er musste an den herzförmigen Anhänger denken. Die Halskette lag in seinem Koffer in Patricks Zimmer. Er hatte sich vorgemacht, dass es nur ein kleines Dankeschön war, aber das stimmte nicht. Es bedeutete ihm viel mehr. Und er konnte Liv ein solches Geschenk einfach nicht machen, wenn sie Patricks Freundin war.

»Nein, nichts ist anders geworden. Ich fühle mich immer noch genauso wie damals, wenn ich mit Patrick zusammen bin. In der letzten Zeit fehlt aber leider dieses glückliche Gefühl.« Sie fing an zu weinen. »Es fühlt sich einfach nicht so an, wie es sollte, wenn man mit seinem Freund zusammen ist.« Sie schüttelte den Kopf und die Tränen strömten ihr über das Gesicht.

»Du bist zu streng mit dir selbst, Liv«, sagte Jeremy ruhig.

»Aber Patrick verdient eine Freundin, die ehrlich ist und treu.« Liv lachte bitter. »Und diese Beschreibung hat früher auf mich gepasst. Ich war überzeugt, dass ich eine feste Beziehung zu ihm wollte, aber jetzt ...«

Jeremy drückte ihre Hand. Unablässig donnerten die Wellen an den Strand und ihr Schaum tanzte auf und ab.

»Jetzt bist du da«, flüsterte sie. »Und ich weiß einfach nicht mehr, was ich denke.«

Sie saßen eine lange Zeit da, hielten sich an den Händen und sagten kein Wort.

»Ich werde Schluss mit ihm machen, Jeremy«, sagte Liv plötzlich. »Ich muss einfach.« Jeremy holte tief Luft. Ihm war in diesem Augenblick eine Chance mit Liv wichtiger als alles auf der Welt, aber die Vorstellung, dass sie nun deswegen mit Patrick Schluss machen würde, hatte etwas Beängstigendes.

»Bist du ganz sicher?«

»Ich kann so nicht weitermachen. Das wäre einfach nicht fair.«

Jeremy nahm ihr Gesicht zwischen seine Hände. »Ich glaube, ich liebe dich, Liv«, brach es aus ihm hervor.

Liv schluckte. »Ich glaube, ich ...«

Jeremy küsste sie. Nichts anderes hatte jetzt noch Bedeutung.

Er und Liv waren zusammen.

Und das würden sie Patrick sagen müssen.

Aber wie?

Liv zog die Jalousien herunter. Dann türmte sie die vielen Kissen vom Bett auf einen Stuhl, schlug die Bettdecke zurück und strich sie glatt. Sie faltete ihren Pullover und hängte die Jeans in den Kleiderschrank, dann nahm sie ihre Sandalen und hielt sie sorgfältig über den Abfalleimer, um den Sand abzubürsten, der noch daran haftete.

Alles war schön ordentlich, sauber und aufgeräumt, so, wie sie es am liebsten hatte.

Alles – mit einer Ausnahme: ihr Beziehungsleben.

Unfähig, einen einzigen klaren Gedanken zu fassen, zog sie sich ein bequemes T-Shirt über. Dauernd kam die Erinnerung an Jeremys Gesicht zurück, an seine Augen, warm und voller Liebe, an seine weichen, schönen Worte. Kein anderer Junge hatte je derartige Gefühle in ihr ausgelöst. Vielleicht war das kitschig, aber es stimmte.

Dann wanderten ihre Gedanken weiter zu Patrick. Patrick, wie er sie damals im Mai nach ihrer Telefonnummer gefragt hatte. Ihre erste Verabredung – ein Film, an den sie sich nicht erinnern konnte, weil das Gefühl seiner warmen Hand in ihrer alles andere nebensächlich erscheinen ließ. Wie sie den Abschlussball des Schuljahres versäumt hatte und stattdessen mit ihm zu einem Picknick in der Abenddämmerung an den See gefahren war. Wie sie Mr und Mrs Clark und Shelby kennen gelernt hatte und die warme, freundliche Art, in der sie von ihnen aufgenommen worden war.

Zum wiederholten Mal in dieser Nacht konnte sie die Tränen nicht zurückhalten. Was sollte sie bloß tun? Am liebsten hätte sie ihre Mutter angerufen, aber sie hätte ihr nie alle Einzelheiten am Telefon erklären können. Das Leben war in den vergangenen Tagen einfach zu kompliziert geworden.

War es möglich, dass sie in beide gleichzeitig verliebt war? Ihre Gefühle für Patrick waren echt, da war Liv sich völlig sicher. Und die Zeiten, die sie miteinander erlebt hatten, nahmen einen ganz besonderen Platz in ihrem Herzen ein. Aber sie konnte einfach nicht ignorieren, was sie für Jeremy fühlte. Und wenn sie eine derart intensive Zuneigung für jemanden empfand, den sie erst ein paar Tage lang kannte, bedeutete das dann, dass sie füreinander bestimmt waren?

Die Vorstellung, mit Patrick Schluss zu machen, bedrückte sie sehr.

Die Vorstellung, Jeremy nie wieder zu sehen, bedrückte sie noch viel mehr.

Wie sie es auch drehte und wendete, es gab keinen Ausweg.

Ein leichtes Klopfen an der Tür schreckte sie aus ihren Gedanken auf. Rasch trocknete sie die Tränen und putzte sich die Nase. Jeremy musste unbedingt damit aufhören.

Irgendwer würde sie erwischen. Sie konnten sich nicht ständig heimlich treffen. Das war einfach nicht richtig.

Sie öffnete die Tür. »Du musst unbedingt …«

»Hallo, Schatz.« Patrick schlüpfte ins Zimmer und schloss vorsichtig die Tür.

»Patrick …«

»Schhhh.« Er legte die Arme um sie. »Jetzt bist du schon fünf Nächte hier und wir haben noch nicht ein einziges Rendezvous um Mitternacht gehabt. Was ist bloß los mit uns?« Er roch an Livs Haar. »Du riechst ganz wunderbar nach Meer.«

Sie zwang sich zu lachen. »Echt?« Sie machte eine Geste in Richtung Hausflur. »Das ist wahrscheinlich keine gute Idee. Was ist denn, wenn deine Eltern …«

»Meine Eltern schlafen tief und fest. Und außerdem ist die Klimaanlage so laut, dass sie nicht einmal etwas hören, wenn unten eine Party im Gang ist.« Er grinste. Das dichte, blonde Haar fiel ihm in die Stirn.

»Okay.« Liv fröstelte es in ihrem riesigen T-Shirt.

Sie kam sich vor wie in einem Albtraum.

Patrick ging zum Fenster und öffnete die Jalousie. »Du hast dich ja richtig verbarrikadiert hier. Schau mal raus. Ist das nicht eine wunderschöne Nacht? Wie gemacht für einen mitternächtlichen Spaziergang.«

Livs Hände waren feucht geworden. »Ja.« Sie wollte unbedingt, dass Patrick wieder ging, denn sie hatte Angst, dass sie andernfalls irgendetwas Schreckliches sagen oder tun könnte. Im Moment war sie jedenfalls noch nicht in der

Lage, mit ihm zu reden. Sie brauchte Zeit zum Nachdenken.

»Komm mal hierher.« Patrick winkte sie zu sich.

Langsam und ein wenig unsicher ging Liv hinüber. »Patrick, ich ...«

»Lass uns jetzt nicht reden. Wir haben in der letzten Zeit viel zu viel geredet. Ich will jetzt nur eins – dich küssen.«

Seine Lippen glitten über ihre Stirn, dann die Nase und fanden schließlich den Mund. Er küsste sie mit Gefühl, lang und voller Nachdruck. Liv spürte, dass sie begann, den Kuss zu erwidern. Patricks Geschmack war ihr vertraut ... wie Colgate und Labello. Sein Haar strich über ihr Gesicht. Es war weich und roch nach Shampoo.

»Das habe ich mir den ganzen Tag lang gewünscht«, flüsterte er und zog sie an sich.

»Ich ... ich auch«, flüsterte Liv zurück. Sie wusste selbst nicht, ob es Wahrheit oder Lüge war, und sie hasste sich dafür.

Patrick zog Liv auf den grünen Sessel und umschlang sie. »Gefällt es dir in Beach Haven?«, fragte er. Sie fühlte seinen warmen Atem am Ohr.

»Natürlich gefällt es mir hier«, flüsterte sie mit dem Rücken zu ihm. Sie kuschelte sich in seinen Armen zusammen. »Es ist ganz wunderbar hier, einfach eine ganz andere Welt. Ich kann gut verstehen, warum du immer so davon schwärmst.«

Patrick murmelte irgendwas Unverständliches in ihr Ohr.

»Bald fängt die Schule wieder an«, sagte sie leise. »Zurück nach Erie und ...«

»Schhh. Du verdirbst uns noch die Stimmung.« Patrick beugte sich vor und fing wieder an, sie zu küssen, diesmal intensiver als zuvor. Sie fühlte sich steif und nervös und war unfähig, sich Patricks weichen, vertrauten Küssen hinzugeben. Dann überfiel sie urplötzlich ein entsetzlicher Gedanke.

Jeremy lag alleine im Bett – nebenan.

Er wusste natürlich, wo Patrick war. Und was er im Moment tat. Was sie beide taten.

Atemlos sprang sie auf.

»Ich ... ich glaube, für heute Nacht sollten wir's gut sein lassen. Mir wäre es lieber, wenn du jetzt gehst.« Sie konnte die Unsicherheit in ihrer Stimme hören. »Es war ein langer Tag heute.«

»Was ist denn mit dir los?«, fragte Patrick verletzt. »Ich verstehe das einfach nicht. Früher hast du mich mit Begeisterung geküsst, aber in letzter Zeit habe ich das Gefühl, du stößt mich weg.«

Liv wandte sich zu ihm um. In seinen Augen konnte sie Verwirrung und Sorge erkennen. »Ich stoße dich nicht fort, Patrick«, sagte sie sanft. »Ich bin nur todmüde, sonst nichts. Und irgendwie finde ich es blöd, dass wir hier rumknutschen, als würden wir uns vor deinen Eltern verstecken oder so was.«

Patrick seufzte. »Du magst es nicht, dass ich dich anfasse, wenn andere Leute dabei sind, und jetzt willst du nicht küssen, weil wir allein sind. Du bist ein schwieriger Fall, Olivia Carlson, und nicht leicht zu verstehen.«

»Ich verstehe mich selbst nicht, aber irgendwann schaffe ich das ja vielleicht.«

Patrick gab ihr wieder einen Kuss, diesmal jedoch nur auf die Wange. »Also, wenn du so weit bist, dann vergiss nicht, dass ich direkt nebenan bin und warte. Okay?«

Sie lächelte müde. »Okay.«

»Dann schlaf jetzt schön.« Patrick winkte ihr kurz zu und schlich auf Zehenspitzen aus dem Zimmer. Die Tür schloss sich hinter ihm.

»Gute Nacht.«

Liv sackte gegen die Tür.

Was war nur los mit ihr? Sie war fest davon überzeugt gewesen, dass sie Jeremy wollte, als sie mit ihm am Strand saß. Sie hatte sich sogar schon Gedanken darüber gemacht, was sie zu Patrick sagen würde und wie sie es ihm möglichst sanft beibringen konnte. Sie wollte ihn nicht verletzen. Nie. Aber seit sie Patrick gesehen und ihn wieder geküsst hatte, seit sie an die Zeiten hatte denken müssen, die sie gemeinsam erlebt hatten, war sie verwirrter denn je. Wie kam es denn nur, dass sich ihre Gefühle für Patrick geändert hatten? Und hatten sie sich wirklich so sehr geändert, dass sie ihn ein für alle Mal aufgeben konnte?

Liv warf sich auf das Bett und verbarg ihr Gesicht in den weichen Kissen, als ihr erneut die Tränen kamen. Sie fing eine von ihnen mit der Zunge auf und spürte, wie das Salz darin in ihrem Hals kitzelte.

Aber auch die Träne reichte nicht, um den schrecklichen, bitteren Beigeschmack auszulöschen, der auf ihren trockenen Lippen und tief in ihrem Innersten zurückgeblieben war.

Den Beigeschmack der Treulosigkeit.

Kapitel 14

»Komm, lass uns rausgehen«, schlug Jeremy vor. Im Haus herrschte eine derartig angespannte Atmosphäre, dass er das Gefühl hatte, jeden Augenblick aus der Haut fahren zu müssen. Liv und er hatten sich über den Küchentisch hinweg angestarrt, seit Mrs Clark einkaufen gefahren war. Patrick war bereits seit dem frühen Morgen fort. Er hatte seinem Vater versprochen für ein paar Stunden mit dem Boot zu helfen. Und Liv hatte angeboten, auf Shelby aufzupassen, die unten am Strand war.

Sie gingen hinaus auf die Terrasse. In Rufweite vom Haus sah man, wie mehrere Gestalten Sand in Eimer und Formen schaufelten. Jeremy erkannte Shelbys langen Pferdeschwanz und ihren leuchtend roten Badeanzug. Sie schien zwei etwas kleineren Jungen gerade Anweisungen zu geben.

»Die Martin-Zwillinge«, sagten Liv und Jeremy gleichzeitig und mussten lachen. Jeremy fühlte, wie sich die Spannung löste.

»Du hast wohl noch nicht mit Patrick geredet, nehme ich an«, sagte er dann und lehnte sich gegen das Geländer. Dumme Bemerkung, dachte er sofort, denn wenn Patrick

Bescheid wüsste, dann wäre das nicht zu übersehen gewesen.

Liv schüttelte den Kopf. »Nein, hab ich nicht. Und weißt du, das ist nichts, was ich so einfach mal eben tun kann.«

Jeremy nickte. »Ich habe auch schon hin und her überlegt, was ich ihm sagen werde. ›Ach übrigens, Patrick, ich bin in deine Freundin verliebt‹?« Er schüttelte den Kopf. »Nein, so einfach ist das nicht.«

Die Sonne knallte vom Himmel. Livs Augen begannen wieder verdächtig zu glänzen. »Hör mal, ich möchte jetzt lieber nicht weiter darüber reden. Ich glaube, ich gehe ein bisschen an den Strand runter, um mich abzulenken.«

Als Liv wieder aus dem Haus kam, trug sie statt Shorts und T-Shirt einen purpurfarbenen Bikini. Sie hielt Jeremy eine Flasche Sonnenöl hin.

»Kannst du mir mal den Rücken einölen? Ich hab keine Lust, mir einen Sonnenbrand zu holen.«

»Klar«, sagte Jeremy. Nichts tat er lieber. Liv raffte ihr Haar zusammen und hielt es hoch. Langsam verteilte Jeremy die Sonnencreme auf ihrem Rücken und achtete sorgfältig darauf, keinen Zentimeter ihrer Haut zu übersehen. Ihr Körper war warm und geschmeidig. Er massierte die Lotion in ihre Schultern, die Arme und schließlich den unteren Rückenbereich.

Sanft drückte er schließlich seine Lippen auf Livs Nacken.

»Liv«, flüsterte er und bedeckte ihre Schultern mit kleinen Küssen. »Weißt du überhaupt, wie sehr ich … ich …«

»Wie sehr du was?«, fragte Liv und drehte sich um. Sie ließ ihr Haar fallen. Weich umrahmte es ihr Gesicht.

Jeremy schlug das Herz bis zum Hals. Er konnte sich nicht vorstellen, jemals etwas Schöneres zu sehen, als Liv es in diesem Augenblick für ihn war. Ohne etwas zu sagen, schlang er die Arme um sie. »Das«, murmelte er, beugte sich vor und legte sanft seine Lippen auf die ihren.

Dieser Kuss war anders als all ihre bisherigen Küsse – weich und süß und wissend. Liv hatte nicht von Liebe gesprochen, aber ihre Lippen verrieten ihm alles. Sie empfand das Gleiche für ihn wie er für sie. Sie und er gehörten zusammen …

»Hallo, ich bin's. Mein Vater hat mir zwar mindestens zehnmal gesagt, ich soll den Ministaubsauger nicht vergessen, aber das ist natürlich genau …« Patrick blieb mit offenem Mund an der Terrassentür stehen. »Was zum Teufel ist denn …«

Jeremy fühlte sich wie gelähmt. Patrick! Entsetzt merkte er, wie Liv zurückfuhr und von ihm wegstolperte. »Patrick«, flüsterte sie. »Das ist nicht, was du denkst.«

Sie berührte seine Schulter. Mit einer ärgerlichen Bewegung schlug er ihre Hand zur Seite. »Du hinterhältiger Heuchler!«, schrie er und stürzte sich auf Jeremy. Seine geballte Faust traf Jeremy mitten aufs Kinn, was nicht weiter schwierig war, denn der war immer noch zu keiner Bewegung fähig. Er fühlte nicht einmal den Kinnhaken, sondern fiel nur rückwärts in einen Stuhl.

»Nicht, was ich denke?« Patricks Stimme klang hysterisch. Er sah Jeremy mit mörderischem Blick an. »Denke? Ich denke nur eins, – dass mein bester Freund ein verlogener, betrügerischer Dreckskerl ist.«

Jeremy befühlte sein Kinn. Er schmeckte Blut. Seine schlimmsten Befürchtungen waren wahr geworden. Das durfte einfach nicht wahr sein. Das musste ein schrecklicher Traum sein.

Patrick schmetterte die Faust gegen die Wand. Eins von Mrs Clarks Aquarellen fiel krachend zu Boden. »Kaum bin ich mal für zwei Minuten aus dem Haus, fängt er was mit meiner Freundin an!«

»Patrick, bitte!«, bat Liv mit tränenüberströmtem Gesicht. Sie streckte wieder die Hand nach seiner Schulter aus. »Jetzt hör doch mal zu. Das lag nicht an Jeremy. Ich …«

Patrick starrte sie wütend an. »Rühr mich nicht an«, sagte er bebend. »Das ist ja wirklich eine tolle Überraschung. Kein Wunder, dass ihr gerne hier bleiben wolltet, als ich wegmusste. Tut mir ja echt Leid, dass ich euch den Nachmittag verdorben habe.«

»Patrick …«, setzte Jeremy an.

»Halt den Mund!« Patricks Stimme klang rau und tief. »Kein einziges Wort von dir! Seht ja zu, dass ihr beide aus dem Haus seid, wenn ich wieder zurückkomme. Besorgt euch von mir aus ein Motelzimmer oder sonst was, aber haut bloß ab!«

Jeremy hatte das Gefühl, keinen Boden mehr unter den Füßen zu haben. »Bitte, Patrick. Reg dich ab. Wir können … wir können …«

Liv stand immer noch völlig gelähmt zwischen ihnen und schluchzte leise.

Langsam ging Patrick rückwärts. Auf seinem Gesicht mischte sich Schmerz mit Wut. »Ich kann es einfach nicht fassen, Jeremy, du ... Ich habe immer gedacht, wir sind Freunde.«

Damit ging er zurück ins Haus. Jeremy lief mit klopfendem Herzen hinter ihm her. »Warte. Gib mir eine Chance, dir das zu erklären ...«

Patrick, der bereits an der Haustür war, drehte sich mit einem Ruck zu ihm um. »Ein Freund kommt gar nicht erst in die Verlegenheit, so etwas erklären zu müssen! Nie!«

Die Holztür schlug vor Jeremys Nase zu.

Er blieb einen Moment stehen und versuchte, einen klaren Gedanken zu fassen. Dann ging er auf die Terrasse zurück. Liv war auf einem Liegestuhl zusammengesackt. Ihr Atem ging rau und stoßweise.

Jeremy bekam es mit der Angst zu tun. »Liv, hast du einen Nervenzusammenbruch?«

Liv schüttelte mit Nachdruck den Kopf und stand auf, stützte sich aber vorsichtshalber auf die Stuhllehne. »Ich kann es einfach nicht fassen. Jetzt weiß Patrick Bescheid!«, flüsterte sie. Dann schluchzte sie leise auf.

»Das war eben Pech«, rief Jeremy in einem Versuch, sie zu trösten. »Er wollte einfach nichts von mir hören ...«

»Pech?«, stieß Liv hervor und wischte sich die Nase. »Es war mein Pech, dass ich mich jemals auf dich eingelassen habe!«

»Liv, warte …«, sagte Jeremy. Er machte Anstalten, die Arme um sie zu legen, aber sie stieß ihn aufgebracht von sich.

»Nein, jetzt warte du einmal. Wenn du gewartet hättest, dann wäre das niemals passiert. Patrick ist der netteste Typ, mit dem ich je zusammen war. Und jetzt habe ich alles vermasselt!« Liv rannte ins Haus und streifte sich die Sandalen über die Füße. Jeremy lief ihr nach. »Leih mir dein Auto, Jeremy. Ich muss ihn einholen.« Sie schluchzte. »Bitte, Jeremy!«

Jeremy wusste nicht, was er tun sollte. Liv war viel zu aufgeregt, um jetzt zu fahren. Und außerdem hielt er es für keine gute Idee, hinter Patrick herzujagen. Zumindest im Moment nicht. »Mach das lieber nicht«, sagte er. »Lass ihm Zeit, sich abzuregen. Wir reden später mit ihm.«

»Bitte, Jeremy«, schluchzte sie. »Ich muss ihn einfach jetzt finden.«

»Dann lass mich mitkommen«, drängte er.

»Nein!«, brach es aus ihr hervor. »Ich muss mit ihm alleine sein.«

Jeremy krümmte sich innerlich bei diesen Worten. »Okay«, sagte er schließlich. »Hör zu. Jetzt atme erst mal ganz ruhig und tief durch. Du bist wirklich nicht in der Verfassung, Auto zu fahren.«

Liv nickte mechanisch. »Okay.«

Jeremy hatte keine Kraft sie zurückzuhalten. Er zog die Autoschlüssel aus der Tasche und ließ sie in Livs ausgestreckte Hand fallen.

»Es geht schon wieder.« Sie schluckte. »Ich komme hierher zurück. Warte auf mich, okay? Gehe bitte nicht weg – er hat das nicht so gemeint.« Sie wandte sich um und lief davon.

Jeremy wusste, dass sie sich etwas vormachte. Patrick hatte es bitter ernst gemeint. Er hatte schließlich seinen besten Freund mit seiner Freundin erwischt.

Acht Jahre Freundschaft bedeuteten nichts, wenn Liebe ins Spiel kam.

Seine Freundschaft mit Patrick war vorbei.

Kapitel 15

Liv fuhr geradewegs zum Bootshafen. Sie war fast außer sich vor Aufregung. Nach wenigen Minuten entdeckte sie Patrick, der wie ein Besessener auf seinem Fahrrad die Straße entlangraste.

Liv ließ das Fenster auf der Beifahrerseite herunter und rief: »Patrick! Patrick!«

Er reagierte nicht und raste stur weiter.

»Bitte, Patrick«, schluchzte sie und fuhr halb auf dem Bordstein und halb auf der Straße. Hinter ihr erklang die Hupe eines anderen Autos.

Sie achtete nicht darauf. Stattdessen versuchte sie wieder, Patrick zu rufen, aber sie bekam kein Wort heraus. Mittlerweile wurde sie derart von Weinkrämpfen geschüttelt, dass sie Angst hatte, einen Unfall zu verursachen, wenn sie weiterfuhr.

Bebend parkte sie den Wagen am Straßenrand und stieg aus. Patrick war ihr bereits einen guten Straßenblock voraus.

Liv stand zitternd neben dem Auto. »Klasse Figur!«, schrien ein paar Typen im Vorbeifahren aus einem Jeep. Ihr wurde mit einem Mal bewusst, dass sie nur einen Bikini trug, aber das war ihr jetzt egal. Unsicher machte sie sich daran, Patrick zu Fuß zu folgen.

Wenige Straßenblocks weiter merkte sie, dass sie langsam aufholte. Sie fragte sich, wie das wohl möglich war, bis ihr klar wurde, dass Patrick ebenfalls angehalten hatte. Als sie näher kam, sah sie, dass er abgestiegen war und auf einer Betonbank saß.

Sie setzte sich neben ihn. »Es tut mir Leid.«

Er hatte den Kopf in die Hände gestützt. »Es tut dir Leid?«

»Ja. Mir ... mir tut das Leid, Patrick.« Sie hätte ihn so gerne in die Arme genommen und an sich gedrückt, um ihm zu sagen, dass sie niemandem wehtun wollten, vor allem nicht ihm.

Patrick hob den Kopf und sah sie an. »Wie konntest du nur? Wie konntest du mir das antun?«

Sie suchte verzweifelt nach den richtigen Worten. »Ich ... das ... war doch nicht gegen dich gerichtet. Wir ... wir haben einfach nur diese besondere Beziehung zwischen uns entdeckt.«

»Du und Jeremy.« Patrick lachte. »Ich komme mir vor wie in einem Albtraum. *Du hast diese besondere Beziehung zu Jeremy entdeckt.*«

»Ich weiß, das hört sich ...«

»Das hört sich an wie totaler Schwachsinn!«, schrie Patrick. »Was ist denn mit unserer Beziehung? Was ist mit unserer Beziehung als Paar? Oder ist dir das entfallen?«

Liv zuckte zusammen, als habe er ihr eine Ohrfeige versetzt. Das Herz schlug ihr bis zum Hals. Sie hatte sich zwar in etwa vorzustellen versucht, welche Konsequenzen es nach sich ziehen würde, wenn sie mit Patrick Schluss machte, aber die Wirklichkeit war viel, viel schlimmer.

Und jetzt, wo es tatsächlich so weit war, erkannte sie, dass sie es nicht wollte. Jedenfalls jetzt noch nicht.

»Jeremy und ich haben irgendwann einen Fehler gemacht«, sagte sie tonlos.

»Wann? Wann hat das angefangen?«

»Letzten Samstag. Als wir mit dem platten Reifen im Wald festsaßen …« Ihr blieben die Worte im Hals stecken. Sie fühlte sich wie gelähmt, so konnte sie unmöglich einen zusammenhängenden Satz herausbringen.

Patrick nickte. »Wie praktisch. Und dann hast du mich die ganze Woche lang zum Narren gehalten. Danke, Liv, vielen Dank!« Er stand auf und ging steif davon.

»Patrick, warte!« Sie lief hinter ihm her. »Weder Jeremy noch ich hatten das geplant. Nur … du hast mir doch immer erzählt, was für ein toller Kerl er ist, oder nicht?«, fragte sie und zwang sich zu lächeln. »Und das ist er wirklich. Ich habe mich irgendwie in euch beide verknallt. Patrick, bitte!«, schrie sie, als er wütend in Richtung seines Fahrrads davonstampfte. »Überleg dir das doch! Willst du deswegen alles vergessen, was wir gemeinsam haben? Ist das denn überhaupt nichts wert? Wirf doch nicht einfach alles weg!«

Patrick sah sie an. »Du hast das in dem Augenblick fortgeworfen, in dem du Jeremy geküsst hast. Du hast uns einfach aufgegeben.« Seine Stimme klang mit einem Mal sehr sachlich.

Erschöpft setzte Liv sich ins Gras. »Ich gebe dich aber jetzt nicht auf«, sagte sie mit kaum hörbarer Stimme.

Sie hielt den Atem an, als er sich neben sie setzte.

»Halt mich fest, Liv«, sagte er leise.

Wortlos legte sie die Arme um ihn.

Jeremy pfiff einen Song von den *Smashing Pumpkins* vor sich hin und versuchte, seiner Situation etwas Positives abzugewinnen. Was im Moment nicht gerade einfach war. Die Tatsache, dass sein Kinn sich anfühlte, als sei er damit gegen eine Betonwand geknallt, machte es ihm nicht gerade leichter.

Seit drei Stunden marschierte er nun am Strand entlang – bis zur anderen Seite der Landungsbrücke und jetzt wieder zurück. Er hatte Patrick noch nie so wütend gesehen. Nicht, als Patrick nachsitzen musste, nicht, als er die Prügelei mit dem Idioten Billy Crawford hatte, noch nicht einmal, als er sich den Arm gebrochen hatte und eine ganze Saison lang nicht Football spielen konnte.

Die Vorstellung, dass Patrick ihn von nun an möglicherweise hassen könnte, machte ihm Angst. Dann hätte er niemanden mehr, mit dem er über alles reden könnte. Dem er … vertrauen könnte. Das hättest du dir besser schon letzte Woche überlegt, du Flasche, dachte er.

Jeremy sah auf die Uhr. Was wohl im Moment gerade passierte? Ob Liv Patrick gerade sanft die Wahrheit beibrachte? Ob Patrick sie überhaupt anhörte? Oder ob sie gerade im Augenblick auf dem Ocean Parkway eine lautstarke Auseinandersetzung hatten? Er seufzte. Die Ferien hatten sich jedenfalls ganz und gar nicht so entwickelt, wie er sich das vorgestellt hatte.

Plötzlich fiel ihm wieder ein, dass er eigentlich Shelby im Auge behalten sollte. Das hatte er total vergessen. »Du bist echt ein Idiot, Jeremy Thomas«, murmelte er und machte sich im Laufschritt auf den Weg.

Zu seiner Erleichterung entdeckte er Shelby ziemlich schnell. Sie war gerade dabei, die Seiten eines riesigen Löwen aus Sand festzuklopfen. »He, Shelby«, keuchte er, als er schließlich bei ihr ankam.

»Hallo.«

Wenigstens sie freute sich, ihn zu sehen. »Mein Kompliment! Toller Löwe!«

»Das ist die Sphinx«, verbesserte ihn ein braunhaariger, sommersprossiger Junge. »Wir haben uns überlegt, dass eine normale Sandburg für so einen Wettbewerb viel zu langweilig ist.«

»Hm. Ihr seid echt nicht auf den Kopf gefallen. Was bekommt ihr überhaupt, wenn ihr gewinnt?«

Shelby kratzte sich am Kopf. »Geschenkgutscheine von den Strandgeschäften und so weiter. Uns geht's aber mehr um den ganzen Spaß als um die Preise.«

»Aha.«

Shelby starrte Jeremy an. »Was ist denn mit deinem Gesicht los? Das ist ja ganz geschwollen!«

»Nichts. Nur ein kleiner Unfall.«

»Du siehst traurig aus.« Sie spitzte die Lippen. »Hat das irgendwas mit Liv und dir zu tun?«

Kinder! Jeremy trat ihr im Spaß auf die Zehen und sie quietschte auf. »Was weißt du denn über Liv und mich?«

Shelby schlug die Arme vor der Brust übereinander. »Ich weiß, dass du sie gut findest. Das ist leicht zu sehen.«

Jeremy lächelte. »Ich hab's ja eben schon gesagt – du bist echt nicht auf den Kopf gefallen.«

»Die sind jetzt schon eine ganze Weile da oben.« Shelby zeigte zur Terrasse von Pelican's Cove hinauf.

»Da oben ...« Jeremy redete nicht weiter. Patrick und Liv waren also auf der Terrasse. »Bis später, Shelby, okay?«

»Okay. Viel Glück.«

Jeremy lächelte. »Danke.«

Es schien eine Ewigkeit zu dauern, bis er endlich die Terrasse erreicht hatte. Während er langsam die Stufen hinaufstieg, rechnete er halb und halb damit, dass Patrick auftauchte und ihn wieder hinabwarf. Aber nichts Derartiges geschah.

Patrick und Liv saßen draußen und hatten Gläser mit Eistee vor sich stehen. Livs Haar war nass. Sie hatte es zu einem lockeren Pferdeschwanz zusammengebunden und mittlerweile Jeans und ein T-Shirt angezogen. Vor den beiden lag ein Berg Maiskolben.

»Hallo«, sagte Jeremy. Seine Stimme zitterte.

»Hallo«, antwortete Liv. Patrick trank einen Schluck Eistee.

»Also«, sagte Jeremy und schob die Hände in die Taschen. Das Schweigen war unerträglich. »Habt ihr … äh … die Sache beredet?«, fragte er unbeholfen.

Liv nickte. »Hm, ja.« Jeremy zog einen Stuhl heran und setzte sich. »Wir haben ziemlich lange darüber geredet.«

Jeremy sah zu Patrick hinüber, der schweigend vor sich hin starrte. Das scheint er viel besser zu verkraften, als ich für möglich gehalten hätte, dachte er.

»Wir sind zu dem Schluss gekommen, dass sich alles viel zu überstürzt entwickelt hat.« Liv biss sich auf die Lippe. »Jetzt haben wir uns aber ausgesprochen und die Sache bereinigt.«

Jeremy nickte ermutigend. Das lief viel besser ab, als er jemals erwartet hätte. »Gut, … sehr gut. Ich bin wirklich froh. Ich meine, Streit zwischen uns ist doch auf die Dauer keine Lösung.« Er versuchte zu lächeln. »Ich weiß, dass du wirklich sauer auf mich bist, Patrick, aber ich finde es bewundernswert, dass du dich so cool verhältst. Und Liv findet das bestimmt auch.«

Er streckte die Hand in Livs Richtung aus, aber sie schüttelte unmerklich den Kopf. »Nein, Jeremy.« Sie zögerte einen Moment. »Du hast mich nicht richtig verstanden. Ich … mache nicht Schluss, ich meine, wir machen nicht Schluss miteinander.«

Patrick beugte sich hinab, griff nach einem Maiskolben und fing an die Blätter abzuziehen.

»Ich glaube, ich verstehe nicht, was du meinst«, sagte Jeremy langsam und sah von einem zum andern wie ein Zuschauer bei einem Tennisspiel.

»Sie meint damit, dass wir trotz deiner Bemühungen immer noch ein Paar sind«, sagte Patrick in eisigem Ton. Er warf die Blätter in einen Abfallbeutel und griff nach dem nächsten Maiskolben. »Ich habe nicht die Absicht, mit ihr Schluss zu machen, und sie hat nicht die Absicht, mit mir Schluss zu machen. Fertig.«

Jeremy schob seinen Stuhl zurück. »Nicht?«, sagte er und starrte Liv an.

»Nein.« Patrick sah ihm starr in die Augen, bis Jeremy den Blick abwenden musste.

»Wir haben lange darüber geredet, Jeremy«, erklärte ihm Liv mit niedergeschlagenem Blick. »Mir ist dabei klar geworden, dass die Dinge nicht so einfach liegen, wie ich erst gedacht hatte. Patrick und ich – unsere Beziehung – ist mir wahnsinnig wichtig ...« Ihre Stimme schwankte. »Und ich kann sie nicht so einfach aufgeben. Patrick ist bereit, mir zu verzeihen.« Patrick nahm ihre Hand. »Tut mir wirklich Leid.«

Jeremy war völlig entgeistert. Er hatte sich tausende von Möglichkeiten ausgemalt, während er am Strand entlanggewandert war, aber damit hatte er nicht gerechnet. Liv blieb mit Patrick zusammen und machte nicht Schluss!

»Deswegen brauchst du dich nicht zu entschuldigen«, sagte Jeremy und versuchte, die Bitterkeit in seinem Herzen unter Kontrolle zu bringen. »Ich werde das schon verkraften.« Innerlich allerdings war er total niedergeschmettert. Wie konnte Liv nur? Klar, sie war Patricks Freundin, aber nach all dem, was zwischen ihnen vorgefallen war, nach dem Kuss heute? Ob ihr das überhaupt nichts bedeutete?

»Ich gehe ins Haus«, sagte Liv plötzlich und stand auf. Sie bürstete sich die seidigen Maisfäden von den Jeans. »Es tut mir Leid, dass alles so gekommen ist«, murmelte sie und schaute Jeremy für einen winzigen Moment an. Dann drehte sie sich um und lief ins Haus.

In rascher Folge fielen die leuchtend roten Erdbeerstückchen in die Schüssel. Liv hatte sich mit großem Eifer der Aufgabe angenommen, bei den Vorbereitungen zum Abendessen zu helfen. Das lenkte ab und war besser, als weiterhin über den katastrophalen Nachmittag nachzudenken.

»Ist eigentlich alles in Ordnung, Liv?«, fragte Mrs Clark, während sie einen prüfenden Blick auf die panierten Hähnchenfilets warf, die im Backofen brutzelten. »Ihr kommt mir alle so schweigsam vor heute.«

»Wir hatten ... unterschiedliche Ansichten. Alle drei.« Sie starrte in die Schüssel mit Erdbeeren. Niemals hätte sie Mrs Clark erzählen können, was vorgefallen war. Trotzdem würde sie es natürlich früher oder später erfahren. Aber, fand Liv, lieber so spät wie möglich. Für heute zumindest reichte es.

»Ich bin mir sicher, dass die Welt nach einer guten Portion Erdbeertörtchen mit Schlagsahne wieder in Ordnung ist«, sagte Mrs Clark lachend. »Oh, das Telefon! Hallo? Oh ja, hallo Nancy …«

Liv wünschte, es wäre wirklich so einfach, wie Mrs Clark glaubte. Dann würde sie nämlich mit Freude die fünfzigfache Menge machen.

Plötzlich wurde die Glastür aufgeschoben und Patrick kam herein. »Hallo«, sagte sie fast schüchtern. »Hast du langsam die Nase voll von der Sonne?«

Patrick kam zu ihr herüber und warf sich eine Erdbeere in den Mund. »Damit du Bescheid weißt, – Jeremy zieht hier jetzt aus.«

Liv ließ ihr Messer auf die Küchentheke fallen. »Du meinst, aus deinem Zimmer? Hast du ihm gesagt, er soll ins Lesezimmer ziehen oder …«

»Nein. Er zieht aus. Ist das nicht klar und deutlich?« Patricks Ton war eisig. »Er schläft von jetzt an im Dachboden über der Garage.«

»Nein, Patrick. Das ist einfach nicht richtig. Das kannst du doch nicht machen! Das ist doch demütigend!«

»Doch, das kann ich.« Er sah sie grimmig an. »Und du kannst mir eigentlich noch dankbar sein. Mein allererster Instinkt war nämlich, ihn ganz und gar rauszuschmeißen.« Nach einer Pause setzte er hinzu: »Aber er war immerhin mal mein bester Freund. So herzlos konnte ich dann auch nicht sein.« Er nahm sich eine weitere Erdbeere und ging wieder hinaus.

Liv kämpfte mit den Tränen. Patricks und Jeremys

Freundschaft war in die Brüche gegangen, und zwar nur ihretwegen. Sie kniff die Augenlider fest zusammen.

Vergeblich.

Kapitel 16

»Es sieht nach Regen aus.«

Liv folgte Patricks Blick nach oben. Immer mehr schwere, dunkle Wolken waren seit Mittag am Himmel aufgezogen.

»Du vergeudest also nicht einmal einen sonnigen Tag«, sagte Liv, als sie auf den Eingang des riesigen *Einkaufszentrums Riverhaven Mall* zugingen.

Patrick seufzte und hielt die Tür auf. »Seit wann ist es Zeitvergeudung, wenn wir irgendwas gemeinsam unternehmen?«

In den vergangenen Tagen hatten sie sich redlich bemüht, wieder ein Paar zu sein. Das war allerdings nicht so einfach. Liv wusste, dass Patrick immer noch voller Groll auf Jeremy war. Sie konnte es ihm auch nicht verdenken, aber gleichzeitig tat es ihr unheimlich weh, Jeremy derart unglücklich zu sehen. So schnell würden sie aus diesem Dilemma nicht rauskommen.

Liv lotste Patrick zu *Macy's*, direkt in die Abteilung für junge Mode. Riesige Werbeplakate zum Schulbeginn hingen von der Decke und Rockmusik-Videos dröhnten aus den Lautsprechern der Fernsehgeräte an den Wänden.

»Sucht ihr nach was Bestimmtem?«, fragte eine Verkäuferin und kam direkt auf sie zu.

Liv schüttelte den Kopf. »Ich schau mich nur mal um.« Sie befühlte einen kurzärmeligen Samtpulli mit Stehkragen.

»Der steht dir bestimmt gut«, kommentierte Patrick.

Liv hängte den Pulli wieder zurück. »Meinst du wirklich?«

Patrick nickte.

Liv starrte auf den Boden. Da versuchten sie nun, wieder ein Paar zu sein und wussten dabei doch nur zu gut, dass es nie wieder so sein würde wie zuvor. Ihr Verhalten wirkte irgendwie künstlich, aufgesetzt. Nie zuvor hatte sie Derartiges empfunden, wenn sie mit Patrick zusammen war. Früher hatten sie immer viel Spaß gehabt, aber jetzt war für sie alles überschattet von Schuldgefühlen.

»Hast du Lust, bei *Record Bin* mal nachzusehen, was an neuer Musik rausgekommen ist?«, schlug Patrick vor.

»Okay.« Jeremy fiel ihr ein. Was er wohl gerade tat?

Im Musikladen setzte Patrick Kopfhörer auf und hörte sich ein paar neue Sachen aus der alternativen Musikszene an, während Liv sich lustlos Tanzmusik-CDs ansah.

In der Buchhandlung war es auch nicht anders. Patrick ging geradewegs zu den Surfer-Zeitschriften, Liv blätterte in Modemagazinen.

Als sie aus einem der riesigen Seitengänge der Ladengalerie kamen, bemerkte Liv ein Pärchen, das neben dem Brunnen stand. Das Mädchen trug ein hellblaues Hemd von *Gap*, das Liv auch zu Hause in ihrem Schrank hatte.

Der Freund hatte dem Mädchen zärtlich die Arme um die Taille gelegt und sie lächelte glücklich zu ihm auf, den Kopf leicht zur Seite gelegt. Beide schienen den Rest der Welt vergessen zu haben. Als das Mädchen sich vorbeugte und ihrem Freund einen Kuss gab, musste Liv unweigerlich lächeln.

»Was?«, fragte Patrick, als er ihr Schmunzeln sah.

»Ach, nichts, nur die beiden da drüben.« Sie nickte in Richtung des Pärchens. »Die beiden sehen glücklich aus und irgendwie hat mich das auch glücklich gemacht. Albern, ich weiß.«

»Ich finde nichts von dem, was du tust, albern«, sagte Patrick. Zu Livs Überraschung legte er den Arm um sie. Seit es fast zu einer Trennung zwischen ihnen gekommen war, hatte er ihr nicht viel Zärtlichkeit entgegengebracht. »Wir könnten ja versuchen, auch wieder so glücklich miteinander zu sein, Liv.«

Liv sah ihm in die Augen. »Versuchen?«, wiederholte sie mit leiser Stimme. »Man kann doch nicht *versuchen*, glücklich zu sein.«

Patrick sah sie einige Sekunden schweigend an. »Da hast du wohl Recht.« Dann ging er weiter den Gang entlang. Liv eilte ihm nach.

»Bitte nicht, Patrick«, drängte sie. »Können wir denn nicht einfach offen und ehrlich miteinander reden?« Patrick lachte auf. »Ich meine …« Liv brach ab und suchte nach den richtigen Worten. »Geht es uns denn nicht genau darum? Versuchen wir denn nicht gerade, noch einmal von vorn anzufangen?« Dann lächelte sie ihn strahlend an. »Jogurteis? Ich zahle.«

Patrick nahm Livs Hand und während sie zur Eisdiele schlenderten, drückte er ihre Finger ganz kurz und leicht.

Und Liv drückte fest zurück.

So schnell gab sie nicht auf.

»Dass Sie sich überhaupt noch mit mir unterhalten ...«, murmelte Liv, als sie und Mrs Clark Donnerstagabend nach dem Abendessen das Geschirr abtrockneten. Seit Shelby den Clarks am Sonntag alles verraten hatte, war sie zu verlegen gewesen, Patricks Mutter in die Augen zu schauen. Und heute hatte Liv nicht einmal bei den Clarks gegessen, aber sie hatte das Gefühl, irgendetwas tun zu müssen.

Nachdem sie das Einkaufszentrum verlassen hatten, waren Patrick und sie an der Küste entlang zu einem netten kleinen Restaurant gefahren und hatten dort zu Abend gegessen. Unterwegs hatten sie immer wieder angehalten und sich kleine Andenkenläden angesehen. Sogar das Kunstmuseum hatten sie besucht.

Aber der Tag war kein Erfolg gewesen. Klar, sie hatten so getan, als seien sie froh und unbeschwert. Patrick hatte sich ein neues Hemd gekauft, Liv ein paar Ansichtskarten und Schachteln mit bunten Bonbons für ihre Freundinnen. Sie hatten einander mehrfach versichert, wie fantastisch das Abendessen gewesen sei. Aber ich lüge mir selbst was vor, dachte Liv, und daran gibt's nichts zu rütteln. Ihre Schuldgefühle – vermischt mit Traurigkeit – ließen keine rechte Freude in ihr aufkommen. Und so sehr es Patrick auch abstritt, wusste sie doch, dass er überhaupt kein Vertrauen mehr hatte. Das magische Band zwischen ihnen existierte nicht mehr. Sie hatte es sich schließlich eingestehen müssen und vermutete, dass es Patrick nicht anders erging. Aber sie hatte versprochen, es noch einmal zu versuchen, und diesmal würde sie ihr Versprechen halten.

Liv nahm den nächsten Teller und begann ihn abzutrocknen. »Ich habe ein richtiges Chaos angerichtet«, brach sie schließlich das Schweigen. »Und ich bin einfach furchtbar zu Patrick gewesen.« Ihre Unterlippe begann zu zittern. »Ich schäme mich so!« Ihre Stimme war kaum noch zu hören und sie fing an zu weinen.

Mrs Clark strich Liv eine Strähne aus der Stirn. »Liv, ich habe beide Jungs wirklich lieb. Patrick ist mein Sohn, aber meine Gefühle für Jeremy sind nicht anders ... er ist schon seit so langer Zeit praktisch ein Mitglied unserer Familie, dass ich manchmal vergesse, dass ich ihn nicht zur Welt gebracht habe.«

Liv brachte ein Lächeln zu Stande.

»Und glaube mir, ich würde mich jederzeit jedem in den Weg stellen, der ihnen möglicherweise schaden könnte.« Sie zog Liv mit sich zum Küchentisch und schenkte zwei Tassen Kaffee ein. »Dann kommt der Mutterinstinkt eben zum Vorschein. Aber das war ja nie deine Absicht, Liv.

Dein Problem ist die klassische, romantische Situation, in die sich Menschen schon seit vielen Jahrhunderten verstrickt haben: die Dreierbeziehung.«

»Aber ich wollte das alles nicht«, unterbrach sie Liv. »Das müssen Sie mir bitte glauben.«

»Aber natürlich glaube ich dir das.« Sie beugte sich vor und tätschelte Livs Knie. »Sei nicht so streng mit dir selbst. Du hast schließlich gerade erst angefangen, deine ersten Erfahrungen auf dem gewundenen Pfad der Liebe zu machen. Niemand kann von dir erwarten, dass du in jeder Situation die richtige Entscheidung triffst.«

»Ich möchte einfach nur glücklich sein«, sagte Liv verzagt.

»Jeder möchte glücklich sein. Aber vergiss nicht, Glück ist kein Recht, das man einfordern kann – Glück ist ein Privileg. Und du hast sogar schon zwei wunderbare Jungs gefunden, mit denen du Glück erfahren hast, dabei bist du erst sechzehn.« Sie lächelte. »Manche Mädchen finden so etwas ihr ganzes Leben lang nicht.«

»Die haben eben Glück gehabt«, murmelte Liv und umklammerte den warmen Becher.

»Liv, mein Schatz, ich kann nicht entscheiden, ob Patrick tatsächlich der Richtige ist für dich. Nur du weißt, was du tief in deinem Herzen empfindest. Du musst das tun, was dich glücklich macht.« Sie nahm Livs Hand zwischen ihre eigenen. »Liebe ist nie eine einfache Angelegenheit.«

»Und hier kommt Thomas und holt sich den Rebound!« Jeremy riss den Ball an sich und warf ihn sauber in den Korb. »Und wieder ein unglaublicher Wurf.« Er blieb stehen, um sich den Schweiß von der Stirn zu wischen. Jetzt spielte er schon seit fast zwei Stunden Basketball auf dem asphaltierten Spielfeld der Clarks. Wenigstens musste er dabei nicht ununterbrochen an Liv denken.

Er fing wieder an, den Ball über das ganze Feld zu spielen – hinter dem Rücken, zwischen den Beinen durch, vor und zurück. Dann dribbelte er den Ball vor sich her, bis er in der richtigen Position für ein paar Freiwürfe war. Wisch. Perfekte Drehung. Der erste Wurf ging glatt durchs Netz, der zweite ebenso – und der dritte genauso. Wahnsinn! Warum das nur nie bei einem richtigen Spiel passierte?

Als Jeremy sich an der Freiwurflinie auf den nächsten Wurf vorbereitete, trat Patrick aus dem Haus und kam eilig in die Einfahrt gelaufen.

Jeremy fasste sich ein Herz. »Hast du Lust, ein bisschen mitzuspielen, Patrick?«

»Keine Zeit«, gab Patrick zurück und ging eilig in Richtung Garage. »Ich fahre zu Perry und den anderen rüber. Wir wollen uns das Baseball-Spiel angucken.«

»Oh.« Das Baseball-Spiel. Perry und die anderen. Jeremy machte sich keine Hoffnungen, eingeladen zu werden. Warum auch?

»Erinnerst du dich an Perry? Meinen Surferkumpel?«

Jeremy nickte.

»Und du? Was hast du für Pläne?«

Jeremy dribbelte den Ball. »Ich werde wohl noch ein bisschen hier im Hof spielen. Und dann guck ich vielleicht Fernsehen.«

»Liv ist oben«, sagte Patrick. »Falls du es mal wieder bei ihr versuchen willst, während ich außer Haus bin.«

Jeremy seufzte. »Jetzt hör doch endlich auf damit, Patrick. Was soll das? Wie oft soll ich denn noch sagen, dass mir die Geschichte Leid tut?«

Patrick stieg ins Auto und schlug die Tür zu. »So oft wie du Lust hast. Deshalb verzeihe ich dir noch lange nicht.« Er ließ den Motor aufheulen und schoss mit durchdrehenden Reifen aus dem Hof. Jeremy stand niedergeschlagen in der Staubwolke und fühlte sich total verlassen.

»Kleider auf die gepolsterten Kleiderbügel, T-Shirts in die obersten Fächer ...« Liv war am späten Dienstagabend gerade dabei, den Kleiderschrank aufzuräumen, als sie hörte, dass an der Haustür geklingelt wurde. Ein paar Minuten später klopfte es sanft an ihrer Zimmertür.

»Herein«, rief sie vom Kleiderschrank her.

»Hallo!« Megan stand in der Tür. »Ich habe gehört, was passiert ist.«

Liv setzte sich aufs Bett. »Jetzt finden bestimmt alle, dass ich ein ziemliches Scheusal bin, oder?«

»Nein, eigentlich finden alle, dass du ein ziemlicher Glückspilz bist.«

Liv lachte. »Die haben keine Ahnung!«

Megan setzte sich neben sie. »Ich wollte dir nur sagen, wenn du jemanden brauchst, um dich mal auszusprechen, dann kannst du jederzeit auf mich zählen. Du bist ja alleine hier, ohne deine Freundinnen oder irgendwen, und das ist bestimmt nicht gerade einfach.«

Liv sah Megan einen Moment lang prüfend an. »Danke.«

Megan nahm eins der Kissen vom Bett und umklammerte es. Sie machte einen merkwürdig besorgten Eindruck. »Ich habe wegen einer bestimmten Sache ein ganz komisches Gefühl und ich glaube, es ist besser, wenn ich dir das einfach erzähle, bevor du es noch von jemand anderem hörst.«

Liv legte sich rückwärts aufs Bett. »Du bist in Patrick verliebt.«

Megan starrte sie mit offenem Mund an. »Woher weißt du das?«

»Das hat mir ein kleines Vögelchen erzählt. Und außerdem kann man das nicht übersehen. Es steht dir nämlich ins Gesicht geschrieben.«

Megan wurde tiefrot. »Ich finde Patrick schon lange toll.« Sie berührte Livs Schulter. »Aber ich schwöre dir, dass ich nie was versuchen würde. Ich bin einfach verknallt, sonst nichts.« Sie knüllte das Kissen zu einem Ball zusammen. »Bist du sauer auf mich?«, fragte sie kleinlaut.

»Nein, warum sollte ich?«

Megan stand auf und fing an, nervös im Zimmer auf und ab zu gehen. »Ich bin froh, dass ihr euch versöhnt habt und es noch einmal miteinander versucht, ehrlich.« Dann kicherte sie. »Aber wenn ihr euch doch trennen solltet, versprichst du mir, dass du mir zuallererst Bescheid sagst?«

Liv lachte. »Versprochen. Aber eigentlich sollte ich nicht lachen. Das könnte nämlich leicht passieren. In letzter Zeit sieht die Sache ziemlich trostlos aus.«

»Wirklich?«

»Wirklich.« Liv seufzte. »Ich wollte, ich könnte mal für eine Weile weg von hier. Ein bisschen Abstand gewinnen.«

Megan blieb stehen. »Das ist kein Problem«, sagte sie plötzlich.

»Wo soll ich denn hin?«

»Zu mir. Komm zu mir für den Rest der Woche! Ich weiß, es ist gleich nebenan, aber dann bist du wenigstens auf neutralem Gebiet sozusagen.« Sie ließ sich auf das Bett fallen. »Außerdem kann ich damit beweisen, dass ich es ehrlich mit dir meine.«

Die Idee war gar nicht schlecht. »Bist du dir denn sicher, dass deinen Eltern das recht wäre?«

»Hundertprozentig.«

Liv starrte in den tadellos aufgeräumten Kleiderschrank. So sehr sie sich auch bemühte – ihr Leben ließ sich dieser Tage nicht so einfach aufräumen.

Kapitel 17

Die Tage vergingen quälend langsam. Seit Liv ausgezogen war, schien Pelican's Cove leer zu stehen. Jeremy fühlte sich selbst noch viel leerer. Nach drei Nächten auf dem Dachboden war er schließlich wieder ins Haus zurückgezogen. Die Clarks hatten darauf bestanden. Genau genommen hatten sie schon darauf gedrängt, nachdem Jeremy zum ersten Mal dort auf dem harten Sperrholzfußboden mit nichts weiter als seinem Schlafsack geschlafen hatte. Aber es kostete Jeremy ungeheuer viel Überwindung. Er fühlte sich unerwünscht, total fehl am Platz.

Mr und Mrs Clark hatten sich ihm gegenüber unverändert freundlich verhalten. Anfangs hatten sie die Katastrophe nicht besonders ernst genommen, als handele es sich nur um einen dummen kleinen Krach, den Patrick, Liv und er bald vergessen und wieder beste Freunde sein würden. Nachdem sie allerdings die Kombination von verletzten Gefühlen, Zorn und schlechtem Gewissen auf ihren Gesichtern gesehen hatten, war auch den Clarks klar geworden, dass die Situation ziemlich vertrackt war.

Jeremy hatte sogar mit dem Gedanken gespielt, seinen Besuch abzubrechen und eine Woche früher als geplant nach Erie zurückzufahren, aber letzten Endes hatte er es nicht übers Herz gebracht. Damit hätte er nicht nur Liv und Patrick, sondern den ganzen Sommer abgeschrieben.

»Patrick! Jeremy!« Shelby kam wie die Feuerwehr aus dem Haus auf die Terrasse gestürmt, wo die beiden saßen – jeder in seine kleine Welt versunken. Sie zog Patrick die Kopfhörer vom Kopf. »Es ist wirklich wichtig!«

»Bist du verrückt, Shelby?«, brauste Patrick auf und rieb sich das Ohr. »Das hat wehgetan! Was ist los?«

»Dad ist am Telefon. Er ist unten im Bootshafen und sagt, irgendwas ist mit dem Boot … es springt nicht an oder so.« Sie musste eine Pause machen um Luft zu holen. »Ich soll euch fragen, ob ihr runterkommen könnt, ihm helfen.«

Jeremy faltete die obere Ecke der Seite um, die er gerade aufgeschlagen hatte, und legte das Buch hin. »Klar.«

Patrick sah zum ersten Mal an diesem Tag in Jeremys Richtung. »Ja. Sicher. Sag ihm, wir müssen uns nur eben Schuhe und T-Shirts anziehen. Mit den Fahrrädern sind wir in ein paar Minuten da.«

»Okay«, sagte Shelby und verschwand wie der Blitz wieder im Haus.

»Bist du sicher, dass es dir nichts ausmacht?«

»Nein, wirklich nicht.«

Die Fahrräder der Clarks standen gegen die Hauswand gelehnt. Außer Patricks Rad hatten sie alle nur eine altmodische Dreigangschaltung. Jeremy musste sich ziemlich ins Zeug legen, um nicht abgehängt zu werden.

»Was wohl mit dem Boot sein mag?«, sagte Patrick mehr zu sich als zu Jeremy. »Dad hat es jetzt seit ein paar Tagen nicht mehr benützt. Vielleicht muss man es nur mal richtig warm laufen lassen.«

»Könnte sein.« Es war ein wunderbares Gefühl, dass Patrick endlich mal wieder mit ihm redete. Auch wenn man das beim besten Willen nicht gerade eine tief schürfende Unterhaltung nennen konnte. Aber die letzten Tage waren so voller Spannungen und zorniger Blicke gewesen, dass der kleinste Hauch von Normalität Jeremy nun in eine optimistische Stimmung brachte.

Der Bootshafen lag etwa eine Meile von Pelican's Cove entfernt und man konnte entweder über den Strand dorthin gelangen oder die Straße nehmen. Mit dem Fahrrad war es nur ein Katzensprung, denn das Gelände war eben und ein spezieller Weg für Radfahrer und Jogger führte geradewegs dorthin. Als sie ihre Räder auf den Fahrradständern abstellten, sahen sie bereits Mr Clark auf einem der Bootsstege neben dem Boot stehen. Er winkte sie zu sich.

»Ich kann einfach nicht rausfinden, was mit dem verflixten Ding los ist«, sagte er mit einem Seufzer. Er strich mit der Hand über den leuchtend roten Lack. »Der Motor läuft einfach nicht sauber. Verschluckt sich dauernd oder setzt aus, keine Ahnung. Komisch, bis jetzt hat es in den ganzen acht Jahren, die wir das Boot haben, nie Probleme gegeben.«

»Springt der Motor denn an?«, fragte Patrick.

Mr Clark schüttelte den Kopf. »Ich habe es jetzt dreimal versucht, aber ohne Erfolg. Und auch wenn er angesprungen wäre – ich hatte keine Lust, ganz alleine rauszufahren und zu riskieren, dass mir die Maschine irgendwo weit draußen abstirbt.« Er grinste. »Ich habe gedacht, für den Fall hätte ich euch zwei lieber dabei.«

»Soll ich mal versuchen zu starten?«, fragte Patrick.

»Ja, steig ein.« Patrick sprang ins Boot.

»Du auch, Jeremy«, ermunterte Mr Clark ihn und klopfte ihm auf den Rücken.

Jeremy stieg über die Bordwand und einen der Ledersitze ins Boot.

Mr Clark warf Patrick die Schlüssel zu. »Versuch mal, ob der Motor jetzt anspringt.«

Patrick drehte den Zündschlüssel im Schloss und sofort sprang der Motor sauber an. Er ließ die Maschine hochdrehen. Leichter Benzingeruch machte sich bemerkbar.

Mr Clark fing an, die dicken, braunen Seile loszubinden, die das Boot am Steg sicherten. »Jeremy, bring das Boot hier vom Steg ab.«

»Beeil dich, Dad, das Boot ist gleich ...«, rief Patrick.

Aber Mr Clark trat zurück. »Ihr zwei braucht mich dafür nicht. Fahrt mal eine Runde damit!«, rief er. »Ich muss noch mit jemandem reden. Bis später!« Er winkte und ging den Bootssteg zurück. Dann drehte er sich wieder um. »Fahrt so lange, bis ihr sicher seid, dass die Maschine richtig läuft. Das kann eine ganze Weile dauern.«

Die beiden sahen sich an.

»Irgendwie werd ich das Gefühl nicht los, dass wir reingelegt worden sind«, sagte Jeremy mit säuerlicher Miene.

Patrick nickte. »Shelby kann was erleben, wenn ich nach Hause komme!«

Die Küste in unmittelbarer Nähe des Hafens von Beach Haven war ein sehr beliebtes Ausflugsziel. Für die Touristen wurden Fahrten zur Walbeobachtung angeboten und Fischer brachten täglich frische Hummer und Taschenkrebse, die in den Restaurants und Lebensmittelgeschäften reißenden Absatz fanden.

Patrick beschleunigte das Boot, bis es förmlich dahinflog. Meerwasser spritzte ihnen über die Gesichter und ins Bootsinnere. Normalerweise hätten die beiden so etwas mit großer Begeisterung gemacht. Sie hätten sich darum gerissen, ans Steuer zu dürfen und versucht, den anderen mit riskanten Manövern zu übertreffen.

Heute allerdings nicht.

Jeremy saß verkrampft und mit verschränkten Armen Patrick gegenüber. Er versuchte, die Aussicht zu genießen, aber das hereinspritzende Wasser brannte ihm zu sehr in den Augen.

Patrick stand steif an der Pinne. Das Boot raste dahin und erzeugte im Kielwasser eine Serie kräftiger Wellen.

Die Leute in den Segelbooten finden das garantiert nicht

so toll, dachte Jeremy, als er sah, wie ein paar kleine Jollen anfingen, wild zu schaukeln.

»Vielleicht fährst du besser ein bisschen langsamer«, schlug er vor.

»Ich weiß schon selber, was ich hier mache«, gab Patrick in eisigem Ton zurück.

Jeremy zuckte die Achseln. Das Boot knallte hart in die Wellen und bei jedem Aufprall fuhr ein donnernder Schlag durch den Rumpf. Er schluckte. Es konnte einfach nicht so weitergehen zwischen ihnen. Vermutlich standen die Dinge zwischen Liv und Patrick nicht zum Besten, aber gleichzeitig brach seine Freundschaft mit Patrick immer mehr auseinander.

»So eine Bootsfahrt ist schon toll«, setzte er an. »Das hätten wir schon vor ein paar Tagen machen sollen. Liv hat gesagt …« Er brach ab. Mensch, dachte er, noch dämlicher geht's eigentlich nicht. Kann mir mal jemand das Fettnäpfchen rüberschieben, damit ich noch mal feste reintreten kann?

Patricks Hände umklammerten das Steuer. »Ja, ich hatte geplant, mit euch beiden im Boot rauszufahren, aber irgendwie sind meine Pläne über den Haufen geworfen worden.«

Der Ledersitz unter Jeremys Beinen war heiß und klebrig vom Schweiß. Er setzte sich möglichst aufrecht hin und holte tief Luft.

»Patrick, ich finde, wir sollten uns mal richtig unterhalten über das, was passiert ist.« Er knackte mit den Fingern.

»Was?«, fragte Patrick und gab Gas. »Ich kann dich nicht verstehen.« Der Lärm des Fahrtwindes nahm mit der steigenden Geschwindigkeit immer mehr zu. »Was hast du gesagt?«

»Ich habe gesagt, ich finde, wir sollten uns mal unterhalten«, schrie Jeremy so laut er konnte.

»Ach, ich habe gedacht, du hättest was gesagt. Es ist aber nur eine Mücke, die mir um das Ohr summt.« Patrick nahm eine Hand vom Steuer und tat so, als würde er ein Insekt erschlagen. »Da, die habe ich erwischt.« Mit einer übertriebenen Geste wischte er sich die Hand an den Shorts ab, dann verzog er den Mund zu einem gekünstelten Grinsen.

Jeremy schüttelte den Kopf und starrte auf das Wasser. Er wusste, dass er selbst schuld war. Das hatte er von Anfang an gewusst. Aber wenn Patrick nicht mehr mit ihm reden wollte, würden sie diesen Teufelskreis niemals durchbrechen können.

Jeremy seufzte. Er konnte es Patrick nicht übel nehmen, dass er so reagierte. Er hatte wirklich jedes Recht der Welt, sauer auf ihn zu sein. Nicht nur sauer – wütend.

Die Clarks hatten es gut gemeint, als sie ihn mit Patrick im Boot hinausschickten.

Ein kaputter Motor ließ sich relativ leicht wieder in Ordnung bringen.

Ein Vertrauensbruch allerdings nicht.

Auf dem Weg zurück zu den Fahrrädern kamen Patrick und Jeremy an einem Volleyballnetz vorbei, an dem drei Typen trainierten. Einer von ihnen, ein großer, muskulöser Rothaariger, spielte seinem Gegenüber, einem dunkelhaarigen Kerl mit einer richtigen Gorillavisage, einen knallharten und schnellen Ball zu, den dieser verfehlte. Der Ball blieb direkt vor Patricks Füßen liegen.

Er hob ihn auf und warf ihn in hohem Bogen zurück. »Die Typen da sind totale Idioten«, sagte er leise zu Jeremy.

»Wieso?«

Patrick schüttelte den Kopf. »Die ziehen ständig einen unheimlichen Schwachsinn ab. Zum Beispiel spielen sie am vollen Strand mit einem richtigen Schlagball oder müssen genau da Wasserball spielen, wo wir mit den Boogieboards sind. Alles echte Intelligenzbolzen.«

Der Rothaarige hatte den Ball gefangen und kam nun zum Rand des Spielfelds gelaufen. »Klasse Shorts, Clark«, sagte er mit einem Blick auf Patricks türkisfarbene Shorts.

»Danke, Pawley, finde ich auch«, sagte Patrick lässig, ohne stehen zu bleiben.

»Habt wohl ein nettes Picknick gehabt da draußen?«, schrie der Gorilla. »Sah richtig süß aus.« Seine Freunde und er fingen an zu grölen.

»An dir ist echt ein Clown verloren gegangen, Santangelo. Probier's doch mal beim Zirkus.«

Der Gorilla lachte mit einer albernen, zähnefletschenden Grimasse. »Echt geniale Idee, hab ich mir auch schon überlegt.«

»Und, habt ihr zwei Schlappschwänze Lust zu spielen? Oder verspürt ihr gerade den Drang, euch ein bisschen näher kennen zu lernen?«, sagte Pawley und löste erneut brüllendes Gelächter bei seinen Kumpels aus.

Jeremy musterte sie von oben bis unten. Man konnte ihnen sofort ansehen, dass sie Idioten waren. Dazu brauchten sie gar nicht erst den Mund aufzumachen. Er wechselte einen raschen Blick mit Patrick.

»Denkst du dasselbe wie ich?«, fragte er. Die Aussicht auf einen Wettkampf weckte das alte, fast verloren geglaubte Kameradschaftsgefühl in ihm.

»Ja.« Patrick nickte. Sie drehten sich um. »Klar haben wir Lust auf ein Spiel«, rief er, als sie umkehrten. »Zwei gegen zwei.«

»Vor wem von uns habt ihr denn am meisten Angst?«, fragte der dritte Typ. Er war ebenfalls groß, hatte strähniges, blondes Haar und ein schiefes Grinsen.

»Spielt keine Rolle«, sagte Jeremy. »Hauptsache, es geht bald los. Ihr habt Aufschlag.«

Der Blonde ging zum Rand des Spielfeldes. »Ich mach den Schiedsrichter.«

»Zwei Minuten noch, zum Aufwärmen!«, rief Patrick.

Jeremy machte neben ihm eine Rumpfbeuge und berührte seine Zehenspitzen, dann richtete er sich wieder auf und machte ein paar Lockerungsübungen für die Beine.

»Die machen wir fertig«, murmelte Patrick ihm leise zu.

»Mit Begeisterung.« Jeremy hob den Kopf. Wumm! Der Volleyball traf ihn mitten ins Gesicht.

»Huch«, sagte Pawley und tat schockiert. »Ich habe gedacht, es kann losgehen.«

Patrick schnappte sich den Ball und ging in die rechte hintere Ecke des Feldes. »Ja, jetzt«, sagte er grimmig.

Jeremy warf den Ball mit seiner Linken hoch und prellte ihn hart mit der rechten Faust. Patrick und er hatten den ersten Satz 15 zu 11 gewonnen. Jetzt im zweiten Satz waren sie mit 12 zu 13 im Rückstand. Der Ball flog schnell und sicher über das Netz, bevor die Gegner reagieren konnten.

»Super!«, schrie Patrick und grinste. »Dreizehn beide!«

Jeremy machte die nächste Angabe und schmetterte den Ball, so hart er konnte.

Santangelo sprang schwerfällig nach dem Ball, blockte ihn auch tatsächlich und beförderte ihn mit einem ingrimmigen Schlag zurück.

Patrick hechtete nach dem Ball und erwischte ihn, bevor er den Sand berührte. Mit dem Handballen schlug er ihn hoch, sodass er sauber über das Netz und auf der anderen Seite zu Boden fiel.

»Aufwachen, Santangelo!«, schrie Pawley. »Schläfst du eigentlich?«

»Das war dein Ball«, fauchte Santangelo.

Patrick beugte sich vor, das Haar schweißnass. »Spielen wir oder erzählen wir jetzt Witze?«, sagte er und winkte ihnen, ihm den Ball zu geben.

Santangelo warf ihn unter dem Netz durch.

»Vierzehn – dreizehn«, rief Jeremy. »Spielball!« Er schickte den Ball lässig über das Netz. Pawley stürmte los und nagelte den Ball direkt zurück, sodass er genau auf Patrick zuflog.

Patrick ging unter den Ball und machte den Steller für Jeremy, der hochsprang und den Ball über das Netz hämmerte. Pawley und Santangelo hechteten beide danach, aber der Winkel war unerreichbar und der Ball fiel in den Sand.

»Astrein!«, brüllte Patrick, sprang hoch in die Luft und gab Jeremy fünf.

Jeremy grinste und klatschte ihn zurück. »Das war ein bärenstarkes Zuspiel.«

»Danke für das Spiel, Jungs«, sagte Patrick, als Jeremy und er ihre T-Shirts aufsammelten und sich wieder auf den Weg machten. »Sagt Bescheid, wenn ihr mal wieder ein bisschen Bewegung braucht!«

Jeremy lachte, als er hörte, wie die Typen fluchten und sich gegenseitig beschuldigten. »Echt stark, Clark«, sagte er und lief im Dauerlauf zum Wasser. Eine Abkühlung hatten sie jetzt wirklich nötig.

Patrick grinste zurück. »Du sagst es, Thomas.«

Für einen kurzen Moment war es so, als sei die Sache mit Liv nie passiert. Sie war vergessen, nebensächlich geworden. Und das, auf was es ankam, hatte wieder zum Vorschein kommen können.

Aber dann zog ein dunkler Schatten über Patricks Gesicht und Jeremy wusste, dass die Erinnerung an das, was geschehen war, den Weg zurück in seinen Kopf gefunden hatte. Und dabei war es so großartig gewesen, den besten Freund zurückzuhaben, wenn auch nur für kurze Zeit.

Die Bootstour war reine Vergeudung gewesen, aber das Spiel hatte ihm gezeigt, dass ihre Freundschaft noch nicht unrettbar verloren war. Sie war einmal stark gewesen und sie könnte wieder stark werden.

Man konnte zumindest noch hoffen.

Sie nahmen die Schlösser von ihren Fahrrädern ab und fuhren schweigend zum Haus zurück.

Kapitel 18

Jeremy stand unter der Dusche und ließ das heiße Wasser auf Nacken und Schultern niederprasseln. Er spürte die Folgen des nachmittäglichen Spiels in allen Muskeln. »Das war echt der Wahnsinn«, murmelte er in Erinnerung an den Volleyballsieg vor sich hin. »Den Flaschen haben wir es mal richtig gezeigt.«

Als er das Shampoo in sein Haar massierte, fiel ihm auf, dass es einen eigentümlich vertrauten Duft hatte. Es roch wie Liv. Ein Blick auf das Etikett bestätigte, dass sie es wohl im Bad vergessen hatte. Der Schaum lief ihm über die Schultern und der Blütenduft machte ihn plötzlich traurig. Schon eigenartig, was ein Geruch bewirken konnte.

Seit ihrer Ankunft war ihm verschiedentlich aufgefallen, dass Gerüche Erinnerungen heraufbeschworen. Mrs Clarks aromatische Tomatensoße erinnerte ihn an die würzige Mischung seiner Mutter. Die Bettlaken, auf denen er schlief, hatten einen frischen Geruch wie seine eigenen zu Hause. Und der Geruch des Meeres in Verbindung mit dem der nassen Handtücher und Badeanzüge war der Sommergeruch schlechthin. Dieser Shampooduft allerdings erfüllte ihn nicht mit Glück.

Er ließ ihn an ein Lächeln denken, aber auch an Tränen, an kühle Sommerbrisen, an Ohrringe und Fußkettchen.

An Liv.

Jeremy drehte entschlossen den Kaltwasserhahn auf und spülte das Shampoo aus.

Ihm war klar geworden, was wichtig war. Wahrscheinlich hatte er es von Anfang an gewusst. Aber erst das Spiel heute hatte endgültig Klarheit geschaffen.

Er konnte seine Freundschaft mit Patrick einfach nicht in den Wind schreiben. Patrick war praktisch schon immer sein Freund gewesen und viel mehr noch – sein Verbündeter gegen die ganze Welt. Immer da für ihn, in guten wie in schlechten Zeiten.

Die Situation war zugegebenermaßen ziemlich katastrophal, aber so schlimm die Sache auch war und so wütend Patrick sein mochte, heute hatte Jeremy etwas gesehen, was er seit dem großen Krach vermisst hatte.

Zum ersten Mal in der ganzen Woche hatte Patrick Respekt vor ihm gezeigt.

Und das, hatte Jeremy erkannt, bedeutete ihm mehr als alles andere. Er selber war nicht gerade stolz auf das, was er getan und wie er sich verhalten hatte. Aber er konnte daraus lernen und versuchen, sich zu ändern.

Als er sich mit dem Badetuch abrieb, hörte er ein leises Klopfen vor der Badezimmertür. Er wickelte sich das Tuch um die Hüften und öffnete die Tür. Biscuit stand dort und wedelte fröhlich mit dem Schwanz. Dann bellte er lustig.

»Nur du und ich, Biscuit«, sagte Jeremy und kraulte den

Hund hinter den Ohren. Biscuit bellte wieder und lief die Treppe hinunter. Jeremy zog Jeans und ein weißes T-Shirt an. Heute war er allein im Haus. Mr und Mrs Clark waren bei Freunden zum Abendessen eingeladen, Shelby wollte bei Mallory übernachten und Patrick war mit Liv ausgegangen.

Was sie wohl gerade taten und wie es ihnen ging? Er fühlte sich ziemlich einsam. Sein Verhältnis zu Patrick wieder ins Lot zu bringen war ihm so wichtig ... aber er brachte es trotzdem nicht fertig, Liv ganz und gar aufzugeben.

Er seufzte, als er die schmutzigen Kleider in seinen Segelsack im Gästezimmer warf. Jedenfalls an diesem Wochenende, dem letzten des Sommers, mochte er nicht weiter darüber nachdenken.

Das letzte Wochenende des Sommers ... bei dem Gedanken daran tickte mit einem Mal etwas in seinem Kopf los wie eine Pressemeldung. Es war Freitagabend ... und heute Abend kam das große Endspiel im Fernsehen. Das hieß, der Abend hatte nicht nur Trübsal zu bieten. Er konnte es sich im Wohnzimmer vor dem Fernseher mit Chips und Cola gemütlich machen, das Spiel angucken und seine Misere bis zum nächsten Tag vergessen.

Er polterte die Treppe hinunter und wollte gerade ins Wohnzimmer gehen, als er bemerkte, dass Licht durch die offene Tür fiel. Mrs Clark hatte es wohl angelassen, damit er sich nicht so allein fühlte. Zu seiner Überraschung war auch der Fernseher eingeschaltet ... und er war auch nicht allein im Haus. Auf der bequemen, alten Couch räkelte sich Patrick.

»Ich hab dich da oben singen hören. Die Melodie war nicht schlecht …«

»Ich … äh … hab gedacht, ich wär allein im Haus«, murmelte Jeremy. »Ich dachte, du wolltest mit Liv ausgehen!«

»Ja, hatten wir erst vor. Aber ich hatte dann doch keine Lust. Irgendwie war mir mehr danach, einfach nur hier rumzuhängen.« Er griff sich eine Hand voll Popcorn aus einer großen Keramikschüssel. »Das Endspiel kommt heute Abend. Hätte ich beinahe vergessen, bei all dem Mist, der die letzte Zeit hier abläuft.«

»Ist sie hier?«

»Nein, sie ist mit Joyce und deren Eltern nach Atlantic City gefahren. Sie wollten sich irgendeine Show angucken.

»Oh.«

Im Fernsehen lief Werbung. »Hast du was dagegen, wenn ich mir das Spiel auch ansehe?«, fragte Jeremy. Es war irgendwie komisch, nach dem eisigen Schweigen der letzten Woche jetzt tatsächlich eine Unterhaltung mit Patrick zu haben.

Mit einer Armbewegung zu dem Sessel neben ihm sagte Patrick: »Mach's dir bequem.«

Jeremy setzte sich und stützte die Arme auf die Knie. Das Spiel begann erst in einer Stunde. Reichlich Gelegenheit für peinliches Schweigen. »Was ist das denn?« Er hob eine abgegriffene Kladde mit Eselsohren hoch, die auf dem hölzernen Couchtisch lag. »Das Skizzenbuch von deiner Mutter oder so was?«

»Nein, da ist lauter Zeug von uns beiden drin, das sich im Lauf der Jahre angesammelt hat, Bilder und anderer Kram.«

Patrick hatte ein Sammelalbum von ihnen? Von ihrer Freundschaft? Und da sollte noch jemand behaupten, Männer wären nicht nostalgisch! Welch eine Überraschung! Jeremy hielt die Kladde in den Händen und wusste nicht recht, was er sagen sollte. »Kann ich ... äh ... darf ich mal reingucken?«

»Klar, mach nur.« Patrick zuckte die Achseln. »Da sind ein paar urkomische Sachen drin, das kann ich dir sagen. Ich hab mich hier eben gekrümmt vor Lachen.«

»Ja?« Jeremy blätterte durch die ersten Seiten. Da war ein kleiner, flachsköpfiger Patrick im ersten Schuljahr, mit zahnlosem Grinsen, umringt von einer Schar anderer genauso zahnloser Kinder. Und im zweiten Schuljahr, Patrick mit seinem Lehrer vor der Tafel.

»He, guck dir das mal an«, rief Jeremy. Da war ein Foto von Patrick und ihm, auf dem sie vor einem Haufen Kartons vor dem Eingang zu Jeremys Haus standen. Sie hatten sich die Arme um die Schultern geschlungen.

»Ja, das war der Tag, an dem du eingezogen bist«, sagte Patrick, der sich zu ihm hinübergebeugt hatte. »Der Tag, an dem wir uns kennen gelernt haben.«

Jeremy schüttelte ungläubig den Kopf. »Ich kann gar nicht fassen, dass du ein Foto davon hast.«

»Das ist doch noch gar nichts. Sieh dir erst mal den Rest an!«

»Guck mal, wie wir hier aussehen!«, lachte Jeremy. Ein kleiner, blonder Cowboy in Wildlederweste, Reithosen und Cowboystiefeln stand Arm in Arm mit Frankenstein, komplett mit dunklem Anzug, eckigem Kopf und Narben im Gesicht.

»Das war echt ein cooles Kostüm«, erinnerte ihn Patrick. »Ich weiß noch genau, was für eine Angst du den Mädchen eingejagt hast, die als Prinzessinnen kamen. Die hätten fast geheult.«

»Mann, waren das Zeiten.« Jeremy blätterte weiter. »Mensch, guck mal, wie klein wir da waren!« Er war auf ein Foto ihres Junior-Baseball-Teams gestoßen.

»Und dabei kamen wir uns so groß vor. Kannst du dich noch an das Spiel gegen die *Mariners* erinnern? Wie alt waren wir da, neun, zehn?«

Jeremy legte die Füße auf den Tisch. »Wie könnte ich das je vergessen? Da hast du ihnen doch ihre Siegessträhne total vermasselt mit diesem absolut unschlagbaren Ball! Mann, die hätten dich am liebsten gekillt.«

Patrick grinste. »Danach habe ich natürlich keinen Zweifel mehr gehabt, dass ich eines Tages ein berühmter Spieler werden würde.«

»Das haben wir damals alle geglaubt.«

Die Seiten waren voll geklebt mit Erinnerungen verschiedener Sportveranstaltungen: Patrick in den Trikots der Jugend-Baseball-Mannschaften. Dann in denen der Football-Teams. Und auf jedem Foto, gleich neben ihm, stand Jeremy.

»Ich kann's nicht fassen! Du hast ja sogar die noch!«

Jeremy zeigte auf eine alte Eintrittskarte. Sie war schon ziemlich verblichen, aber man konnte immer noch lesen: *The New York Mets – The Pittsburgh Pirates, Samstag, 2. Juni, 13 Uhr.* »Das war das erste Baseball-Spiel meines Lebens. Ich weiß noch, dass Mitchell sauer war, weil ich schon mitgehen durfte, obwohl es auch für ihn das erste Mal war.«

»Ist doch klar, dass ich das behalten habe. Das war ja auch *mein* allererstes Spiel.«

Jeremy lachte. »Was ist das denn?«

»Erinnere mich bloß daran, nie wieder in Kleidungsfragen auf meine Mutter zu hören«, stöhnte Patrick, als Jeremy auf ein Foto zeigte, in dem er aussah wie eine Kreuzung aus einem schottischen Dudelsackspieler und einem Model für karierte Hosen.

»Klar, wenn du mich daran erinnerst, mir nie wieder einen Bürstenschnitt machen zu lassen.«

»Abgemacht«, sagte Patrick. Sie gaben sich die Hand.

Alle Fotos, die guten und auch die komischen, hatten etwas gemeinsam: Auf jedem einzelnen Foto sahen sie glücklich aus. Als ob sie sich großartig amüsierten. Wir hatten tatsächlich immer irrsinnig viel Spaß, dachte Jeremy. Weil wir Freunde waren und unzertrennlich.

Sie sahen sich den Rest des Albums an. Fotos von Mädchen tauchten jetzt auf: Patrick und Jeremy mit Mädchen bei einem Schultanz, Patrick mit einem anderen Mädchen bei einem Ausflug der neunten Klasse.

Mädchen kamen und Mädchen gingen.

Jeremys und Patricks Freundschaft jedoch war nicht so leicht zu ersetzen – sie war einfach zu wertvoll.

»Hör mal, Patrick, mir tut das alles Leid.« So, jetzt hatte er es ausgesprochen. Eine ganze Stunde lang hatten sie alte Geschichten wachgerufen und sich an all die schönen Zeiten erinnert. Das Problem an sich war aber damit nicht gelöst.

Patrick zog eine Wolldecke von der Rücklehne der Couch und fing an, mit den Fransen zu spielen, sagte aber nichts.

Jeremy schluckte. »Was ich getan habe, war nicht richtig und ich hätte das nie machen sollen. Ich weiß, dass du mich jetzt hasst, aber ich hoffe ...« Er brach ab und starrte auf den Boden. Er konnte sich einfach nicht dazu überwinden Patrick in die Augen zu sehen. »Patrick, du glaubst mir das bestimmt nicht, aber ich hatte nie die geringste Absicht, so was zu tun. Nur – da war einfach irgendwas ...« Er suchte nach den passenden Worten. »Irgendwas Besonderes an Liv. Irgendwas, das ich bis dahin noch nie gefühlt hatte. Und das wollte ich gerne haben.« Seine Stimme wurde heiser. »Ich glaube, ich hätte mich verliebt, wenn ich das zugelassen hätte. Wenn sie es zugelassen hätte«, verbesserte er sich. »Aber ich hätte einfach nie auf Kosten unserer Freundschaft mit ihr zusammen sein können. Und das musst du mir einfach glauben.«

Langsam hob Jeremy den Blick. Patrick starrte aus dem Fenster zum Meer hinaus.

»Dich hassen?« Patrick schüttelte den Kopf. »Ich hasse dich nicht, Jeremy.«

»Aber du …«

»Ich hasse das, was mit unserer Freundschaft passiert ist. Und eins stimmt – du hast damit auch mehr oder weniger die Beziehung kaputtgemacht, von der ich gedacht hatte, dass es die beste meines Lebens wäre.« Patrick hob die Hände. »Aber ich könnte dich nie hassen.«

Eine Welle enormer Erleichterung überflutete Jeremy. Patrick hatte ihre Freundschaft also nicht völlig abgeschrieben. Er hasst mich nicht, dachte er, trotz allem hasst er mich nicht. Jeremy merkte, dass ihm die Tränen kamen. Das fehlte ihm jetzt noch, hier vor Patricks Augen zu heulen wie ein Mädchen.

»Als ich nach Hause kam und sah, wie du Liv geküsst hast, da hätte ich dich am liebsten umgebracht. Wirklich, ich konnte einfach nicht glauben, dass das Wirklichkeit war. Das kam mir vor wie ein böser Traum oder wie ein Film, nur, dass es kein Erwachen gab und dass es ein Film über mich war, mit Liv und dir in den Hauptrollen.« Patrick warf ein paar harte Körner zurück in die Schüssel. »Ich wollte das einfach nicht glauben. Ich weiß noch nicht mal mehr, was ich gedacht habe. Das ist alles ein riesiges, verschwommenes Durcheinander.«

»Ich weiß nicht, ob du dir das vorstellen kannst, aber das geht mir genauso«, sagte Jeremy.

Patrick nahm sich eine neue Hand voll Popcorn. »In der letzten Woche habe ich mal gründlich über einiges nachgedacht. Und mittlerweile glaube ich, dass du mir vielleicht einen Gefallen getan hast.«

»Wie?«

»Weißt du, je mehr Gedanken ich mir gemacht habe, umso klarer ist mir geworden, dass der wahre Grund, warum ich so sauer geworden bin, eigentlich gar nichts mit Liv zu tun hatte. In Wirklichkeit ging's da um dich und mich. Wenn mich ausgerechnet der Mensch, auf den ich mich mein ganzes Leben lang verlassen habe, verrät – wie kann ich da überhaupt jemals wieder irgendjemandem trauen?«

»Patrick, ich ...«

»Lass mich mal ausreden. Ist dir klar, was das für ein Problem ist?« Er machte eine Pause. »Sieh mal, Liv hat all die Eigenschaften, die ich mir bei einer Freundin wünschen könnte. Sie ist schön, intelligent und lustig. Aber du weißt ja auch, dass ich es noch nie fertig gebracht habe, länger mit irgendeinem Mädchen zusammen zu sein.«

Jeremy nickte.

»Bei Liv war das anders. Die hat mich nie angeödet. Aber als ich den Sommer über hier war, ging mir so allerlei durch den Kopf. Letzte Woche, als du deine Kommentare über all die Mädchen losgelassen hast, die ich hier kenne, bin ich sauer geworden, aber je länger ich darüber nachdenke – du hast Recht.« Patrick lachte kurz auf. »Ich kenne tatsächlich eine Menge Mädchen. Ich mag Mädchen. Sehr.

Und ich bin irgendwie immer neugieriger geworden, wie andere Mädchen sind. Ich glaube, ich habe mir was vorgemacht, wenn ich mir gesagt habe, ein unbeschwerter Abend im Kino oder in der Eisdiele bedeutet weiter nichts. Da ist auch wirklich nichts weiter gewesen, aber trotzdem steckt mehr dahinter.« Er hielt ein. »Verstehst du, was ich damit meine?«

»Hört sich so an, als wolltest du damit das sagen, was Mädchen am meisten hassen: Du hast Angst davor, eine feste Bindung einzugehen.«

Patrick nickte. »Ja, so kann man das vielleicht ausdrücken. Aber jedes Mal, wenn ich mir überlegt habe, was für eine tolle Frau Liv ist, dann kam es mir immer total idiotisch vor, sie aufzugeben für was Unbekanntes.«

»Ihr habt euch gut verstanden.«

»Oh ja, aber das war nicht alles. Ich finde Liv wirklich wahnsinnig gut, Jeremy. Und keiner weiß das so gut wie du.« Er stand auf und begann, im Zimmer hin und her zu gehen.

»Ja, das weiß ich«, sagte Jeremy leise. Der Schmerz in Patricks Stimme war nicht zu überhören.

»Und zu wissen, dass du das wusstest und trotzdem hinter ihr her warst – das war unheimlich schwer für mich zu verkraften.« Seine Stimme war leise geworden. »Ich konnte einfach nicht akzeptieren, dass du etwas tun würdest, das mich derart treffen musste.«

Jeremy rieb sich die Schläfen. »Ich war so überwältigt von Liv, dass ich nicht an die Konsequenzen gedacht habe, bis es zu spät war. Ich … ich weiß nicht, was ich sonst noch dazu sagen könnte.«

»Du hast dich in Liv verknallt. Das kann ich nachvollziehen. Mir ist es ja nicht anders ergangen. Aber mir ist mittlerweile klar geworden, dass ich vielleicht auch Taylor wahnsinnig gut finde, und Didi, und Claire.«

»Und Megan«, fügte Jeremy hinzu.

»Megan?« Ein eigentümlicher Ausdruck erschien auf Patricks Gesicht, als habe Jeremy ein Riesengeheimnis entdeckt. »Die ist was ganz Besonderes. Vor diesem Sommer kannte ich sie eigentlich kaum, aber wir sind uns mittlerweile öfter über den Weg gelaufen. Keine Frage, Megan ist klasse. Und auf jeden Fall ein Mädchen, das mich reizen könnte.«

»Genau das ist der Unterschied zwischen dir und mir«, sagte Jeremy. »Du kannst eine Menge Mädchen gut finden, ich aber nicht. Wenn ich eine finde, die mir richtig gefällt, dann ist es die oder keine.«

»Meinst du denn wirklich, dass dir das mit Liv passiert ist?«

»Ja«, antwortete Jeremy wahrheitsgemäß. »Aber wenn die Sache zwischen uns beiden nicht okay ist, dann würde das niemals gut gehen mit Liv und mir. Und Liv hat ja sowieso keinen Zweifel daran gelassen, wo sie steht.«

Patrick ging zur Glastür hinüber und schob sie auf. Ein Windstoß fuhr durch das Zimmer. Plötzlich drehte er sich um.

»Jeremy, die Sache ist okay. Tu, was du für das Beste

hältst. Und egal, was du tust – ich komme damit schon klar. Zwischen Liv und mir ist es aus.«

Jeremy starrte ihn fassungslos an. »Habt ihr Schluss gemacht?«

»So kann man es auch ausdrücken.«

Jeremy saß ein paar Sekunden da, um die Bedeutung dieser Worte auf sich wirken zu lassen. Welch ein Abend! Er ging zu Patrick hinüber und streckte ihm die Hand entgegen. Patrick schlug wortlos ein.

»Sind wir wieder Freunde?«, fragte Jeremy zögernd. Livs Klangspiel tönte sanft im kühlen Nachtwind.

»Das sind wir immer gewesen«, gab ihm Patrick zur Antwort.

Kapitel 19

Ich werde dich vermissen, Liv«, sagte Megan niedergeschlagen. »Schade, dass wir so weit voneinander entfernt wohnen.« Sie hatten es sich auf Megans Terrasse gemütlich gemacht und sahen dem Treiben am Strand zu.

Die Saison in Beach Haven näherte sich dem Ende. Die Sommergäste fingen an zu packen, ihre Kinder dachten an die bevorstehende Schule und in den Geschäften wurden Souvenirs zum halben Preis angeboten, weil auch für die Geschäftsleute der Sommer fast vorüber war.

»Wir könnten uns Briefe schreiben«, sagte Liv. »Ich fände es jedenfalls cool, zu hören, was in Philadelphia los ist.«

»Ein alter Studienkollege meines Vaters lebt in Erie«, sagte Megan nachdenklich. »Vielleicht kommen wir sogar mal zu Besuch.«

»Vielleicht komme ich nächstes Jahr auch wieder hierher«, sagte Liv, aber dann verzog sie skeptisch das Gesicht. »Aber es kann natürlich sein, dass ich nicht wieder eingeladen werde.«

Megan lachte. »Du kannst jederzeit bei uns wohnen.«

»Danke.« Liv lächelte.

Vom Fuß der Treppe her hörten sie das Klappern von

Sandalen, die die Holzstufen heraufkamen. Dann tauchten zwei Köpfe auf, ein blonder und ein brünetter.

»Hallo«, sagte Patrick.

Hinter ihm kam Jeremy. »Hallo, ihr zwei.«

»Hallo«, klang es zurück.

Liv traute ihren Augen nicht, als sie die beiden so friedlich beieinander stehen sah. Und dabei machten sie einen … richtig glücklichen Eindruck. Mit einem Mal wusste sie genau, was sie jetzt sagen musste, auch wenn es nicht leicht sein würde.

»Ich muss unbedingt mit dir reden, Patrick«, sagte sie nach einem raschen Blick zu Jeremy.

»Gut«, sagte Patrick und folgte ihr die Treppe hinunter zum Strand. »Ich muss nämlich auch unbedingt mit dir reden.«

»Das ist richtig niedlich hier.« Liv saß auf einer altmodischen Schaukel und drehte sich langsam um sich selbst. Patrick war mit ihr zu dem kleinen Kinderspielplatz nicht weit vom Strand gegangen. Bis auf einige wenige Kinder waren sie allein.

»Früher habe ich Shelby immer hierher gebracht, aber mittlerweile ist sie aus dem Alter raus«, sagte Patrick und klopfte auf die Rutschbahn. Dann setzte er sich auf die Schaukel neben Liv.

Sie ließ ihre Turnschuhe über den sandigen Boden schleifen. »Irgendwann passiert das scheinbar jedem.« Liv hielt das Seil fest umklammert, dessen kratzige Fasern sich in ihre Haut gruben. »Das ist mit uns ja jetzt genauso.« Sie hatte gewusst, dass es zu dieser Unterhaltung kommen würde, ja, kommen musste.

Patrick drehte seine Schaukel, um sie ansehen zu können. »Wir haben wunderbare Zeiten miteinander erlebt.«

»Ja.« Liv wurde es bei der Erinnerung daran ganz eigenartig zu Mute.

Patrick beugte sich vor. Eine blonde Strähne fiel ihm von der Stirn. Liv widerstand der Versuchung, sie wieder zurückzustreichen.

»Weißt du, wenn diese Sache mit Jeremy nicht passiert wäre, dann wären wir immer noch zusammen«, sagte Patrick nachdenklich. »Aber über kurz oder lang hätten wir sowieso Schluss gemacht.«

»Glaubst du?«

»Ja. Jeremy und ich haben uns Freitagabend lange unterhalten. Dabei ist mir klar geworden, dass ich im Moment keine feste Freundin will. Und das hat nichts mit dir zu tun. Du warst klasse. Bist klasse«, verbesserte er sich. »Und um ehrlich zu sein – du bist so klasse, dass ein Typ wie ich dir garantiert irgendwann zu langweilig geworden wäre.«

Liv ließ die Seile los und begann, sich wieder um sich selbst zu drehen. »Da wäre ich mir aber nicht so sicher.« Sie hielt ein. »Ich bin wahnsinnig gerne mit dir zusammen gewesen, Patrick, aber als ich Jeremy kennen gelernt habe, da …«

Patrick hob die Hand. »Genauere Einzelheiten möchte ich eigentlich nicht hören.«

Autsch. Liv beugte sich vor. »Wir hatten jedenfalls nie die Absicht, dir wehzutun. Ich hoffe, du weißt das.«

Patrick nickte. »Habt ihr aber. Trotzdem ist jetzt wieder alles zwischen Jeremy und mir in Ordnung. Und wenn ihr glaubt, dass es mit euch klappen könnte, dann … los.«

Liv hatte das Gefühl, eine ungeheure Last würde ihr von den Schultern gehoben. Sie konnte ihr Glück kaum fassen. Patrick und Jeremy waren wieder Freunde. Patrick war nicht mehr sauer auf sie. Und … Jeremy und sie …

Mit einer sanften Geste nahm Patrick Livs Hand und strich ihr mit einem Finger über die Handfläche. »Ich weiß, dass ich andere Freundinnen haben werde, Liv, aber du wirst für immer meine allererste Liebe bleiben.«

Livs Knie fingen an zu zittern. Für einen winzigen Moment fragte sie sich, ob sie nicht einen schrecklichen Fehler machte, aber sie wusste die Antwort darauf. Was zwischen ihr und Patrick gewesen war, war einfach toll, aber ihre Beziehung gehörte der Vergangenheit an.

»Und du meine«, sagte sie und genauso empfand sie es auch. Als Patrick sie in die Arme schloss, hatte sie zum ersten Mal seit Tagen das Gefühl, dass alles wieder stimmte.

»Bist du froh, dass es jetzt wieder nach Hause geht?«, fragte Megan, die mit Jeremy auf der Terrasse stand.

»Nein, eigentlich nicht.« Er grinste. »Aber ich glaube, ich habe da keine große Wahl.« Die Zeit schien in den letzten zwei Wochen nach seltsam verrückten Gesetzen abgelaufen zu sein. Mal schneller, mal langsamer. Mal schien sie sich endlos hinzuziehen, mal war sie verschwunden, bevor er wusste, wie ihm geschah.

Er sah zu, wie Liv und Patrick am Strand entlanggingen. Diesmal hatte er ein ganz anderes Gefühl dabei als damals, vor einer Woche … als er auch darauf gewartet hatte, dass die beiden zurückkamen, nach dem großen Knall.

Von weitem sah er, wie sich die winzige, rosarote Figur, die Liv war, umwandte. Sie blieb stehen und ihr langes Haar wehte im Wind. Er war sich nicht ganz sicher, aber er meinte, das weiße Blitzen eines Lächelns zu erkennen. Bei Patrick ebenso.

Zwei Menschen, die sein Schicksal bestimmten.

Und Jeremy hatte das Gefühl, dass die Zukunft viel versprechend aussah.

»Der Strand ist nachts besonders schön, finde ich«, murmelte Liv leise, als sie sich mit dem Rücken an Jeremy lehnte und den Kopf an seine Schulter legte.

»Finde ich auch.« Er legte die Arme um sie und küsste sie sanft auf den Scheitel.

Allmählich verwandelte die Abenddämmerung sich in Dunkelheit. Ganz schwach drang die Melodie eines verträumten Sommersongs an ihr Ohr. Am Strand wurde die letzte Party des Sommers gefeiert – eine letzte Gelegenheit sich noch einmal der uneingeschränkten Sorglosigkeit hinzugeben, die nur im Sommer möglich war.

Jeremy stieß einen zufriedenen Seufzer aus. So viel hatte sich in den letzten zwei Wochen geändert. Liv und Patrick hatten Schluss gemacht – und Jeremy hielt Liv in seinen Armen.

»Die beiden sehen richtig glücklich aus«, sagte Liv und schmiegte ihre Wange an Jeremys.

Jeremy entdeckte Patrick und Megan, die nicht weit von ihnen standen. Megan hatte die Arme ausgebreitet, als wäre sie gerade dabei, eine wilde Geschichte zu erzählen, und ihr Gesicht strahlte. Patrick schien gebannt zuzuhören.

»Das freut mich wirklich«, sagte Jeremy und küsste Liv wieder auf den Kopf. »Ich hoffe, dich auch.«

Liv sah ihn an. »Hast du etwa Zweifel?« Sie küssten sich zärtlich. All das Schuldbewusstsein und all die Heimlichtuerei waren vorüber.

Jeremys Finger berührten die glatte Oberfläche des silbernen Herzens, das von einem dünnen Kettchen um Livs Hals hing. Er hatte es ihr bei Sonnenuntergang gegeben, als sie am Meer standen und die Wellen ihnen um die Füße spielten. In gewisser Hinsicht war es immer noch ein Dankeschön – ein Dankeschön für ihre Liebe.

»Heute habe ich dir mein Herz geschenkt, Liv«, murmelte er.

»Und das rücke ich nie wieder heraus«, flüsterte sie.

Das Geräusch der Brandung, der Geruch des Meeres, das Gefühl des Sandes – Jeremy wünschte sich, es würde niemals enden. Und als er Liv in den Armen hielt, wusste er, dass sein Wunsch in Erfüllung gehen würde. Jedes Mal, wenn er Liv ansah, würde er an diesen Moment, an diesen Ort und diesen Sommer zurückdenken.

Dieser einmalige Sommer, in dem er sich zum allerersten Mal verliebte.

Leseprobe

Auszug aus dem Ravensburger Taschenbuch 58308
»Der große Traum« von Ali Brooke

Seit eineinhalb Jahren bin ich jetzt mit Lance Michaels zusammen. Genauer gesagt seit einem Jahr, vier Monaten, zwei Wochen und drei Tagen – behauptet zumindest meine kleine Schwester Claudia. Sie ist zehn und hat ein wahnsinnig gutes Gedächtnis für Zahlen und Statistik.

Wir sind seit der neunten Klasse zusammen. Und so langsam habe ich mich an die üblichen Kommentare gewöhnt: »Ihr seid ja schon sooooo ewig zusammen.« Oder: »Ödet ihr euch noch nicht an?« Oder: »Ihr seid wie ein altes Ehepaar.«

Lance und ich sind kein besonders skandalträchtiges Paar, und deshalb war ich ziemlich überrascht, als ich unsere Namen beim Klatsch und Tratsch auf dem Mädchenklo der Schule hörte. Ich hockte gerade auf einer der Toiletten – wie immer in der Pause zwischen Mathe und Franz. Dort frische ich nämlich immer mein Make-up auf. (Klingt blöd, ich weiß, aber das Licht ist da viel besser als an den Waschbecken.)

Ich saß auf dem geschlossenen Klodeckel und starrte in den Spiegel meiner Puderdose, als ich unsere Namen hörte.

»Tara Lee und Lance Michaels sind das perfekte Paar«, hörte ich eines der Mädchen sagen.

Ihre Freundin musste schon tausend Mal darüber nachgedacht haben, so schnell kam ihre Antwort: »Ich weiß, das ist schon fast krankhaft – ich meine – alles ist so supertoll. Sie sind beide voll süß, sie sind total ineinander verliebt und sie gehen beide in die oberste Klasse.«

»Weißt du, das klingt wahrscheinlich völlig bescheuert, aber ich könnte wetten, dass sie mal heiraten werden«, meinte das eine Mädchen ganz ernsthaft. Ich hörte, wie sie mit dem Handtuchspender kämpfte.

»Genau«, stimmte ihre Freundin zu. »Sie werden eines der Paare sein, die am Ende eines langen Lebens zurückblicken und sagen können, dass sie schon seit ihrer Schulzeit zusammen waren.«

»Ziemlich langweilig, wenn man es sich recht überlegt«, meinte die andere. Ich stellte mir vor, wie sie mit den Schultern zuckte.

Nun begannen sie, über die Vor- und Nachteile der neuen Cheerleadertrikots zu diskutieren. Dann war das Mittagessen in der Cafeteria an der Reihe und danach *das* Thema an der Watermill Highschool – ob es stimmte, dass Bren McNamara sich während der Weihnachtsferien einer Nasenoperation unterzogen hatte. Als sie endlich durch waren und rausgingen, war ich schon fünf Minuten zu spät für Franz. Ich hätte mir fast den Knöchel verstaucht, als ich in meinen Clogs den Gang entlangraste.

Merkwürdig – dieses Gespräch, das ich da belauscht hatte, war wirklich nichts Besonderes, aber es machte mich echt nachdenklich. Ich lauschte den Ausführungen meines Lehrers über das Imperfekt nur mit halbem Ohr. Stattdessen überlegte ich die ganze Stunde, ob die beiden Mädchen wohl Recht hatten. Waren Lance und ich das perfekte Paar? Und wenn es stimmte, wieso sollten wir uns dann auf ein Leben voller Langeweile gefasst machen?

Ich muss zugeben, wenn ich an meine und Lances Zukunft dachte, tauchte der Begriff »für immer« schon öfter auf. Aber »für immer« musste ja nicht 2,5 Kinder, einen Nissan Pathfinder in der Garage, Klamotten aus dem Katalog und einen Hund namens Rover bedeuten. Ich war nämlich immer davon ausgegangen, dass Lance und mir eine viel ungewöhnlichere Zukunft bevorstand. Schließlich waren wir ja keine stinknormalen, x-beliebigen Schüler.

Lance zum Beispiel. Lance ist ohne Zweifel einer der coolsten Typen an der Watermill High. Und das nicht nur, weil er total gut aussieht – groß, blond, riesige braune Augen und ein unwiderstehliches Lächeln. Ganz abgesehen davon, dass man ihn mit seinem Aussehen sofort für jede Highschool-Soap als den Starherzensbrecher engagieren würde, ist er auch noch der Sänger von Spleen, der angesagtesten Grungeband auf Long Island.

Ohne zu übertreiben kann ich behaupten, dass Spleen echt bekannt ist. Sehr bekannt. Ihre Lieder laufen die ganze Zeit im Programm der College-Radiosender und ihre Konzerte sind immer ausverkauft. Als Sänger der Band ist Lance eine echte Kultfigur. Wenn Spleen einen Auftritt hat und Lance auf die Bühne kommt, drehen die Mädels echt durch. Sogar ich – Tara Lee, seine offizielle Freundin – flippe aus. Auch jetzt noch, nach all der Zeit, die wir zusammen sind.

Was nicht heißen soll, dass ich mich darauf beschränke, Bandgroupie zu spielen oder so. Ich bin selber ziemlich cool unterwegs. Ich bin Schauspielerin. Und nicht nur eine Möchtegernschauspielerin. Ich bin ziemlich erfolgreich. Ich habe eine eigene Agentin und hatte sogar schon ein paar Rollen – solche, die auch Geld bringen.

Okay, die zwei Zeilen, die ich für die Cornflakeswerbung von mir geben durfte, haben mein Potenzial wohl nicht unbedingt voll ausgeschöpft. Und auch mein zehnmonatiges Dasein als eines der Waisenmädchen im Chor von *Les Misérables* hatte der Welt noch nicht klargemacht, dass ich die nächste Winona Ryder bin. Aber ich war in dem total scharfen Werbespot für ein Parfüm. Und im letzten Woody-Allen-Film habe ich eine Rolle ohne Text erwischt. Plus der einmaligen Chance, meine schauspielerischen Fähigkeiten in einem Werbespot für Seife unter Beweis zu stellen. Ich musste beim Anblick von blühender Akne entsetzt keuchen, also konnte ich mich zumindest da mal voll entfalten.

Vielleicht war ich ja noch nicht richtig rausgekommen, aber ich war schon weit über das Schultheater der Watermill Highschool hinaus. Was nicht heißen soll, dass ich mir zu gut für Schulaufführungen war. Ich bin nämlich bei einer Schultheateraufführung entdeckt worden. Hamlet. Da war ich gerade mal in der siebten Klasse. Ich war schon ganz glücklich gewesen, die Rolle der Ophelia bekommen zu haben, ganz besonders, da ich in den Achtklässler verknallt war, der den Hamlet spielte.

Ich weiß noch, dass ich ziemlich verblüfft darüber war,

wie viel Spaß es mir machte, zu den Proben zu gehen, den Text zu lernen, meine Monologe auszufeilen und zur Kostümanprobe zu kommen. Als das Stück dann zum ersten Mal aufgeführt wurde, hatte ich den Achtklässler längst vergessen und mich völlig in meine Rolle versenkt. Ich war Ophelia.

Mein Eifer hat sich gelohnt, denn bei der Uraufführung saß eine Talentjägerin namens Carol Hershey im Publikum. Nach dem Stück kam sie auf mich zu, stellte sich vor und gab mir ihre Visitenkarte, die ich wiederum meinen Eltern gab. Erst waren sie ziemlich misstrauisch, doch ich jammerte und bettelte so lange, bis sie sie schließlich doch anriefen. Wir trafen uns, und nachdem Carol meine Eltern davon überzeugt hatte, dass sie dafür sorgen würde, dass die Schule nie unter der Schauspielerei leiden würde und ich trotzdem eine normale Kindheit verleben könnte, wurde ich unter Vertrag genommen – wie man in diesem Geschäft so schön sagt. Seither ist Carol meine Agentin und ich hab einen großen Teil meiner Highschoolzeit damit verbracht, von einem Vorsprechen zum nächsten zu tingeln beziehungsweise vor dem Telefon zu sitzen und auf den entscheidenden Anruf zu warten. Ich bin bei hunderten von Vorstellungen, Vorsprechen, Probeaufnahmen und Sichtungsterminen gewesen – immer in der Hoffnung, den großen Durchbruch zu schaffen.

Deshalb konnte ich mir echt nicht vorstellen, dass aus Lance und mir mal ein langweiliges Paar werden würde, das auf eingefahrenen Geleisen vor sich hin leben würde – selbst wenn wir zusammenblieben. Und überhaupt – wie konnte man zwei junge Menschen, die so ineinander verliebt waren, auch nur ansatzweise als Langweiler ansehen?

Noch immer fühle ich dieses merkwürdige Kribbeln in der Magengegend, wenn ich Lance sehe. Zum Beispiel, wenn er morgens in der Schule den Gang entlangschlurft und diesen leicht verschlafenen Blick hat, als sei er überhaupt noch nicht wach. Seine langen Haare stehen morgens in alle Richtungen – als hätte er vergessen, sich zu kämmen. Gleichzeitig habe ich das Gefühl zu schweben und werde ganz kribblig und aufgeregt. So, als hätte ich ihn gerade zum ersten Mal entdeckt, und dann bin ich wieder total neu in ihn verliebt.

Und Lance ging es genauso, da war ich voll überzeugt. Manchmal, wenn ich in der Cafeteria saß, kam er zu mir her, fasste mich an den Schultern oder spielte mit meinen Haaren. Er gehört nicht zu den Jungs, die ihre Gefühle nicht zeigen können. Außerdem kaufte er mir oft kleine romantische Geschenke – persönliche Dinge wie T-Shirts von Konzerten oder Filmen, die er gesehen hatte, oder CDs von seinen Lieblingsbands. Manchmal steckte er mir sogar Karten mit Songtexten, die er gerade geschrieben hatte, durch den Türschlitz in mein Schließfach. Manchmal handelte der Song von mir, aber oft wollte er mir auch einfach nur seinen neuen Text zeigen, und das bedeutete mir genauso viel.

In Gedanken versunken ging ich aus dem Klassenzimmer. Was wussten die beiden schon? Wenn Lance und ich nach eineinhalb Jahren immer noch so verliebt ineinander waren, dass wir beide Herzklopfen bekamen, wenn wir uns nur sahen, warum sollte das dann in zwei, fünf oder zwanzig Jahren anders sein?

Lance und ich würden heiraten und zusammen ein wahnsinnig tolles Leben führen. Ich würde eine hochgelobte, mit Preisen überschüttete Schauspielerin werden und er ein berühmter Rockstar. Wir würden ein phänomenales Jetset-Leben führen. Und zum Klassentreffen kämen wir nicht nur als zwei große Stars, sondern auch als das Paar, das seit der Schulzeit zusammengeblieben war …, das Einzige.